Heinrich Koenig

Von Saalfeld bis Aspern

Heinrich Koenig

Von Saalfeld bis Aspern

ISBN/EAN: 9783743365353

Hergestellt in Europa, USA, Kanada, Australien, Japan

Cover: Foto ©Andreas Hilbeck / pixelio.de

Manufactured and distributed by brebook publishing software (www.brebook.com)

Heinrich Koenig

Von Saalfeld bis Aspern

Von
Saalfeld bis Aspern.

Historischer Familien=Roman

von

Heinrich Koenig.

Erster Theil.

Wiesbaden.

C. W. Kreidel's Verlag.

1864.

Erstes Buch.

Erstes Kapitel.

Von der hohen Rhön herab in's Kinzigthal kam gegen Ende Oktober 1806 ein Reiter, der durch sein vornehmes Aussehen und sein edles Pferd Aufmerksamkeit erregte. Er trug ein grünes Carrick, — einen Reitüberrock mit mehreren Kragen, — einen Hut und gewöhnliche Stiefel. Ein kleiner Mantelsack lag hinter ihm aufgeschnallt.

Er kam aus Thüringen und hatte auf den kürzeren Tagfahrten der Jahreszeit, von gemietheten Boten geführt, seinen Weg durch Wälder und versteckte Dörfer genommen. Er that dies nicht aus ängstlicher Vorsicht; denn er war kein verfolgter Flüchtling, und der Reisepaß fehlte ihm nicht: aber sein Gemüth stimmte zum falben, fallenden Laub der Forste, zur Oede der Felder und zu den ziehenden Nebeln des Herbstes. Auch wär' es ihm widerwärtig gewesen, auf der großen Heerstraße französischen Truppenzügen zu begegnen, und an den Stadt-

1*

thoren oder gar vor französischen Commandanten über seine Person, über sein Woher und Wohin Rede zu stehen.

So hatte er, schweren Herzens, die Seele voll erlebten Leides, die Ebene erreicht, wo er von Wanderungen und Jagdpartien früherer Jahre her bekannt genug war, um sich ohne Führer auf Vicinalwegen zur Handelsstadt zurechtzufinden, die er seine Vaterstadt nannte, und wo er, elternlos, bei seinem mütterlichen Oheim herzliche Aufnahme und ruhigen Aufenthalt erwarten durfte.

Aber auch die Stadt wünschte er unbefragt zu betreten, und ritt daher an der eine Viertelstunde vor derselben gelegnen Fuhrmannswirthschaft an. Mit Bezug auf den Doctor Hofrath Armfeld, der zufällig auch der Hausarzt der Familie war, übergab er sein Pferd mit dem Mantelsack zum Abholen, und gelangte so als ein Spazierender unangehalten in die Stadt.

Doch gerade hier, wo er endlich, seiner Heimat froh, tiefer aufathmete, sollten ihm die schmerzlichen Erinnerungen, denen er sich entflohen glaubte, in lebendiger Erscheinung begegnen.

Der Kirchenplatz, über den sein Weg ihn führte, war nämlich gegen Abend ungewöhnlich belebt. Zwischen den Gruppen umherstehender Bürger ging ein Strom von Menschen der Kirche zu, — nicht mit Gesangbüchern für eine Abendandacht, sondern mit Schüsseln und Henkeltöpfen, Körben und Näpfen, worin Suppe, Kartoffeln,

Brotschnitten und sonstigen Eßwaaren zugetragen wurden. Ein Blick nach der Kirchenthür fiel auf französische Schildwachen und der Reisende begriff alles. Ein Zug gefangner Preußen aus der Schlacht von Jena war, auf dem Wege nach Frankreich, für die Nacht hier eingethan, und das Mitleid der Einwohner für Speisung und Bekleidung der armen Soldaten in Anspruch genommen.

Erschüttert von diesem Anblicke, der seine Gedanken auf die eignen Erlebnisse zurückführte, eilte unser Reisender fort, der Straße zu, in der sein Oheim angesessen war. Die Hausthür stand offen, weil der alte Diener mit den Nachbarn über die Neuigkeiten des Tags kannengießerte. So erreichte der Ankömmling unangemeldet das Zimmer, wo er mehr zum Schreck als zur Ueberraschung dem Oheim in die Arme stürzte.

Erst so nahe und an der Sprache erkannte der alte Herr den Neffen, der mit den ersten Lauten seiner Stimme in helles Weinen ausbrach.

„Walther! Du bist es? O mein Walther, o mein lieber Walther!“ rief er, küßte ihn und drückte ihn fest an sich. „Fasse Dich, mein Sohn! Laß mich nicht um die reine Freude kommen, Dich zu haben. O ich verstehe Dich schon, mein Junge! Er ist gefallen — der herrliche Prinz Louis Ferdinand ist gefallen, Dein Gönner, und über seiner Leiche, als sei er der Schlußstein von Preußen gewesen, wankt die Monarchie seines großen

Oheims. O es ist entsetzlich und ist trostlos! Fasse Dich aber, und laß es uns eine Weile vergessen, bis ich Dich erst länger gehabt habe. Denn Du bleibst nun bei mir, versteht sich, wohnst bei mir, Du bist mein, und Du bist willkommen!

Der alte Diener, der dem Eingetretnen nachgeeilt war, und seine Achtlosigkeit entschuldigen wollte, blieb jetzt verblüfft an der Thür stehen. — „Jakob!" rief der Doctor, „kennst Du denn unsern Walther nicht mehr? Da ist er, ranzionirt aus der Schlacht, ein Flüchtling!"

Der Diener kam vorgebeugt herbei, und ergriff die ihm dargereichte Hand des stattlichen Mannes, den er als schmächtigen Jüngling hatte heranwachsen sehen. — „Ach ja, der liebe Herr Walther!" rief er und konnte mehr nicht hervor bringen, so überrascht und bewegt, wie er war.

„Schon gut, Jakob!" rief der Hofrath. „Nimm Dir Zeit zur Rührung! Und — jetzt aufgepaßt! Die zwei Gartenzimmer werden zurecht gemacht und vollständig eingerichtet. Walther bleibt bei uns, aber keinem Menschen wird etwas von ihm gesagt, oder nur gemunkelt. Hörst Du? Und jetzt Wein herbei, und ein Paar gute Schüsseln zum Abendbrote bestellt!"

Walther hatte sich in den Ruhesessel niedergelassen. Die Freude und Herzlichkeit des Oheims rührte ihn, und

that ihm unaussprechlich wohl. Mit dem körperlichen Behagen hinter seiner Ermüdung her überkam ihn ein Gefühl heimathlicher Ruhe und einer friedlichen Zukunft. — — „Jakob!" rief er dem abgehenden Diener nach. „Brauchst nicht so ängstlich um mich zu sein, ich bin kein Entflohner, ich habe Paß und Ausweis; nur möchte ich gern in Ruhe bleiben, und besonders von den Franzosen nicht examinirt werden. Daher thu', wie der Oheim befiehlt. Vor allem aber schaffe mein Pferd herein, den Mantelsack abgenommen, damit's keine Nachfrage nach dem Reiter gibt. Ich hab's in der Klaus'schen Wirthschaft eingestellt. Es ist ein Pferd des Prinzen, lieber Oheim, ein edles Thier und nun — ein theures Vermächtniß des Gefallnen."

Der Hofrath gab dem Diener umständliche Anweisung zur Vorsicht, und sagte dann:

„Jetzt, mein lieber Walther, muß ich erst zu einem schwer Erkrankten in der Nachbarschaft. Ich bin bald wieder da. Mache Dich indeß bequem, oder ruhe Dich aus, und verathme Deine Aufregung. Du erzählst mir dann Dein letztes Erlebniß, und erleichterst Dir das Herz. Später, in heitern Stunden, gehen wir weiter zurück in Deinen Erlebnissen. Du warst dies letzte Jahr noch nachlässiger im Schreiben, als ohnehin, und ich weiß noch gar manches nicht, was Du mir hättest schreiben können.

Er warf den Mantel um, und eilte fort.

Walther, auf dem Sofa ausgestreckt, mit träumerischem Blick in die webende Dämmerung des Gemachs, frischte sich in Gedanken das Bild des Oheims auf, das in seiner Erinnerung, hinter den glänzend-lustigen Tagen des prinzlichen Hofes, stark nachgedunkelt hatte. Der Oheim kam ihm äußerlich etwas gealtert vor, aber er fand ihn wärmer und herzlicher gegen vormals, wo derselbe freilich gegen den unordentlichen, ausgelass'nen Neffen, den Sohn einer geliebten Schwester, gar manchmal die Strenge eines Vaters hatte gebrauchen müssen.

Der Hofrath war ein kleiner, lebhafter Mann, in seinen Ansichten und Manieren vom Gepräge der guten Gesellschaft aus dem vorrevolutionären Jahrzehend. Als unverheiratheter Lebemann ließ er sich immerhin für einen Egoisten gelten; wer aber näher mit ihm verkehrte, kannte ihn dafür, daß er nicht bloß eine lebhafte Familienliebe besaß, sondern über hohe Ideen und gemeinnützige Unternehmungen sich selbst und seinen Vortheil auch einmal vergessen konnte. Dies sprach sich schon in seinem geistreichen, edelgeformten Gesicht aus, dessen leuchtendes Auge den Scharfblick des Arztes und ein menschenfreundliches Wohlwollen verrieth.

So hatte ihn denn auch das unerwartete Erscheinen, die schmerzlich bewegte Umarmung Walthers, lebhaft ergriffen; das gesunde Aussehen aber und das gehaltne

Benehmen des hübschen Mannes beruhigte ihn über alles, was einer solchen Heimkehr etwa nachhinken könnte.

„Lieber Walther," sagte er bei seinem Wiedereintritt und während er die Lampe anzündete, „diesen Abend laß uns keine Betrachtungen anstellen, weder über die Schmach Deutschlands, noch über das etwanige Heil, das uns vielleicht nur aus solcher Erniedrigung, als wohlverdienter Zucht, erwachsen könnte. Nur Dein letztes, tragisches Erlebniß möchte ich wissen. Das erzähle mir, und erleichtere Dir selbst damit das Herz. Ich denke Du bleibst nun für immer bei mir. Der Krieg hat Dich aus einer glänzenden Stellung geworfen: Du findest eine friedliche bei Deinem Oheim und beglückest ihn als Sohn. Wie freue ich mich darauf mit Dir zu leben! Denn, siehst Du, ich bin in der letzten Zeit sehr behaglich geworden, und habe meine starke Praxis nur theilweise noch beibehalten, um nicht ganz und gar in Unthätigkeit zu fallen. Aber die Einsamkeit ist meine Geliebte geworden. Wer die Menschen, zumal auf dem Wege des Arztes, kennen lernt, findet mehr und mehr Geschmack an sich selbst, wenn nur irgend ein guter Bissen an ihm ist. Auf das Casino gehe ich schon lang nicht mehr. Die Ereignisse der Welt sind wahrlich doch viel zu ernst und belasten unser Herz, unsere Brust zu schmerzlich, als daß man diese Reden und Rauchwolken unserer politisirenden Schmaucher auf die Dauer vertragen könnte. Wenn

ihnen über ihren albernen Muthmaßungen und Projecten
die Pfeife ausgehen will, und sie ziehen verstummt, mit
saugenden Lippen, an der Hornspitze des Rohrs, als ob
es nun auf nichts weiter ankomme, als das Maul wieder
voll Rauch zu haben: so wandelt mich ein eiskalter
Jammer an. Fort damit! — — Du warst also um den
Prinzen bei Saalfeld, als er fiel, lieber Walther?"

„Doch nicht, bester Oheim!" erzählte Walther, indem er, dem Hofrathe gegenüber, Platz am kleinen Tische
nahm. „Leider kam ich zu spät! Prinz Louis hatte mich
nämlich mit einem wichtigen Auftrag in Berlin zurückgelassen. Sie wissen ja, daß ich nur zu seinen musikalischen Hausgenossen gehörte, und bloß die Annehmlichkeiten seines Hauses genoß, im übrigen aber von
meinem kleinen Vermögen mit Einschluß Ihrer gütigen
Zuschüsse und von musikalischem Verdienst lebte. Der
Prinz war besonders gern von meinem Cello begleitet,
wenn er sich in seinem genial sehr ungeordneten Leben
gerade von seinen edelsten Empfindungen an den Flügel
getrieben fand. Das Instrument war in der That der
Flügel, mit dem er sich aus den Verirrungen seines
Herzens und Genies in höhere Regionen erhob. Und
mich selbst trug dieser Flügel mit empor, und gab mir
die Weihe der Virtuosität auf meinem Instrument. Sie
sollen mich hören, Oheim, sobald mein Violoncello mit dem
Fuhrmann kommt, dem ich mein Gepäck übergeben habe.

„Als nun der Prinz im September mit dem Heer ausrückte, war sein Intendant erkrankt. Zwischen dem augenblicklichen Geldbedarf des Prinzen rechts und den Anforderungen seiner Gläubiger links, beide an eine leere Kasse gerichtet, war der ängstliche Hausbeamte in eine zunehmende Verzweiflung gerathen. Da der Prinz von mir wußte, daß ich früher auf dem Comptoir des Banquier Dammers gestanden, so übertrug er mir die Feststellung seiner Schulden, die ich, unter uns gesagt, auf den Betrag von beinahe einer Million Thaler zu summiren hatte. Dabei waren die Rechnungen der Handwerker und Kaufleute, die augenblicklich nicht befriedigt werden konnten, in Ordnung zu bringen. Seinen letzten Willen hatte er vor seiner Abreise aufnehmen lassen, um für die Zukunft seiner Familie zu sorgen. Er trug sich ohne Zweifel mit einem Vorgefühl seines nahen Endes, und theilte den Uebermuth der preußischen Offiziere nicht mehr, so sehr er denselben früher angefeuert hatte. Er, der Held der öffentlichen Stimmung in Berlin, war selbst durchaus nicht von dem blinden Hochmuth und Vertrauen auf Preußens unüberwindliche Waffen besessen. Seine Einsichten waren scharf; er kannte die Schwierigkeiten des Kriegs und die Vortheile der Franzosen unter einem Napoleon. — „„Ich wünsche den Krieg, lieber Osthoff,"" sagte er mir beim letzten Händedruck, „„weil er das Einzige ist, was uns für Preußens

Ehre noch übrig blieb. Zweierlei ist mir gewiß: daß ich mich hervorthun, und daß ich nicht wieder heimkehren werde."" — —

„Nun denken Sie sich, Herzensoheim, in welcher Lage ich bei meiner Bewunderung, bei meiner Schwär= merei für den Prinzen und mit welcher Empfindung und quälenden Unruhe ich nach seinem Abzuge zurück blieb! Ich beeilte meine Aufträge, um ihm zu folgen, und an seiner Seite mitzukämpfen. Ich hatte mich, sobald der Krieg gewiß war, fleißig in den Waffen geübt. Doch dies Glück des Kampfes sollte mir so bald nicht zu Theil werden. Von Tag zu Tag verschlangen mich die wider= wärtigen Ziffern immer tiefer in ihren unausfüllbaren Abgrund. Wie oft warf ich die Feder weg und schwang den Degen, um meinen Unmuth wenigstens in Luft= streichen auszulassen! Da mußt' ich mir doch immer wieder zurufen: Ist es denn nicht auch ein Kampf für beines Prinzen Gerechtigkeit und Ehre, den du wider die Unordnungen seines genialen Lebens auszufechten hast, — ein verlorner Posten gegen die vielen verlornen Geldposten seiner Gläubiger? Verloren, ja, so kann es nun kommen, nachdem ihn selbst, bieweil mich seine Geschäfte aufhielten, sein Verhängniß erreichte.

„Endlich zu Rande gekommen, eilte ich fort auf dem guten Pferde, das er mir zurückgelassen. Sonnabends am 11. Oktober traf ich in Weimar ein. Beßter Oheim, wie könnt' ich Ihnen die entsetzliche Verwirrung beschreiben, in die ich hier gerieth! Die Straßen waren förmlich mit Truppen, Bagagewagen und Pferden vollgestopft, und mitten darin Offiziere jeden Ranges, Generale und die unerwartetsten Leute aus des Königs Gefolge. Im wirren Haufen verrannter Wagen erblickte ich den Kabinetsminister Lombard. — Wissen Sie schon, raunte er mir in's Ohr, was sich ereignet hat? Wir haben eine Schlacht verloren und Prinz Louis ist gefallen. — — —

„O mein Oheim! Mir war im Augenblick, als ob die Welt über mir zusammenstürzte. Ein dunkler Abgrund öffnete sich im Geiste vor meinen Füßen, und die Ahnung trat vor meine Seele, dieser Fall bedeute den Einsturz der Monarchie. — — — — Doch gerade dies Vorgefühl hob mich wieder empor aus dem persönlichen Leid um Den, dessen Todesfall wie ein höheres Signal dem allgemeinen Unglück voraus gegangen war. Ich empfand seinen Tod als ein Glück für ihn selbst: Louis hätte das Verhängniß Preußens nicht überleben können.

„Die Volksmassen rissen mich mit fort, bis zur sogenannten Esplanade, und ich stand dem kleinen Hause gegenüber, worin im Mai vorigen Jahres Schiller den letzten Kampf seines Lebens bestanden hatte. Da klangen in meiner Seele all' die hohen Worte des edeln Dichters wieder, mit denen man vor dem Ausbruche des Kriegs vom Theater in Berlin das Volk zu begeistern gesucht hatte. Sie waren verhallt im Donner der Schlacht von Jena; ein schweres Verhängniß hatte den verblendeten Stolz der Menschen gerichtet, und als Wahrzeichen dieser Verblendung, war der Oberfeldherr, der Herzog von Braunschweig, wie ich nachmals hörte, beider Augen beraubt, vom Schlachtfelde fortgebracht worden."

"O ja, mein Sohn!" fiel ihm der Hofrath, tief bewegt, in's Wort. "Es gehen noch immer Dinge in der Welt vor, so tragisch wie sie uns die Dichter der Alten in ihren Tragödien darstellen. Wo werden sie diesen neuen Oedipus, den Herzog, hingebracht haben, — nach welchem Walde der Eumeniden?"

"Ja wohl, Oheim!" rief Walther, und nun scheint auch Das mir ein Verhängniß, daß unser großer Dichter so jung sterben mußte, und den gewaltigen Tragödienstoff nicht erlebte, der sich jetzt unter den Fenstern seines Hauses vorüberwälzte. Da stand ich nun! Doch aus dem kurzen Traume weckten mich die Zornesworte, die General Phull in meiner Nähe einem Haufen Officiere zurief: „„Alles muß unvermeidlich so schlecht gehen, denn sie haben den Kopf verloren!"" — —

"Ich taumelte fort, ungewiß was ich unternehmen sollte oder konnte. Da kam Prinz August von Preußen auf mich zu. — „„In welch' einem Augenblicke muß ich Sie treffen, Herr von Osthoff?"" redete er mich an,

und Thränen erstickten seine Stimme. Doch faßte er
sich, und ließ sich über Gegenwart und Zukunft flüchtig,
aber in einer Weise aus, daß ich diesem interessanten
Prinzen meine Bewunderung zollen mußte. — — —
„„Suchen Sie nach Saalfeld zu kommen,““ sagte er
zum Abschied, „„bemühen Sie sich um alle Nachrichten
von unserm unvergeßlichen Todten!““

„So hatte ich denn nun eine nächste Aufgabe. Es
war aber bei den ungewissen Zügen der französischen
Armee soviel Glück als Klugheit nöthig, um nach
Schloß Saalfeld zu gelangen. Ich trieb mich fragend,
forschend umher bis in die Nacht. Welche Ausbrüche
des Zorns, der Wuth und Verwünschung vernahm ich
da von allen Seiten über die Schwäche, Kleinmüthigkeit
und Unfähigkeit des Herzogs von Braunschweig! Die
ganze Nacht hindurch herrschte ein entsetzliches Getöse.
Und auch ohne dies, — wie hätte ich schlafen können,
während die Betrachtung des traurigen Endes, dem die
ganze Unternehmung und mit ihm das Schicksal Deutschlands entgegen ging, mich in einem quälenden, fieber-
haften Zustande hielt.

„Am Morgen begegnete ich dem Kapitain von Kleist,
erstem Abjutanten meines unglücklichen Prinzen. Er
kannte das Gefecht bei Saalfeld, und über das Ende
des Gefallenen, den er im Kampfe aus den Augen verloren, war diese Nacht Botschaft von Schloß Saalfeld

gekommen. Durch Zusammentrag von verschiedenen Seiten ergänzte sich nach und nach das Bild seines letzten Tages."

Der alte Herr, der an der Stimme, an den Zügen des Neffen merkte, wie wehmüthig bewegt er war, reichte ihm die Hand über den kleinen Tisch und bat ihn, sich einige Augenblicke zu unterbrechen. Er nöthigte ihn ein Glas Wein zu nehmen, der still herbeigebracht worden. Beide tranken so feierlich, als ob sie ein Todtenopfer begingen. Dann fuhr Walther zu erzählen fort:

"Am Abende des 9. Oktobers befand sich nämlich der Prinz Louis auf dem Schlosse zu Saalfeld beim Fürsten von Schwarzburg-Rudolstadt. Nach der Tafel bat der Fürst den Prinzen, der andern Morgens früh wegreiten wollte, zum Abschied auf dem Fortepiano noch etwas zu spielen. Die Fürstin aber wünschte, man möchte ihn nicht belästigen, er habe ein ganz anderes Spiel vor, und gewiß alle Gedanken darauf gerichtet, es nicht zu verlieren."

"Es ist schon ohne Rettung verloren!" rief der Prinz schmerzlich bewegt.

"So zog er sich auf sein Zimmer zurück. Der Mond schien hell in sein Fenster, und er phantasirte noch ein paar Stunden für sich auf dem Piano. Nur Dussek, der Componist, des Prinzen Vertrauter, war um ihn.

"Am andern Morgen früh, nachdem der Prinz, der sich schon am Abende sehr mäßig gehalten, bloß eine

Tasse Chokolade genommen hatte, begleitete ihn der in
österreichischen Diensten stehende und eben zu Besuch auf
dem Schloß anwesende Graf von Mensdorf-Pouilly zu
Pferd. Sie wissen ja, daß dieser französische Emigrirte
mit der Prinzessin Sophie von Coburg vermählt ist.
Die Vortruppen des heranbringenden Heerestheils unter
Marschall Lannes drängten die preußischen Posten zurück.
Da nahm der Graf Abschied und ritt wieder nach dem
Schlosse, dem Hofe beizustehen.

„Der Prinz, heiterer und zuversichtlicher als am
Abende zuvor, eilte mit 6000 Mann gen Saalfeld.
Bald aber entwickelte sich die Stärke des Feindes mit
beinahe 30,000 Mann. Die Preußen kamen überall in
Nachtheil, doch unterhielt der Prinz den Kampf fünf
Stunden lang, in Erwartung einer Unterstützung des
benachrichtigten Fürsten von Hohenlohe. Diese blieb aus
und der Prinz mit erstaunlicher Ruhe und besonnener
Thätigkeit, führte die Reiter in's Gefecht. Allein sie
konnten den feindlichen Massen nicht widerstehen; die
zusammengeschossenen Bataillone mußten weichen. Der
Prinz wollte nicht zurück. Auf einer Wiese ordnete er
versprengte Jäger zu neuem Kampfe. Die Franzosen
drangen heran; Getümmel von Reitern und Fußvolk riß
ihn mit fort. Um nicht gefangen zu werden, mußte er
über einen Zaun setzen; aber sein sonst vortreffliches Pferd
blieb mit einem Fuße hängen, ein feindlicher Reiter

sprengte heran und hieb den Prinzen in den Hinterkopf. Ein Wachtmeister des zehnten Husarenregiments stürzte auf ihn los und rief ihm zu, sich zu ergeben. Der Prinz antwortete mit einem Säbelhieb, und empfing einen Stich in die Brust. Doch hielt er sich, geleitet von zwei Adjutanten, noch eine Strecke zu Pferd. Der Feind drängte heftig nach, der Prinz sank vom Pferde, und gab am Ufer eines Baches den Geist auf. Feindliche Husaren wütheten noch gegen den schon Todten.

„Inzwischen hatte Graf von Mensdorf seine Noth, die vorstürmenden Franzosen von Plünderung des Schlosses Saalfeld abzuwehren. Da erscheint General Lannes und weist den Stern und das Kreuz des Prinzen vor. Mensdorf erklärt ihm, von wem es sei, und Lannes ruft: Diable, voilà qui est bon! Cela fera une grande sensation à l'armée!

„Mensdorf reitet mit den Husaren, die den Prinzen ausgezogen hatten, auf das Schlachtfeld. Man fand, halb nackt, halb verscharrt, den Leichnam mit dreizehn Hieb- und Stichwunden. Lannes giebt eine Compagnie Grenadiere, die den Leichnam, in ein Tuch gehüllt, nach Saalfeld geleiten. Die Grenadiere spielen unterwegs lustige Walzer. Mensdorf läßt die Leiche 24 Stunden in der Kirche stehen und dann in der fürstlichen Gruft beisetzen. —

„So starb Prinz Louis in seinem vierunddreißigsten Jahre. Sein kurzes Leben hatte für ihn selbst Inhalt genug gehabt; er war mit der Welt fertig, und für Preußen wäre ihm ja nichts übrig geblieben. Wie hätte er es nun erleben können, was jetzt über dasselbe kommen wird? O der Glückliche!"

Walther erhob sich, die Hände vor die Augen gedrückt, und trat an das Fenster, um Fassung zu gewinnen.

Der Oheim sah ihm nach. — „Ja, ja, lieber Walther," sagte er sanft, „alles die Folge der preußischen Politik, der es an einer großen moralischen und intellectuellen Kraft fehlt, den Staat in die rechten Bahnen und Verbindungen zu leiten. Der gute König, als er mit siebenundzwanzig Jahren an die Regierung kam, fand keine Rathgeber und Gehülfen, die ihm die Geschäfte leicht gemacht hätten, ohne sie ihm aus den Händen zu winden, und die in ihrem Preußenhochmuthe schlichtes Ehrgefühl gehabt hätten. Ein bloß guter Mann reicht nicht zu in einer Zeit die Entschlüsse über Sein oder Nichtsein fordert."

Da Walther schwieg, folgte ihm der Oheim, umschlang ihn zärtlich und führte ihn stillschweigend fort in ein heiter erleuchtetes Zimmer, wo er ein beruhigendes Gespräch einleitete, bis das Abendessen aufgetragen wurde.

Zweites Kapitel.

Am andern Morgen erwachte Walther aus einem tiefen Schlafe. Auf seiner Fahrt durch den Thüringer Wald und über die Rhön hatte er nicht immer ein gutes Wirthshaus und Nachtlager gefunden, und so war ihm nach seiner Erschöpfung von angestrengtem Reiten und nach der Gemüthsbewegung des gestrigen Abends das gute Bett des Oheims in dem ruhigen Gartenzimmer zu einer rechten Wohlthat geworden.

Sein erster Gedanke fiel auf den großen Verlust den er erlitten; doch gab er sich demselben nicht hin, sondern nahm sich in dem mannhaften Muthe zusammen, daß er seiner Zukunft einen Ersatz abfordern müsse. Nur sollte es etwas ganz Neues sein, das fühlte er: sein Leben hatte einen großen Abschnitt gemacht, das Alte konnte nicht wiederkehren, und nur etwas demselben Entgegengesetztes versprach einige Dauer. — — „Soviel Dauer eben alles Menschliche, alles Irdische hat!" seufzte er.

Kampf ist die Losung unseres Lebens; doch die Sehnsucht nach Frieden und Glück verläßt uns dabei nie. Daher war es hinter dem Erlebten her natürlich, daß Walther vor Allem nach Ruhe verlangte und daß ihn nach jenem tollen Treiben am Hofe des Prinzen gerade der Frieden einer anmuthigen Häuslichkeit anheimelte. — —

Wunderbarer Widerspruch unserer Seele mit der Welt! sagte er zu sich selbst, während er sich ankleidete. Die schöne Friedenszeit gönnte uns ihre Ruhe nicht, sie verlockte uns zu allem Uebermuthe der Jugend, es war eine Jagd nach Genuß, ein Eroberungskampf um Freuden, Lust und Liebe, angeführt von einem Prinzen, dem es gegeben war, jede Ausgelassenheit zu adeln, bis ihm der Tod in der Schlacht gewiß nur zur Veredlung seines übermüthigen Lebens begegnete. Und nun der allgemeine Krieg mit allen verhaßten Waffen eines übermüthigen Eroberers über uns hereinbricht, zieht es mein Herz nach der Einsamkeit vertraulicher Hingebung, meine Seele nach den Idealen unseres Daseins. — — Und auch dazu begünstigt mich wieder das Glück durch die Liebe des Oheims, um den ich in der Fremde mich so wenig bekümmert habe. Wie herzlich hat er mich empfangen, wie liebevoll! Und als ob er eben das nächste, tiefste Bedürfniß meiner Seele durchblicke, bietet er mir die Stille, den Frieden seines Hauses an! — — Ich muß ihn umarmen, ich muß ihm meinen Dank mit allen Bekenntnissen meines Herzens aussprechen!"

Er suchte seinen Anzug zu vollenden, um auch den Oheim beim Frühstück nicht warten zu lassen, als er forteilend in einer Nische des vordern Zimmers ein verhängtes Bild erblickte, das ihm in der Stimmung beim Schlafengehen unbemerkt geblieben war. Er zog den Vorhang zurück, und das lebensgroße Brustbild einer schönen Frau in mittleren Jahren kam zum Vorschein. — O meine Mutter!" rief er, und faltete die Hände.

Thränen traten ihm in's Auge, das unter leidmüthigen Erinnerungen an diesen halbvergeß'nen Zügen haftete. —

„So lächelnd blickst Du auf Deinen Sohn herab," flüsterte er „den Dein letzter Segen hier nicht fest gehalten, wie Du es wünschtest, der sein Glück fern von Deiner Ruhestatt suchte, und dort — ach in wie mancher bedenklichen Stunde Deiner guten Lehren und Warnungen vergaß. Doch sieh', da ist er wieder, und nicht ganz unwerth Deines mütterlichen Herzens kehrt er zurück. Ist es Deine Hand von drüben, die mich gerade hier herein geführt hat, wo ich unter Deiner Obhut, unter Deinem Zulächeln aus- und eingehen, träumen und schaffen werde? Ja, das gelob' ich Dir, und will, wie als Kind, so als Mann nur unter dem Aufblicke zu Dir mein reinstes Glück finden, — in Deinem Anschauen, in meinem dankbaren Gedanken. Und so, Mutter, segne Du meine Heimkehr!"

Er kniete nieder, das Gesicht auf die gefalteten Hände gesenkt; dann erhob er sich, zog den Vorhang des Bildes völlig auseinander, und eilte nach dem Wohnzimmer des Oheims.

Er fand hier nur den Diener Jakob, um den Kaffee= tisch beschäftigt.

„Der Herr Hofrath ist vor einer Stunde zum Banquier Dammers gerufen worden," berichtete der Alte. „Selbiger hat wiederum einen Anfall gehabt — Schlaganfall. Es ist zum Drittenmal."

„Dammlers?" rief Walther betroffen. „Mein alter Prinzipal? O das sollte mir leid thun, wenn dem lie= ben Manne —. Doch er war immer etwas ängstlich mit seinem Befinden: hoffentlich ein leichter Anfall —!

„Will's wünschen, Herr Walther," versetzte Jakob, wäre aber gegen alle Schulordnung. Unser alter Lehrer Klippmüller mahnte uns Schüler immer: Nur fleißig repetirt, ihr Buben! Die Repetition macht den Meister! Bei Herrn Dammers hat's repetirt, und der Herr Oheim sagt bei Schlaganfällen immer: Wenn's nur nicht repe= tirt! — — — Der Kaffee ist fertig und ich will Ihnen einschenken, Herr Walther: wer weiß, wenn der Herr Oheim zurück kommt. Befehlen?"

„Nein, warte noch, Jakob, halt' ihn warm! Er

wird mir besser schmecken, wenn ich höre, daß es Herrn Dammers besser geht."

Walther stellte sich nachdenklich an den warmen Ofen; Jakob ging aus und ein. Nach einer Weile sagte Walther:

"Schenk' uns doch lieber ein, Alter!"

"Uns, Herr Walther?" lachte Jakob. Bin ich der Peter in "Menschenhaß und Reue" wo's heißt: "Peter, bring' uns Pfeifen!" Und Peter bringt auch eine für sich mit, und's wird ihm vom Rauchen schlecht?

"Nein Meister Jakob Sulzbach, "lächelte Walther, "hier sind wir zu zweien allein, und zwei Tassen stehen da. Schenken Sie uns ein, damit es mir erstens besser schmecke, und weil Sie zweitens mein Geheimrath sein sollen."

"Nun ja, wenns' geheim bleibt, will ich so frei sein!" schmunzelte der Alte, der schon gewohnt war, auch bei seinem Herrn ein Wort mitzusprechen. Er schenkte ein, und nahm mit lächelnder Würde einen Stuhl.

"Diesen Morgen hat mich etwas überrascht, was mir gestern Abend unbemerkt blieb," hob Walther mit mildem Ernst an. "Ihr habt meiner Mutter Bild in's Gartenzimmer gehängt?"

"Ei, Herr Walther, das ist ja schon lang her und als Sie noch hier waren geschehen," antwortete Jakob. "Ist Ihnen das vergessen? Es hing früher drüben im Gesellschaftszimmer, wissen Sie. Nach Ihrer Frau Mutter

Tode hörten aber die Gesellschaften auf, und Herr Hof=
rath sah nur dann und wann Herrn bei sich zu Mittag
oder Abend. Und dann — Sie wissen ja wie theuer
ihm die Schwester gewesen war, — da störte es ihn
immer, wenn unter der lauten Lustigkeit und allerlei Anek=
bötchen der Männer sein Blick auf das Bildniß fiel.
Es war ihm, als müsse die anständige Frau all den
Schnack mit anhören, und so ließ er es in's Garten=
sälchen hängen, wo die Selige zuletzt selbst gewohnt hatte.
Es war auch eine Silhouette Ihres Herrn Vaters vor=
handen, und hing unter dem Bilde: die hat aber Herr
Hofrath einem Bruder desselben überlassen, der hier=
durch kam und ihn darum bat. Sie waren damals
schon fort."

„Das thut mir leid," versetzte Walther, „ich hätte
sie gern wieder einmal mit meinen jetzigen Augen be=
trachtet. Ich sehe jetzt Vieles ganz anders an, mit
ruhigeren Blicken, Jakob, mit eindringlicheren Augen und
ohne voreingenommenem Sinn. Der Schattenriß zog
mich nicht an, vielleicht nur, weil der Oheim nicht gut
von Dem sprach, den das schwarze Bildchen vorstellte.
Weißt Du von den Verhältnissen, Jakob?"

„Was ich so aus Wortwechseln des Herrn mit der
Seligen dann und wann gehört habe. Beide hielten
gegen mich nicht zurück; ich kam aber erst in den Dienst,
als Ihre Frau Mutter, nach des Gemahls Tode, mit

Ihnen als Knaben von Mannheim hierher zurückkehrte, und nach der Vorgeschichte hatte ich nicht zu fragen."

„Nun ja," fuhr Walther fort, „dort in Mannheim hatte mein Vater im Militär gestanden, hatte meine Mutter nicht immer freundlich behandelt und einen Theil ihres eingebrachten Vermögens im Spiel verthan. Das Spiel, wie die Jagd, gehören ja zu den nobeln Passionen, die ein Herr von Osthoff haben darf. Aber auch sein Tod, in Folge eines Duells, war standesgemäß. Es war eben eine Heirath gewesen, Jakob, wie der Onkel sie ge= fürchtet und mißrathen hatte, als der Herr Kapitän, der die Mutter von einer Rheinreise mit dem Oheim her kannte, allzurasch und mit Ungestüm um ihre Hand warb. Die gute Mutter nahm die Heftigkeit des hübschen Offiziers für Stärke seiner Liebe, und folgte ihrem Herzen, statt der Warnung des Bruders, der die Welt kannte. Doch der Oheim gedachte es ihr nicht, als sie mit einem Knaben wieder heimkehrte; er nahm sie herzlich auf, und hat an mir als Vater gehandelt, so wenig besorgt ich mich auch um seine Liebe betrug. Jetzt soll er mich anders finden; alles Versäumte will ich ihm nachbringen. Gut! Was ich aber eigentlich von Dir hören wollte, Jakob: wie kam's, daß Henriette Lindheim dem alten Dammers so schnell ihre Hand gab — ich weiß nicht mit oder ohne Herz? Aber ganz ehrlich, Jakob!"

„Nun wohl — ganz ehrlich!" erwiderte der Alte.

„Sollte denn etwa die schöne, sanfte, herzliche Henriette auf den Herrn Walther von Osthoff warten, bis er wieder käme, nachdem er ohne Abschied gegangen war?"

Walther, einen Augenblick in sich versunken, erwiderte mit Wärme:

„Du hast Recht, Jakob, mein Betragen gegen sie läßt sich nicht rechtfertigen. Denn hatte ich auch nicht ungestüm, wie einst mein Vater, oder vielmehr gar nicht um Henriettens Liebe geworben, sondern ihr nur bekannt, wie schön und herzig, wie unendlich lieb sie sei: so hätte ich doch um ihretwillen bedenken müssen, welchen Eindruck meine Unbedachtsamkeit auf ihr Herz gemacht und Erwartungen erregt hatte. Es lag mir gar nicht an, ihr Herz zu gewinnen; ich huldigte nur ihrer Schönheit und Güte; meine Absichten gingen aber über den Kaufmann hinaus, für den ich ursprünglich auch nicht bestimmt war. Erinnerst Du Dich, wie ich als Gymnasiast eines wilden Streiches halber, der ein noch schlimmeres Ansehen hatte, aus der Schule gewiesen wurde? Das gab meinem Oheim den Anlaß, mich mit Zustimmung der Mutter bei Herrn Dammers, seinem Freunde, in die Kaufmannslehre zu thun. Ich ergab mich d'rein, besonders als ich hernach auch, des Französischen wegen, nach Genf geschickt wurde. Mein heimlicher Groll und trotziger Hochmuth ging nun darauf aus, zu zeigen, welch' ein tüchtiger Kaufmann ich werden könnte, wenn ich nur wollte. Ich lachte heimlich darüber, wie zufrieden alle mit mir waren, als ich mit gewandten Manieren zurückgekommen, mich auf die Buchführung, auf kaufmännisches Rechnen und die Correspondenz in zwei Sprachen verstand, wie ein Tausendsasa. Nebenher aber trieb ich eifrig Musik, besonders auf meinem lieben Cello, ohne Ahnung, daß ich grade damit den neuen Weg machen würde, nach dem ich im Stillen mich umsah. Damals machte ich der schönen Henriette den Hof, bis ich merkte, daß mein Leichtsinn ihr eine ernste Neigung einflößte, und ich selbst —."

Er verstummte nachdenklich, und Jakob wendete mit Lächeln ein:

„Und Sie selbst nicht gleichgültig dabei blieben, nicht wahr? Das verschlug aber gegen Ihre hochhinauswollenden Gedanken, und Sie waren doch ehrlich genug, nicht unehrlich gegen das gute, liebe Mädchen zu thun?"

Worauf Walther erwiderte:

„Einigermaßen ja! Doch will ich Dir offen bekennen, Jakob, daß ich mich ebenso einigermaßen wie ein grüner Junge benahm — unreif, eingebildet, als Comptoirist nicht gar weit von einem sogenannten Ladenschwengel. Henriette, weißt Du, war doch damals als verwaistes Bäschen der kränklichen Frau Dammers zu deren Pflege im Hause und litt unter den Launen der ungeduldigen, unleiblichen Frau. Ein solches Verhältniß ist gerade der aufkeimenden Liebe eines Burschen, wie ich damals war, nicht günstig. Bald dauerte mich die schöne Henriette, und ich empfand Mitleid mit ihr, bald — wenn ich merkte daß sie sich mir dafür zuneigte — regte sich ein Uebermuth, und ich überhob mich ihrer dienenden, untergeordneten Stellung. Solcher wechselnden Stimmung gemäß begegnete ich ihr heut mit Aufmerksamkeit, morgen unachtsam, — leichtsinnig genug nicht zu bedenken, daß sie gerade in ihrem Vertrauen, in ihrer Hinneigung zu mir, Trost, Muth und Erhebung in ihrer aussichtlosen Lage fand."

„Sehen Sie, da liegt es, Herr Walther!" fiel Jakob ein, — „ihre verlass'ne Lage. Und doch war Henriettens Verlassenheit nach dem Hinscheiden der Frau Dammers, das kurz hinter Ihrer Abreise nach Hamburg erfolgte, noch größer. Henriette sah sich nun auch von Ihnen verlassen und zugleich überflüssig im Hause, wo sie keinen Beruf mehr hatte. Und da werden Sie begreifen, wozu ein solches Mädchen sich entschließen kann, wenn sich zwei Hände eines zwar alten, aber freundlichen, wohlwollenden Mannes anbieten, der ein so verlornes Kind in den bequemsten Verhältnissen betten will. Henriette sollte ihrem Wohlthäter vorgeblich bloß das Leben angenehm machen. Ihre Empfindungen richteten sich wohl nur auf dies Aeußerliche. Herr Dammers machte gern ein geselliges Haus, was er durch die Kränklichkeit seiner unfreund=

lichen Frau lang entbehrt hatte. Henriette besaß dafür alle Gaben und Gewandtheit, und neigte dazu, Andern Freundlichkeit zu erweisen, Freude zu machen und Dürftigen wohlzuthun. Zu alledem wurden ihr die Mittel geboten und von dem Bewerber die schönsten Zugeständnisse gemacht. Ob sie vielleicht auch bedachte, daß sie die Pflege, die sie an die ärgerliche kranke Frau verschwendet hatte, bald genug an den dankbareren Mann zu wenden bekommen würde? O ja, Herr Walther, ich habe mehr solcher weiblichen Personen gekannt, die einen guten Menschen zu lieben glaubten, wenn sie ihm zur Freude und zu Gefallen leben konnten."

„Ja wohl, Jakob," erwiderte Walther, „und dies ist oft auch ein mit mehr Glück verbundner Irrthum, als wenn ein schwärmerisches Mädchenherz sich von einem jüngeren Manne bethören läßt, ihn durch ihre edle Liebe aus seinen unedlen Verirrungen retten zu wollen. Doch gewagt blieb immer ein solcher Ehebund. Und — wie ist er bei Henrietten angeschlagen, Jakob?"

„Ueber Erwarten, Herr Walther," war die Antwort. „Henriette war schon ein schönes Mädchen: aber sie ist eine prächtige Frau geworden, und das setzt ein frohes Gemüth voraus. Ja, Sie werden sich erstaunen über ihr Aussehen und ihre Haltung. Freilich, ihre Geltung in der Stadt, ihre Verdienste im Hause geben ihr so viel Sicherheit, als sie früher verschüchtert und unter=

würfig war. Sie ist, wie Ihr Herr Oheim sich einmal ausdrückte, eine Frau von Herz geblieben und von Welt geworden. Doch — wenn man vom Hasen spricht — —. Da kommen der Herr Hofrath!"

Er war es wirklich und trat ganz munter, wie es schien mit heitern Gedanken, in das Zimmer.

Nach seinem Berichte war der augenblickliche Anfall gehoben, der Zustand des Kranken aber noch keineswegs ganz beruhigend. — — „Mein alter Freund hat über seine bedrohlichen Anwandlungen einige Erfahrung," sagte der Hofrath, „und ängstlich, wie er ist, hat er mich zeitig genug rufen lassen. Doch ist er noch sehr aufgeregt und die Witterung für Schlaganfälle nicht unbedenklich. Er hat auch in letzter Zeit wieder in Abendgesellschaften zuviel gethan, und kann sich dann nicht genug beherrschen. Er trinkt zwar nicht über sein Maß, liebt aber starke Weine, und läßt sich üppige Schüsseln allzugut schmecken. Besonders kann er keine Gänseleberpastete an sich vorübergehen lassen. Von Deiner Ankunft habe ich ihm noch nichts sagen dürfen, um ihn nicht aufzuregen, da ihm vor allem Ruhe nöthig ist. Auch der lieben, vortrefflichen Frau habe ich Dich noch nicht in Erinnerung bringen wollen, um sie ganz ungestört ihrem Pflegamt zu überlassen. Ungestört, meine ich, weil sie immer einen lebhaften Antheil an Dir und Deinem Geschick genommen hat."

Der Hofrath sprach dies Letzte mit Nachdruck und beobachtendem Auge. Als aber Walther nachdenklich schwieg, fuhr er vertraulich fort:

„Ich muß Dir sagen, Walther, daß ich mir um die gute Frau eine absonderliche Angelegenheit mache. Mein alter Freund steckt leider, wie man zu sagen pflegt, in keiner guten Haut. Er schwebt jeden Tag in Gefahr eines wiederholten, gar leicht tödtlichen Schlaganfalls. Ich zweifle nicht, daß er, bei seiner generösen Denkungsart, Henrietten in seinem Testamente gehörig bedacht hat. Ich wünsche ihr nämlich bei ihrer Jugend, Anmuth und reinem Herzen eine zweite, schicklichere Verbindung, einen zweiten Mann, der in manchem Betracht, z. B. — der Liebe — vielleicht doch ihr erster wäre. An Bewerbern wird es ihr nicht fehlen: mit eignem Vermögen aber würde ihre Wahl freier, unabhängiger sein, als das erstemal." —

Diese Worte, wie der Hofrath sie betonte, verriethen die heitern Gedanken, mit denen er gekommen war, und sein sprechendes Auge beobachtete den Eindruck derselben auf Walthern. Er wußte von dessen früherem Wohlgefallen an Henrietten, und hoffte ihn auf Absichten zu bringen, wie er selbst sie diesen Morgen für den lieben Neffen gefaßt hatte, an dessen behagliche Zukunft er seine eigne zu knüpfen wünschte. An ihn dachte er wohl auch bei der Frage um Henriettens Vermögen. Er fühlte aber selber das Ungeziemende seiner unzeitigen Berechnung, und würde auch soviel davon nicht ausgesprochen haben, wäre er nicht von der Ankunft Walthers so aufgeregt und mit der Zukunft desselben so beschäftigt gewesen. Im Aussprechen bereute er auch schon seine Selbstvergessenheit und war sehr zufrieden damit, daß Walther, von eignen Empfindungen eingenommen, die versteckten Andeutungen überhört hatte. — —

„Nun darf ich auch ein Wort von mir sagen, bester Oheim!" ließ Walther sich jetzt vernehmen. „Ich bin mit bewegtem Herzen herüber gekommen Sie zu umarmen. Das Bild meiner seligen Mutter hat mir so lebhaft, als ob sie es selber wäre, die Vergangenheit und alles in die Seele gerufen, was Sie für die unglückliche Schwester und für deren unachtsamen Buben gethan haben. Ich erkenne es jetzt desto inniger, und werde mich Ihnen gänzlich widmen, nur mit Ihnen und zu Ihrer Zufriedenheit leben!"

Er umarmte den Oheim, der nicht ohne Rührung erwiderte:

„Nein, guter Walther, das wäre zuviel. Die Hälfte Deines Gelöbnisses würde mich glücklich machen, daß Du nämlich künftighin mit mir, bei mir, leben willst; doch nur für meine Zufriedenheit zu leben — nein! Die

Welt erwartet von einem Manne Deiner Kraft und Bildung mehr, als daß Du nur mit einem alten, ablebenden Burschen von Oheim alt werdest. Wir können wohl beide Wege, die zu einem würdigen Leben führen, vereint gehen, und wenn Du irgendwie, Deinen Jahren gemäß, zu wirken, zu schanzen und zu schaffen suchst, wodurch Du Dein persönliches Wesen ausbildest: so nehme ich dann an dem Andern mein Theil, daß wir nämlich das menschliche Leben selbst in seinem Wesen zu verstehen suchen. That und Erkenntniß — um beides gilt es dem rechten Manne, wie die Welt selbst vom Kampfe zum Frieden lebt. Wie mag der Mensch ohne die Einsicht, wozu und warum er lebe, seine Tage hinbringen! Diese Einsicht erhebt uns über die Tyrannei der Genüsse sowohl als der Leiden unseres Daseins, ohne uns für beide gefühllos zu machen. Das jetzige Bedürfniß Deiner schon geprüften Seele, Dein Verlangen nach Zurückgezogenheit, stimmt ganz zur Lage der Welt und zu den Erfahrungen meines Alters. So wollen wir denn in anmuthiger Häuslichkeit und liebreicher Verbindung mit liebevollen Menschen einer Thätigkeit leben, die zugleich die höchsten Fragen und Anliegen des Lebens in sich aufnimmt. Ich habe Dich früher mit all' Deinen Unarten lieb gehabt, und habe es auch jetzt gut mit Dir vor. — — — Doch sieh', da kommt eine Fuhrmannsschleife an's Haus: wohl Deine Sachen, Walther?"

„Ja, sie sind es!" rief Walther sich erhebend. „Auch die Kiste mit dem Cello. So will ich denn der Musikant unseres Glückes sein, Herzensoheim!"

Er schüttelte den Hofrath an beiden Schultern und eilte hinaus.

Drittes Kapitel.

Walther nahm sich nun den Tag, um seine Sachen auszupacken und bequem einzuräumen.

Seine Wohnung bestand aus zwei freundlichen Zimmern in einem neuen Anbau des alten Hauses, — mäßig groß, mittagwärts nach dem Hausgarten gerichtet. Dieser zog sich an den Mauern der Nachbarhäuser mit Spalieren für seines Obst und Wein hin, hegte in der Mitte einen grünen, mit Stauden, Gemüs- und Blumenbeeten eingefaßten Platz und spitzte sich mit einer Gruppe prächtiger Nußbäume zu, in deren Schatten man an guten Sommertagen anmuthiger, als in einer Laube saß.

Auch jetzt hatten diese Bäume sich ihres Blätterschmuckes noch nicht völlig entkleidet; die Astern blüthen zum Theil noch mit etwas welken Häuptern, die Stauden prangten mit den bunten Farben ihres absterbenden Laubes, und der Rasenplatz erquickte noch mit saftigem Grün das Auge.

Die Stille und Einsamkeit dieses Aufenthaltes sagte der Stimmung und den Absichten Walthers zu, so daß er sie der Wohnung, die ihm der Oheim im Vorderhause frei gestellt hatte, vorzog. Dies Vorderhaus sah freilich auf einen ziemlich lebhaften kleinen Platz, über den sich zwei oder drei Gassen kreuzten: was hätte Walther aber an diesem Hin- und Herlaufen der Menschen und kurzem Vorüberfahren von Wagen Besseres gehabt, als was er in jener Zurückgezogenheit, die von reiner Luft und Sonnenschein aufgesucht wurde, an seiner Musik und bei guten Büchern fand?

Von diesen brachte er selbst eine artige Sammlung mit, — die erlesensten Werke unserer Poesie und die bedeutendsten Schriften der Philosophie. Unsere Literatur blühte ja damals in beiden Gipfelästen gleich mächtig und eigenthümlich. Und wie hätte damals in Berlin ein junger Mann von Walthers Stellung, der mit dem Prinzen Louis die ausgezeichnetsten Männer, die große Gesellschaft und den geistreichen Salon der Jüdin Rahel Levin besuchte, mit den Gedanken der Zeit und den Forschungen unserer lebenden Philosophen unbekannt sein dürfen, oder es auch nur bleiben können? Vielmehr war es dem Freunde, bei seiner tiefern Begabung, zum Bedürfniß geworden, sich aus dem zerflatternden, leichtfertigen und übermüthigen Treiben des prinzlichen Kreises und Anhangs in den tieferen Anschauungen ernster Geister

zu sammeln. Dabei hatte es ihm an gemüthlichem Um=
gang nicht gefehlt. In manchen Familien und mit ver=
schiednen Männern von Rufe war er vertraut geworden,
und gedachte diese Verbindungen auch hier noch in der
Ferne brieflich festzuhalten.

Unter dem Auspacken nahm er auch aus sorgfältiger
Umhüllung ein Gemälde ohne Rahmen hervor, — ein
weibliches Brustbild zarter, jugendlicher Formen. Das
lockenreiche Haar, in lichtbräunlich glänzender Fülle, und
die leichte, lose Verhüllung der Brust waren nach keiner
Mode, sondern ideal gefaßt, das Gesicht von höchst eigen=
thümlichem, einnehmendem Ausdruck, man konnte es die
in's Menschliche verherrlichte Form eines Gazellenkopfes
nennen, — sanft gebogne Nase, etwas aufwärts gezogne
Mundwinkel, leicht abfallendes Kinn und große, braun=
strahlende Augen unter einer heitern Stirne.

Walther betrachtete das Bild lang mit leidmüthigem
Lächeln und so vertieft, als ob zwischen diesen vier Augen
ein Zwiegespräch gemeinsamer Erinnerungen statthaben
könnte. — — „Ja, so war sie, als ich sie kennen lernte,"
sprach er leise vor sich hin, — „das unbefangne Mädchen=
herz noch im Schutz einer reinen Natur, eine Knospe in
ihren umschließenden Kelchblättern. Ich war ihr Hüter,
der Gärtner, unter dem sie sich entfaltete." —

Er versank in wehmüthiges Nachdenken. Der Ab=
schiedsabend ihrer Abreise von Berlin kam ihm in Erin=

nerung, der er sich aber rasch mit dem gepreßten Ausruf
entschlug:

„So mußte denn auch ich Schüler der Weisheit erst
noch die Erfahrung machen, daß hochtragende Empfindungen oft gefährlicher für die Unschuld, als absichtliche
Verlockungen sind!“

Walther hatte in Berlin lang und vergebens auf
Nachrichten von der abgereisten Rosalie gewartet. Er
wollte gleich morgen an den Maler Darbes schreiben,
ob auch er seitdem nichts von ihr gehört habe.

Mit dem Bild in der Hand sah er sich nach einem
Plätzchen um, wo es sich demnächst in passendem Rahmen
anbringen ließe. Es fand sich aber an der Wand, die
für das Gemälde das rechte Licht hatte, keine Stelle,
auf die nicht die Augen der Mutter aus ihrer Nische
gefallen wären, und diese waren so sprechend, als ob sie
den jugendlichen Ankömmling zu kennen verlangten. Es
überkam ihn wie eine wirkliche Verlegenheit beide einander
vorzustellen, und er eilte mit dem Bild nach dem Schlafzimmer, wo er es auf einer Commode verkehrt gegen
die Wand stellte.

So war der Abend herangekommen, die beiden Zimmer in reinlicher Ordnung, gelüftet und sanft durch-
wärmt. Ueber dem entfernten Giebel des Nachbarhauses
stand, als Walther die Fenstervorhänge niederließ, die
Mondsichel und regte ihm die freudige Sehnsucht an,

mit der zu jeder Jahreszeit der zunehmende Mond unser Herz bewegt. Er erwartete den Oheim, und Jakob erschien mit zwei Lampen, und richtete den Thee an. Das Violoncell, sorgfältig gestimmt, stand in der Nische unter dem Bilde der Mutter.

Der Hofrath kam, umarmte den Neffen noch einmal zum Willkommen in der eingerichteten Wohnung, und ließ sich behaglich zum Thee nieder. Ueber die Neuigkeiten des Tages ging er leicht hinweg, um auf Berlin zu kommen. Die Nachrichten, die man von den dort herrschenden Unruhen und Vorkehrungen durch die Zeitungen erhielt, bedurften mancher Erläuterung, die Walther aus seiner Orts- und Personenkenntniß geben konnte. Noch lieber aber hörte der alte Herr von dem Leben und Umgang, dessen der Neffe dort gepflogen hatte; wobei ihn besonders der Einfluß auf die höhere Geistesbildung interessirte, die zu seiner Verwunderung Walther dort gewonnen hatte.

„Von den geistreichen und liebenswürdigen Frauen, deren Kreise wir besuchten, habe ich Ihnen erzählt," sprach Walther, „und es freut mich, daß Sie lieber Onkel, in meinem Thun und Lassen etwas von der Gunst jenes Umgangs wahrzunehmen glauben. Was Sie einigermaßen befremdet, ist mein Verkehr mit Philosophen und meine Vorliebe für ihre Schriften. Und doch hat sich dies sehr einfach gemacht.

„Die Lebensweise in dem Hofkreise, dem ich zunächst angehörte, brachte doch auch vieles mit sich, was mich unangenehm berührte, oft tief verletzte. Die Uebelstände entgingen mir nicht, die von mir mißbilligt und verworfen, mich dennoch mit sich in ihre Strudel rissen. Ich fand mich gar bald unbefriedigt."

„Ich begreife Das, Walther," fiel der Oheim ein. „Du müßtest nicht der Sohn meiner vortrefflichen Schwester sein, wenn Dir nichts von ihrer zarten, sittlichen Gewöhnung haften geblieben wäre."

„Und von Ihrer gesellschaftlichen Bildung, lieber Oheim!" fuhr Walther fort. „Drum ward mir auch der Umgang mit einigen bürgerlichen Freunden zuwider, die mich in Kreise brachten, wo man sich bei gewöhnlichem Weißbier und schlechtem Tabak an jämmerlichen Witzen, gehaltlosen Erzählungen und gemeinen Lebensansichten gefiel und sein Behagen fand.

„Das Berliner Familienleben sagte mir auch wenig zu, soweit ich es neben einigen ausgezeichneten Häusern kennen lernte. Viel Schein und Schimmer verdeckte gar schlecht den Mangel echter Bildung und Wohlhabenheit. Dabei hatte sich unter der Regierung des letzten, des s. g. „dicken" Königs Unglauben und Unsittlichkeit weit verbreitet.

„Genug, lieber Oheim, — es sollte und mußte Höheres und Besseres geben, und ich erkannte es auch an Beispielen, die mir entfernter standen und aufgesucht sein wollten.

„Da lernte ich Kiesewetter kennen, Professor an der medizinischen Anstalt, einen hellen, umfassenden Kopf, und hörte seine Vorträge über Kantische Philosophie. Eine neue Welt ging mir auf; ich fand mich auf einer geistigen Höhe, von der ich alles was im Alltagsleben zerstreut, zerstückelt, unbegreiflich um uns her liegt, in einem großen Zusammenhang erblickte.

„Was mir aber noch Besseres davon zu Theil wurde, so fällt bekanntlich die echte Lebensfrucht der Kantischen Forschungen in das Gebiet des Sittlichen. Da griff ich denn nach dieser Frucht, — bemüht, so wie in meine Erkenntniß, auch in mein Leben einen Zusammenhang zu bringen, mein Thun und Lassen, mein Wollen und Bestreben, ja mein geselliges Benehmen nach Grund-sätzen zu ordnen.

„Mit aller Dankbarkeit gegen Kiesewetter kam ich doch nach und nach von ihm ab. Er ließ sich mehr und mehr in Verbindung mit dem Hofe ziehen, und da er die Prinzen unterrichtete, kam er bald dazu, geistreiche Ver-gnügungen anzuordnen. Dabei verstand er sich, als ein rechter „Hofphilosoph", darauf, bei solchen Gelegenheiten die strengen Grundsätze Kant's, seines hohen Meisters, ein wenig bei Seite zu setzen, wie ja der Hof selbst auch eine Trauer zu Gunsten einer Lustpartie auf einen Tag ablegte.

„Gerade recht glücklich für mich Unvorbereiteten hatte es sich gefügt, daß Kiesewetter seicht genug in der Kant'schen Philosophie stand, so daß ich nicht gleich in die Tiefe derselben gerieth, wo ich mich nicht hätte finden und fassen können. Erst durch andre bedeutendere Männer kam ich dahin und erkannte, daß Niemand sich mehr dem Einflusse der Kant'schen Philosophie entziehen kann, und daß unser ganzes geistiges Leben auf der Sohle ihres Bettes strömt.

„Ich wurde nun auch auf einen andern hohen Mann — auf Fichte gelenkt, dem ich mich persönlich bekannt machte, und dessen tiefem Geist und gewaltigem Charakter ich mit aller Ehrerbietung zu huldigen hatte, dessen Handlungen mit seinen Worten und Lehren Eins waren. — — Doch, Verzeihung, lieber Oheim, daß ich Sie mit so unerquicklichen Nachrichten unterhalte! Ich wollte Ihnen etwas vorspielen und die friedliche Zuflucht, die Sie einem Flüchtling des Glücks gewähren, mit Musik einweihen."

Er holte die Gambe aus der Nische herbei, und setzte sich zu spielen dem Oheim und dem Bildniß der Mutter gegenüber. — —

Um das Spiel zu bezeichnen, womit Walther in den Berliner Kreisen soviel Gunst gefunden hatte, läßt sich sagen, daß ihm eine eigenthümliche lyrische Begabung innewohnte, für die ihm aber das Wort versagt war, so daß er schwerlich einen guten Vers und leichten Reim zu Stande gebracht hätte, für die er aber in den Tönen seines Instrumentes einen mächtigen Ausdruck fand. Nie fehlten ihm für seine augenblickliche Seelenstimmung die treffenden Accorde, ja er konnte phantasirend eine ganze Geschichte seiner Seelenerlebnisse in Tönen erzählen, — denjenigen wenigstens, die ein Verständniß für solche Sprache hatten.

In dieser Weise spielte er jetzt vor dem Oheim seine innigsten Empfindungen aus, — Jubel und Klagen seiner Erinnerungen, Unruhe und Schreck seiner Erlebnisse. — Und als er zuletzt zum Adagio seiner Heimkehr überging, — wie ward der alte Herr ergriffen, indem er die eingewebten Melodien einiger alten Lieder erkannte, die ihm aus vergangnen Tagen herüber klangen. Auch er hatte einmal geliebt und gehofft, und die Verlobte hatte ihm in jenen glücklichen Stunden diese Lieder gesungen. Nach ihrem plötzlichen Hingang hatte die Schwester, Walthers Mutter, das leidvolle Andenken am Klavier fortgeführt. Nun war aber auch sie nicht mehr, die eben nur im Bilde noch so lächelnd herab sah. Alles das erschütterte den so lang vereinsamten Mann. Er stand auf und sank weinend dem Neffen in die Arme. Schweigend hielt ihn Walther an die Brust gedrückt, bis er seine Fassung wieder hatte und sich erhob. — —

„Genug für heut, lieber Walther!" sagte er ungewöhnlich sanft. Ein andermal schenkst Du mir mehr ein aus diesem Strome — nicht der Vergessenheit, sondern der Erinnerung, der Todtenerweckung. Mein Herz muß sich nur erst daran gewöhnen. — — Komm, laß uns hinüber gehen! Das Herz ist ja auch ein Muskel und versteift sich, vertrocknet mit den Jahren. Musik ist Balsam und hält es gelenk und empfindsam für das Schöne, für Liebe und Wohlwollen, für alles Ewige im Leben. Das fühl' ich jetzt, Walther, und Dir dank' ich's, und bin froh, daß Du gekommen bist. Deine Heimkehr ist mir eine Wohlthat geworden."

Ueber den andern Tag fand der Hofrath seinen Freund Dammers körperlich in beruhigendem Zustande. Nur ein paar Aeußerungen verriethen im Laufe der Unterhaltung etwas von beunruhigtem Gewissen in Ausdrücken, die sonst dem Lebemann nicht eigen waren. Es ergab sich endlich, daß der Stadtpfarrer seinem kranken Freund einen Besuch gemacht hatte.

Dammers gehörte zu den katholischen Familien der Handelsstadt und der Pfarrer zu den Hausfreunden desselben — ein wissenschaftlicher, wohlgesinnter Mann von der humanen Bildung der damaligen Zeit. Man lebte noch in der geistigen Strömung des abgelaufenen Jahrhunderts der Aufklärung und jener kirchlichen Dult=

samkeit, die heut so verschrien und verdammt wird. Dazu kamen nun mit dem Kriege die Drangsale der Zeit und die Sorgen um die Zukunft, die alle Familien mehr oder weniger trafen, und die Menschen theilnehmend und behülflich gegen einander machten. Das Christenthum nahm thatsächliche Erweise in Anspruch. Kircheneifer kannte man nicht, zumal die Kirchenverfassung selbst darnieder lag, nachdem das Pabstthum durch Napoleon, die geistlichen Fürstenthümer durch die Reichsdeputation säcularisirt, die Bisthümer zerrissen, die Kapitel und Klöster aufgehoben waren, und der Sinn des einzigen Priesterfürsten der eine kirchlich=politische Stellung innebehielt, — des Primas Dalberg, wie später des Generalvicars von Constanz, Barons Wessenberg, darauf gerichtet war, die Kirche mit der neuen Zeit zu versöhnen.

Allein, auch ein so freidenkender Mann, wie der Stadtpfarrer, konnte doch am Krankenbette die lustige Unterhaltung nicht anstimmen, zu welcher er sonst und noch kürzlich unter den fröhlichen Abendgästen des Banquiers seinen geistreich=witzigen Beitrag geliefert hatte; er mußte vielmehr dem bedenklich Kranken den Ernst des Lebens vorhalten. Da waren demselben freilich Jugenderinnerungen aufgestiegen, die ihn ängstigten und auf den gewiß auch nicht ganz grundlosen Gedanken brachten, durch verspätete Genugthuung vielleicht auch seine körperliche Herstellung zu befestigen.

Dem Hofrathe kam diese Stimmung ganz erwünscht, wenn auch nicht in seinem Beruf als Arzt, doch für seinen geheimen Gedanken an die Zukunft seines Neffen. — — „Lieber Martin," sagte er, denn sie waren Duzfreunde, „Du mußt Dich jetzt mit keinen Erinnerungen quälen, mit keinen guten Vorsätzen beunruhigen. Du magst ja wohl manchen Jugendstreich begangen haben; wie Du aber immer ein nobler Mensch warst, bist Du gewiß keine Genugthuung schuldig geblieben; was man so genugthun nennt; denn für ein Vergehen gegen Andere kann man kaum genug thun, und ganz ungeschehen machen, kann der Mensch gar nichts. Was aber die Zukunft betrifft, so sind es ja nur sehr wenige, die Du zu bedenken hast. Oder, wer wär's denn noch außer Deiner vortrefflichen Frau, die Dir ja so theuer ist, die Du so hoch hältst, und außer Deinem Neffen, den Du mit Deinem Namen in Deinem Geschäfte so vortheilhaft gestellt hast, und der hoffentlich dankbar dafür sein wird."

„Hoffentlich, lieber Armfeld, hoffentlich! Du weißt ja!" erwiderte etwas kleinlaut der Kranke, indem er sich aus seinem liegenden Zustand auf dem Sopha zum Sitzen aufrichtete. „Von ihm nachher! Was meine gute Henriette betrifft: so habe ich sie mit einem Drittheil meines Vermögens bedacht, — sage ich Dir im Vertrauen."

„Das läßt sich hören, Martin," erwiderte der Hof=
rath, „und bis sie zum Genusse desselben gelangt, ist sie
wohl über die Jahre hinaus, um an eine zweite Heirath
zu denken."

„Glaubst Du, Doktor?" lächelte Dammers sehr er=
heitert. „Doch, mein Freund, auch für solchen Fall
bleibt es ja ihr Eigenthum. Ich bin auch so engherzig
nicht, daß ich meiner lieben Henriette nicht die Freuden
einer beglückteren Ehe gönnen sollte, als sie mit mir hat.
Denn leider ist sie ja bisher vielmehr meine Pflegerin,
als meine Gattin gewesen."

Er lächelte schmerzlich und reichte dem Arzte die
Hand, um von ihm geführt im Zimmer zu wandeln.

Er war ein stattlicher Mann, und mochte wohl seiner
Zeit auch ein schöner Mann gewesen sein. Mit hoch=
geröthetem Gesichte schritt er wie ein Schwindelhafter
am Arme des Arztes. —

„Wenn Du Dich gestimmt dazu fühlst, Martin," hob
der Arzt an, „so hätte ich Dir etwas Angenehmes zu
sagen, ich meine für mich angenehm. Ich habe einen
unerwarteten Besuch erhalten, — doch, gieb Deine Hand!
Ich werde den Puls beobachten: wirst Du mir unruhig,
so erfährst Du nichts."

Er legte seine Hand scherzhaft um das Handgelenk
des Kranken und forderte ihn auf zu rathen, worauf
dieser lachend entgegnete:

„Räthsel zu lösen und Verborgnes zu errathen war nie meine starke Seite, Armfeld; das Greifbare lag mir immer näher. Ich vermuthe aber, Du willst nur prüfen, wie klar es wieder in meinem Kopf aussieht, um etwas zu erkennen, was sich an den Fingern abzählen läßt. Also — höre nur, Schlaukopf von einem Doctor! Ich habe mir gestern Abend aus der Zeitung vorlesen lassen, — Umständlichkeiten vom Tode des Prinzen Louis Ferdinand. Und da habe ich so für mich gedacht: wenn nun der Prinz todt ist, was wird's dann mit dem Walther von Osthoff werden? Ei nun, dachte ich, der wird sich auf die Beine machen zu seinem Oheim, Hofrath Armfeld. Nicht wahr? Nennst Du das errathen?"

Er lachte vergnügt, und der Arzt versetzte feierlich:

„Der Banquier Dammers wird hiermit für gesund erklärt, wenn er sich auch noch in Betreff fremder Beine irrt; denn Walther ist zu Pferde gekommen. Also der Arzt nimmt Abschied, und nun fragt der Freund: Darf Walther kommen, darf ich ihn bringen? Er verlangt sehr nach seinem alten Geschäftsherrn und Gönner."

„Gewiß, Armfeld!" rief Dammers. „Ich freue mich sehr ihn zu sehen. Wird in dem üppigen Hofleben sich recht heraus gemaust haben. Ei, lassen wir ihn gleich kommen!"

Er schellte; der Bediente erschien.

„Franz," sagte der Hofrath, „gehen Sie in mein

Haus und sagen meinem Neffen, Herrn Walther von Osthoff, er möge doch gleich kommen, Herr Dammers wünsche ihn zu sehen. — — Hören Sie! Melden Sie diesen Auftrag an Madame Dammers mit der Bitte, sie möge doch Herrn Walther empfangen, bis wir ihn rufen lassen. Denn, lieber Freund, ich muß Dir erst das Nöthige über Walther mittheilen."

Der Bediente ging und Dammers bemerkte:

„Ganz recht! Auch mir kommt er wie erwünscht. Du sollst hören, wozu. Er wird mancherlei Erfahrung gemacht haben; war schon früher mein geheimer Agent in kaufmännischen Dingen, und ich werde ihn vielleicht bald als Diplomaten nöthig haben. Sieh', sieh', wie sich das prächtig fügt!"

Viertes Kapitel.

Aus einem natürlichen Zartgefühl hatte der Arzt die Frau Dammers von Walther's Besuche voraus benachrichtigt. Er wollte ihrem Herzen die Ueberraschung, ihrem Benehmen die Verlegenheit ersparen, die sie bei Walther's Besuch empfinden könnte; er bedachte aber nicht, in welchen Zweifel und Kampf er sie dennoch versetzte. Als es geschehen war, wollte es ihn fast reuen, indem er überlegte, daß gerade die Befangenheit der herzlichen Frau seinem Neffen vielleicht auf die ansprechendste Weise ihre alte Zuneigung für ihn verrathen hätte, auf die er bei seinen Entwürfen für Walthers Zukunft insgeheim rechnete.

Indeß hatte Frau Henriette den Gedanken, daß Walther zurückkommen könnte, aus dem Munde ihres Mannes, als sie ihm die Zeitung vorlas, bereits vernommen, und fand sich daher von der Nachricht, daß er

schon da sei, weniger überrascht, als von der heimlichen
Ueberlegung beunruhigt, wie sie ihn jetzt gleich empfangen
sollte. Ihr Herz klopfte, die alte Kränkung durch seine
Flucht ohne Abschied und über die Täuschung, die sie
damit erfahren hatte, regte sich noch einmal lebhaft,
während sie eben so innig empfand, daß sie vermählt,
wie sie jetzt war, sich durchaus nicht gekränkt zeigen
dürfe, um ja nicht zu verrathen, was sie einst für den
leichtfertigen jungen Mann empfunden hatte.

Bei der Ankunft des Hofraths war sie aus der
Krankenstube nach ihrem gewöhnlichen Wohnzimmer ge=
gangen, wo sie jetzt die Nachricht von Walther's Besuch
erhielt. Während sie sich zusammen nahm, den Jugend=
freund mit der Würde der Hausfrau und dem Anschein
freundlicher Unbefangenheit zu empfangen, konnte sie doch
nicht unterlassen, im Zimmer umher eines und das
andere gefälliger zurecht zu rücken und beim Abwischen
des Spiegels an sich selbst das Häubchen und ihre Locken
in Ordnung zu bringen.

Nur der Zweifel beunruhigte sie noch, wie sich Walther
selbst benehmen dürfte, und ob er in jener vornehmen
und übel berufenen Gesellschaft des Prinzen kein ein=
gebildetes Betragen oder verwegne Manieren angenommen
hätte. Sie fühlte, wie leid es ihr thun würde, wenn sie
ihn so verändert finden und ihm. ihr Wohlwollen ent=
ziehen müßte.

Sie hatte den Diener bereits angewiesen, den Besuch, wenn gleich erwartet, doch nicht unangemeldet vorzulassen. Die Förmlichkeit sollte ihn an ihr verändertes Verhältniß erinnern. So erschien denn auch Franz mit der Ankündigung Herrn Walthers von Osthoff. Sie nickte und eilte nach dem Sopha, um sich mit dem ganzen Gewicht einer Sitzenden zu fühlen.

Walther trat ein und blieb, von dem feierlichen Aussehen und der so schön entwickelten Frauentlichkeit Henriettens betroffen, einen Augenblick stehen.

Da erhob sich die bei seinem Anblick bewegte Frau rasch, und eilte ihm mit ihrer natürlichen Anmuth und beiden vorgestreckten Händen entgegen. — „Seien Sie mir recht herzlich willkommen, Walther!" sagte sie im Ton ihres frühern Umgangs, wiewohl nicht ohne flüchtiges Erröthen.

Walther ergriff die zarten weißen Hände und verneigte sich auf dieselben mit sichtlicher Bewegung. — „Tausend Dank, liebe — Frau Dammers, daß Sie mich so gnädig aufnehmen!" sagte er mit einem Lächeln, das einen Scherz begleiten sollte, und eine Rührung verrieth. „Wie hab' ich mich darauf gefreut, auch Sie da zu finden, wohin meine Flucht mich trieb! Alle Buße der Welt hab' ich mir unterwegs auferlegt für die Unart, womit ich die Stadt, dies Haus und besonders auch Sie damals ohne Abschied verließ. Alle Buße, und die erfte, vielleicht schwerfte für mich, ist wohl die, daß ich jetzt von dieser Schuld schweigen muß, wenigstens gegen Sie, nicht wahr — Frau Dammers?"

Sie schlug erröthend die Augen nieder, ungewiß wie er es meine; dann sagte sie freundlich:

"Kommen Sie, setzen Sie sich zu mir, bis Sie hinüber gerufen werden. Die Männer haben erst noch Einiges zu verhandeln.

Sie wies ihm einen Sessel an, und nahm ihren Platz im Sopha wieder ein; dann fuhr sie fort:

"Wenn ich das Leid bedenke, das Sie zuletzt erlebt haben, Walther, so ist vielleicht Ihre Flucht hierher schon Buße genug für jene frühere Ihres jugendlichen Uebermuths."

"Dies Wort der Theilnahme will ich Ihnen nie vergessen, Frau Henriette," rief er hingerissen aus. "So viel Verstand für mein Erlebniß, zugleich mit so edler Huld und Wahrheit liegt in dem einen Wort! Und wie schwer diese Buße für mich sei, lassen Sie mich nur einmal, und vergeben Sie das eine Mal! einmal für immer aussprechen! Meine Buße liegt darin, daß ich oder wie ich Sie früher verlassen, und wie ich Sie jetzt wieder finde, oder vielmehr wie ich Sie vor mir sehe und — nicht wieder finde."

"Still davon, Herr von Ofthoff!" fiel sie, mit einiger Unordnung ihrer Empfindungen, rasch ein. "Man darf eine Buße nicht zu weit ausdehnen. Erzählen Sie mir lieber, — nicht daß es Ihnen gut gegangen: das hab' ich im Allgemeinen gehört, und Sie sehen auch darnach aus; — aber erzählen Sie mir lieber — denn Sie haben so wenig von sich hören lassen, und ich hatte — kein Recht auch nur nach dem Wenigen zu fragen —. Glauben Sie wohl, daß ich noch nicht einmal genau weiß, wie Sie auf Ihrer Sendung nach Hamburg an den preußischen Prinzen Louis Ferdinand gekommen sind? O das erzählen Sie mir, ehe Sie hinüber gerufen werden! Ich interessire mich für den Prinzen, seit Sie zu ihm gekommen waren."

Dieser Aufforderung gehorsam erzählte Walther nach einigen Vorbemerkungen:

„Jener Sendung erinnern Sie sich also, und wissen nun auch, daß es einer für damals geheimen Angelegenheit galt, — der schnellen und geschickten Lösung einer nicht unbedeutenden Geschäftsverbindlichkeit. Daß gerade mir, einem Untergeordneten des Comptoirs, dies besondere Vertrauen geschenkt wurde, durfte ich immerhin als eine Auszeichnung betrachten, ob ich gleich keine großen Erwartungen daran knüpfte, indem ich insgeheim gar nicht Kaufmann zu werden dachte. Ich besaß eben einige Gewandtheit im gesellschaftlichen Benehmen und im Französischen, dem jungen Dammers voraus, der als Neffe und nächster Associé sich auf diese Mission und Reise nach

Hamburg gespitzt hatte, und mir gewiß seitdem einen heimlichen Aerger nachträgt."

„Wie?" fiel Frau Dammers ein, Sie dachten schon damals daran, das Geschäft zu verlassen und nicht Kaufmann zu bleiben?"

„Gewiß! lächelte er. „Ich war ja nur eines studentischen Muthwillens halber auf den Comptoirstuhl — relegirt worden, wie's bei den Studenten heißt."

Henriette, die darin eine Entschuldigung seines frühern Benehmens gegen sie erkennen mochte, erwiderte mit Empfindung:

„Das wußte ich nicht, Walther!"

Sie bot ihm freundlich die Hand und forderte ihn auf fortzufahren.

„Sehen Sie," sprach er weiter, „ich hätte um Alles gern studirt; der hohe Aufschwung unserer Poesie und Wissenschaft, von dem ich den Oheim mit seinen Freunden so begeistert reden hörte, lockte mich; die Namen Schiller und Kant, vor so manchen andern, hielten meine Gedanken in ahnungsvoller Schwebe. Nun mir aber der Weg zur Universität durch die Absichten des Oheims und der Mutter abgeschnitten war, warf ich mich desto eifriger auf mein liebes Violoncello, um durch Virtuosität in der Musik so bald wie möglich über den Comptoirtisch hinaus zu kommen in die Zone unserer berühmten Männer.

Indeß waren doch, als ich jenen Auftrag erhielt, meine Pläne noch nicht reif, und ich hätte mir nicht einfallen lassen, daß ich dazu käme, von Hamburg nicht wieder heimzukehren. Nein, ich freute mich vielmehr nach vollbrachtem Geschäft auf die Beweise von Zufriedenheit, die ich mir von Herrn Dammers und meinem Oheim versprechen durfte.

Eine Selbstgenüge oder Selbstbefriedigung, wozu ich von Natur einen gewissen Hang habe, verschaffte ich mir dadurch, daß ich auf dem Rückweg über Bremen mich entschloß, Pyrmont zu besuchen, wo der Zeitung nach viele und vornehme Gäste eine ungewöhnlich glänzende Saison machten. Ich war so glücklich, am Brunnenplatze ein eben frei gewordenes Zimmer zu gewinnen, wo ich gegenüber, im Eckhause der Brunnenstraße, den Prinzen Louis Ferdinand zum Nachbar hatte. Er war gekommen, die Königin Louise zu besuchen, die damals wiederholt den Brunnen gebrauchte, gewiß ohne Ahnung des entsetzlichen Verhängnisses, das jenen Sommer über Preußen schwebte, und es nun getroffen hat. —

Abends hörte ich den Prinzen auf dem Flügel phantasiren. Das vorzügliche Instrument war eigens für ihn beschafft worden. In Haufen, lauschend, standen die Badegäste bis tief in die Sommernacht unter den Fenstern. Auch mich ergriff eine Begeisterung jener befruchtenden Art, die ein verwandtes, wenn auch schwächeres Talent zum Selbstgefühl erweckt. Ich fühlte im Augenblick wie Correggio, als er beim Anblick eines Bildes von Raphael ausrief: „Auch ich bin ein Maler!" Und so faßte ich den übermüthigen Gedanken, dem Prinzen auf meinem Instrumente nachzuspielen.

„Auf dem Hinwege hätte mir so 'was nicht einfallen können; denn der geheime Abgeordnete des Bankhauses Dammers führte wohl einen Paß, aber keine Gambe mit sich. In Hamburg aber war ich so glücklich gewesen ein vortreffliches Cello zu erwerben, das ein jüngst verstorbenes Mitglied des Theater=Orchesters hinterlassen hatte.

„Für den ersten Abend mußte ich dennoch meinen Gedanken unausgeführt lassen; denn meine Gambe ruhte noch in ihrem Futteral und war nicht gestimmt. Indeß hielt mein Einfall bis zum andern Tage vor, und ich rüstete mich zur Ausführung am Abende, vorausgesetzt, daß der Prinz wieder spielen werde. Heut warb es später, ehe er nach einem Ausflug in die Gegend sich an den Flügel setzte.

„Was aber sollte ich vortragen? Mit ihm zugleich durfte ich schicklicherweise nicht spielen, und was ich nach ihm hören ließe, sollte sich doch auf ihn oder auf sein Spiel beziehen. Da ging er nach einer Reihe von Accorden und Läufen plötzlich zur Melodie des Duetts aus

Figaro's Hochzeit: „So lang hab' ich geschmachtet"
über, und verlor sich in Phantasien.

„Sie kennen ja diese Oper, theure Frau, und haben
gewiß empfunden, wie herrlich der derbe, sinnliche Stoff
derselbe durch Mozart's Musik veredelt oder vielmehr
verklärt erscheint. Wenn die Melodie zu diesen Worten
anhebt, überkommt uns die Empfindung, als ob nun
alle Sehnsucht des Herzens, alles Verlangen der Seele
nach dem höchsten und reinsten Glück des Lebens endlich
seinen Frieden finden sollte. „So lang hab' ich ge=
schmachtet!" Und man vergißt alle Susannen der Welt,
denen ein solches Schmachten eben gilt.

„In dieser hohen Schwebe hielten sich auch die Phan=
tasien des Prinzen; er erschien mir von seinen Tönen
und Accorden getragen, und der Dunstkreis des übeln
Rufes, der seinen Namen umgab, fing an zu leuchten, —
wie immer, wenn er spielte.

„Ich war rasch entschlossen, und noch schwebten die
letzten Klänge des Flügels in die Mondnacht, als ich
mit gewaltigem Bogen die jenem Texte folgende Melodie:
„So athm' ich denn mit vollen Zügen" ertönen
ließ. Mich wandelte es an, als wollt' ich mich in die
Herrlichkeit versenken, die ich von Drüben vernommen,
und die mir im eignen Herzen aufstieg. Der Himmel
weiß, woher mir die Gedanken kamen, die wie eine
Caskade durch meine Saiten rauschten.

„Ich bemerkte, daß der Prinz sich über die Brüstung seines Fensters herauslegte, und ein zweiter Mann neben ihm stand der, ihm zugekehrt, das linke Ohr herüber hielt.

„Es war das erste Mal, Frau Henriette, daß ich, als ich fertig war, mich über mich selbst verwunderte.

„So saß ich noch, das Cello im Arm, den Bogen über das Knie gesenkt wie das Schwert eines Feldzeug-meisters, der eben eine Schlacht gewonnen, als es an meine Thür klopfte und alsbald auch jener Nebenmann des Prinzen herein trat, auf mich losstürzte und rief:

„„Mensch, Fremdling, unbekannter Baßgeiger, wer sind Sie, wie kommen Sie so plötzlich daher? Allons, Sie müssen mit hinüber zum Prinzen Louis von Preußen, der will's wissen.""

„Ehe ich noch aufstehen konnte, hatte er mein Cello gefaßt, mich beim Arm genommen, fort ging's, und ich stand vor dem prächtigen Prinzen, ehe ich noch überlegt hatte, ob ich wollte oder nicht.

„Der Prinz umarmte mich; unser musikalisches Ein-verständniß hatte, so schien's, allen Unterschied des Standes für den Augenblick aufgehoben. Ich mußte mich ihm be-kannt machen, wir tranken Champagner und spielten her-nach abwechselnd die herrliche, mir unvergeßliche Julinacht hindurch.

„Der Andre, der mich abgeholt, war der Böhme

Dussek, der musikalische Hausgenosse des Prinzen, Virtuos und Componist.

„So trieben wir's die nächsten Tage; ich wurde der schönen Königin vorgestellt, und täuschte mich nicht, daß der Prinz ein Wohlgefallen an mir fand. Doch erst kurz vor seiner Abreise ließ er mir durch Dussek Vorschläge machen, mit ihm nach Berlin zu gehen. Er hatte vermuthlich damit gewartet, bis er mich nach meinen Familienverhältnissen kannte, die ihm eine solche Vermehrung seines Hauspersonals erleichterten. Indem ihm nämlich meine Kenntnisse in kaufmännischer Buch- und Kasseführung sehr erwünscht waren, fand er sich doch bei seinen zerrütteten Finanzen außer Stande, mir mehr, als einen annehmlichen Aufenthalt in seinem Palais anzubieten. Auch hätte ich kein eigentliches Salair annehmen mögen, um in persönlicher Unabhängigkeit das Uebergewicht seines fürstlichen Standes leichter zu tragen. Meine Stellung allein gewährte mir ja die wünschenswerthesten Vortheile für Bildung und Lebensgenuß. Und wenn ich jetzt noch zuweilen bedenke, wie sich, bei meinem heimlichen Wunsch aus dem Comptoir fort zu kommen, das alles so wunderbar zusammenfand, so fühle ich mich wahrlich fromm genug an eine höhere Fügung und Führung zu glauben. Nehmen Sie nur selbst, Frau Henriette, — daß ich gerade damals nach Hamburg geschickt wurde, dort ein vorzügliches Cello entdeckte, Verlangen

nach Pyrmont bekam, und im Augenblick meines Ein=
treffens ein Quartier dem Prinzen gegenüber frei wurde!
Ist es nicht fast wie ein Traum?

„Also schrieb ich eilig an meinen Oheim, legte ihm
das Bekenntniß meiner Comptoir=Antipathie und meine
anderweiten Lebenspläne auseinander. Mein Oheim ist
ein prächtiger Mensch! Er hatte seinen Mißgriff bei
meiner Lebensbestimmung schon selber erkannt, ging über
sein und mein Benehmen heiter hinaus, und setzte mir,
unter guten Lehren und Winken in Betreff meiner Hal=
tung und meines Bestrebens, eine annehmliche Jahres=
summe fest, auf die ich aus meiner Mutter Verlassenschaft
nebst seinen Zuschüssen rechnen könnte. So kehrte ich
denn gar nicht zurück, vervollständigte bloß meinen frühern
Bericht über das Hamburger Geschäft, und reiste mit
dem Prinzen stracks nach Berlin.“ — —

„Wo Sie dann freilich in dem lustigen Hof= und
Residenzleben Ihrer Freunde und Vergangenheit bald
genug vergaßen!“ wendete, als er schwieg, Frau Dam=
mers ein, und ihr Mund lächelte zu dem Vorwurf ihres
Blickes.

„Wohl war jenes Leben verlockend genug, liebe Frau
Henriette,“ versetzte er, „und mein Oheim sagte mir
schon, wie besorgt meine Freunde um mich gewesen sind.
Indeß darf ich mit aller Ehrlichkeit meines Herzens be=
kennen, und da nehmen Sie meine Hand darauf! — daß

ich wesentlich doch der Sohn meiner vortrefflichen Mutter geblieben bin. Ich schwärmte wohl auch mit jenen wilden Hummeln, doch mehr wie eine Biene, um die üppig blühenden Freuden; ich vergaß nicht auch Wachs aufzunehmen, wo die andern nur Nektar suchten, und trug das Reinste meiner Ausbeute in die Wabe meiner Zukunft. Freilich, — und Sie wissen es ja, beste Henriette, — es ist einmal die Erbsünde der Adamskinder, daß sie nur mit Einbuße an der Unschuld des Herzens Frucht vom Baum der Erkenntniß brechen können. Es kommt nur darauf an —"

Eben trat der Hofrath herein, heiter aussehend, ja, wie es schien, ein wenig aufgeregt. —

„Nicht wahr, Du solltest gerufen werden, Walther?" sagte er lachend. „Nun, Du wirst, denke ich, nicht gerade darauf gewartet haben: bei unserer lieben Frau von gutem Rathe läßt sich schon ein Stündchen lang die Zeit vergessen. Ich komme nun aber doch nicht, Dich abzurufen. Wir haben diese und jene Angelegenheit verhandelt, wozu Freund Martin eben die Stunde und die Stimmung hatte. Nun wollen wir ihm lieber ein wenig Ruhe lassen, und ich habe ihn dazu bestimmt, Dich gegen Abend zu empfangen. Jetzt, lieb Frauchen, gehen Sie zu ihm, geben ihm, sobald sie kommt, die neu verschriebene Mixtur, und sorgen, daß er ein wenig schlummere. Nun, auf Wiedersehen!"

Sie hielt die Hand, die er ihr bot, einige Augenblicke fest, um sich erst über ihres Mannes Befinden beruhigen zu lassen; dann begleitete sie beide Männer hinaus, und schied, mit freundlichem Blick, in der Richtung nach dem Krankenzimmer.

Fünftes Kapitel.

Oheim Armfeld, seit Walthers Ankunft ohnehin in einer höhern, belebteren Stimmung, konnte das trauliche Zimmer kaum erwarten, um auf die Angelegenheiten zu kommen, die er von dem Kranken mitbrachte. Seine Gedanken, die auf einen Lebensplan für den lieben Neffen lossteuerten, hatten unerwartet Ankergrund gefunden und eilten seiner Ueberlegung voraus. — —

„Ich muß Dir nur sagen, Walther," flüsterte er unterwegs, — „mein alter Freund gefällt mir nicht, — mir als seinem Arzte, meine ich. Sein Zustand hält mich zwar schon Jahr und Tag in Besorgniß, denn die wiederholten Schlaganfälle sind in seiner Constitution und frühern Lebensweise begründet und schweben, so zu sagen, in der Luft. Allein, nachdem er sich aus dem jüngsten Anfall am ersten Tage ganz muthig erhoben hatte, ist er plötzlich in Kleinmuth und Aengstlichkeit verfallen, die mich aufs Neue bekümmern. Ich bin daher gern auf die Anliegen eingegangen, die sein Gemüth beunruhigen. So hat er denn, nachdem er seinen Pfarrer bloß als Freund empfangen, mich den Arzt, zu seinem Gewissensrathe gemacht. Seine Beängstigung geht bis zum Aberglauben, so daß er in Deiner unvermutheten Heimkehr eine höhere Fügung, versteht sich zu seinen Gunsten, erkennen will. Er klammert sich also an Dich, und ich konnte ihn kaum auf ein paar Stündchen Deines Besuchs vertrösten, weil ich Dich doch erst vorbereiten muß. Wir wollen, so viel wie möglich, auf seine Gedanken eingehen, nur um ihn vor Allem zu beruhigen."

„An mich hält er sich, lieber Onkel?" fragte Walther verwundert.

Doch der Oheim eilte schon die Haustreppe hinauf, öffnete mit einem Drücker, ließ sich in seinem Zimmer von Jakob den Schlafrock anziehen und warf sich mit dem Befehlswort: „Ich bin nicht zu Haus!" in den großen Lehnstuhl. „Nun höre!" sagte er, und winkte Walthern dicht zu sich heran. „Drei Angelegenheiten beschäftigen sein Gemüth: seine Frau, sein Comptoir und seine Tochter."

„Seine Tochter? Wo hat er denn eine Tochter?" rief Walther überrascht.

„Nun ja," lächelte der Hofrath, „die hat sich eben bisher in den Falten seines Gewissens versteckt gehalten und tritt nun mit einem Mal groß und erwachsen hervor. Eine sogenannte natürliche Tochter, an der gewiß auch nichts Uebernatürliches ist. Von ihr nachher! Du siehst Walther, daß ihn die Angst oder eine Ahnung zu Bekenntnissen treibt, die wir jedoch nicht für seine letzte Beichte nehmen wollen. Seine Frau nun hat er bereits und wohl bedacht. Nach einem gerichtlich hinterlegten Testament erhält sie den dritten Theil seines Gesammtvermögens zu freiem Eigenthum, mit 5½ Procent verzinslich, so lange sie es im Geschäfte stehen läßt, was er wünscht und durch die höhere Verzinsung zu erreichen sucht. Er denkt nämlich daran, und gönnt ihr von Herzen, daß sie sich wieder verheirathe. Du begreifst wohl, daß dies auch bei einer so glänzenden Ausstattung ihrer liebenswürdigen Persönlichkeit gar wohl zu erwarten ist. Nur Eines bekümmert ihn dabei. Sein Neffe, auf den das Geschäft überkommt, ist ein roher, widerwärtiger Bursche. Er hat sich bei dem letzten Schlaganfall des Oheims so anmaßend und gegen die Dame des Hauses rücksichtslos, ja ungeschliffen betragen, daß man sich kein gutes Verhältniß mit ihm versprechen darf. Nun bleibt zwar nach dem Ableben meines kranken Freundes unsere liebe Frau Henriette nicht im Hause, sondern bekommt die schöne Gartenwohnung am Thor; dennoch fürchtet der Kranke manche Verdrießlichkeit für sie aus der Verbindung, worin sie durch ihr Vermögen mit dem Geschäft und dem fatalen Chef desselben verbleibt. Kurz, lieber Walther, er wünscht, Du möchtest zum Besten des Geschäfts und seiner künftigen Wittwe eintreten, — als Theilhaber, als Mitbesitzer, unter Bedingungen für Deine Stellung im Hause, die Du selber vorschlagen sollst. Wie nun das auszuführen und ein neues Testament einzurichten wäre, müssen wir mit meinem juristischen Freunde berathen."

Eine Stille entstand. Das Auge des Oheims, mit dem Ausdrucke seiner Beobachtung, ruhte auf Walthers nachdenklichem Gesicht. Dieser, ohne Mißtrauen, welchen Antheil der Oheim bei solchem Geschäftsplan etwa genommen hätte, erwiderte ruhig:

„Ich sehe wohl ein, lieber Oheim, daß ich mich gegen den Kranken, so lang er es ist, nicht abweisend erklären darf. Glücklicherweise liegt ja neben seinem Vorschlag eine einfache Auskunft, die meiner Gesinnung mehr entspricht. Denn, bester Oheim, wie sollt' ich jetzt dazu kommen, mich in ein Handelsgeschäft zu werfen, das für mich schon anfangs eine Strafanstalt war, der ich mit Ihrer Zustimmung endlich glücklich entfliehen konnte? Sie werden vielleicht sagen: Ja, das war damals, guter Junge, als eine jugendliche Unruhe, vielleicht ein jugendliches Selbstgefühl, Dich in die weite Welt, nach den glänzenden Höhen des Lebens trieb; jetzt aber bist Du gewitzigt, Ruhe und Frieden suchend zurückgekommen und bedarfst doch einer Beschäftigung für Deine Jahre! Ganz recht, lieber Oheim! Glauben Sie denn aber, daß man nach Anschauungen, wie sie mich beglückt, nach Studien, die ich lieb gewonnen, nach Erlebnissen, wie sie mich erschüttert haben, leichter eine Befriedigung der Seele auf dem Comptoirstuhle finden könne, daß man vergnügt mit einer gewinnreichen Ziffer zu Bette gehen, von hohen Zahlen träumen, und mit keiner höhern Sorge, als um einen Rechnungsfehler im Hauptbuch, erwachen werde? Nein, bester Oheim, unter solchen Erschütterungen, wie ich sie erlebt, weitet sich unser Herz nur noch mehr aus und bedarf anderer Erfüllung. Ich bin sogar in einer Zeit wie die jetzige selbst eine Ziffer geworden, die vielleicht bald mitgezählt wird, und dazu muß ich mich bereit halten. Wir Alle müssen uns der Zeit gewachsen halten, die mit Sturm herankommt und unsern Widerstand aufruft. · — — Doch, fällt mir eben ein, — denkt der alte Herr vielleicht, ich könnte seine unbekannte Tochter heirathen? Denn mich so ohne Weiteres zum Mit=besitzer seines Geschäfts zu machen, wäre zu viel Gunst auf Kosten seines Neffen. Ist es so, lieber Oheim? Aufrichtig!"

„Nein, Walther," betheuerte der Hofrath, „wahrlich, das ist ihm nicht in den Sinn gekommen! Nur um Henriettens willen wünscht er es, nur in ihrem Interesse gegen einen mißliebigen Neffen, der ja keine Rechtsansprüche an den

Oheim hat und Das nicht verdient, was ihm dabei zugedacht ist."

„Gut, bester Oheim," fuhr Walther fort, „dann genügt es allenfalls, daß Herr Dammers für sein hoffentlich doch entferntes Ableben mich oder Sie, Oheim, bevollmächtige, Frau Henrietten in ihrem Interesse gegen den Neffen, als den Alleinbesitzer des Geschäfts, zu vertreten. Daß sie sich so rasch wieder verheirathe — glauben Sie das Oheim? Ich nicht! Das liegt nicht in ihrem Wesen; so flatterhaft und leichtsinnig ist Henriette nicht!"

Der Hofrath lächelte, indem er sagte:

„Ohne Liebe gewiß nicht! Wer steht aber bei einer jungen, umworbenen Wittwe für alte oder neue Liebe? Dann aber meinst Du, würde ihr Mann für Dich oder mich als ihr Beschützer eintreten?"

„Das nicht, Oheim; aber sie dürfte ja nur, um ganz unangefochten auf ihrem Wittwenstuhle zu sitzen, ihren Erbantheil, ihr Vermögen, aus dem Geschäfte ziehen. Geld ist jetzt theuer und leicht anzubringen, und das Kapital ist groß genug, um auch ohne höhere Zinsen mit Würde und Anmuth davon zu leben."

„Du bedenkst aber nicht," wendete der Doctor ein, „daß dadurch das Geschäft einen gewaltigen Stoß bekäme. Was meinst Du, wenn ich einem Menschen durch Aderlaß den dritten Theil seines Blutes entzöge: würde er nicht ein Bischen ohnmächtig werden?"

„Mag es doch, Oheim!" rief Walther, „was kümmert uns der Schwung der Geschäfte oder die Ohnmacht dieses Karl Dammers und seines unverdienten Glücks! Und hätte solches Geschäft in dieser Zeit keine anderen Stöße zu erwarten? Glauben Sie nicht, Oheim, daß der gute König von Preußen sich wird darein finden müssen, beim Friedensschlusse vielleicht noch mehr als ein Drittheil seiner Monarchie zu verlieren? Und noch mehr! Welche Umwandlungen ganz Deutschlands stehen uns bevor! Was hat sich nicht schon in den letzten drei Jahren durch den Reichsdeputationshauptschluß um uns her geändert? Geistliche Fürstenthümer, Stifter und Klöster sind zahlreich verschwunden und unter weltliches Zepter gefallen, der erste Stand im deutschen Reiche, der Clerus, ist unterthan geworden, und mit dem weltlichen Besitze hat die Kirche ihre Macht über Stiftungen und geistliche Corporationen verloren. Und welche Einbußen hat der deutsche Adel an Einkommen und Ansehen dadurch erlitten, daß ihm fortan zur Unterbringung seiner Söhne hunderte von Domstiftern fehlen werden? Und dann die Reichsgrafen, die Ritterschaften, die kleinen Hof- und Residenzstädte — wie ist ihnen durch den Schnäpper der Mediatisirung zur Ader gelassen worden, Oheim! Was! Und die Geldbank des jungen Herrn Dammers soll uns Rücksichten, Beschränkungen auflegen?

Dieser Blick in die Zeit und Zukunft, mit dem Ausdrucke lebhafter Empfindung gethan, fand Eingang bei dem alten Herrn. Armfeld war gegen solche Anschauungen, überhaupt für idealische Auffassung des Lebens, nicht verschlossen. Er hatte den Realismus seiner Denkungsart, das Festhalten am Greifbaren, auf die Ausübung seines ärztlichen Berufs und auf heiteren Lebensgenuß eingeschränkt, hielt sich aber selbst in seiner Wissenschaft den neuen Ideen nicht fremd, die aus der Schelling'schen Schule eingebracht wurden. Sein angelegentlicher Wunsch ging nur dahin, den lieben Neffen durch ein geregeltes Geschäft und die damit verbundene Selbstzufriedenheit bei sich festzuhalten. Dawider verschlug nun aber Das nicht, wozu Walther sich eben erboten hatte; es versprach vielmehr auf noch kürzerem Wege zu dem Lieblingsplane zu führen, den der Hofrath für den lieben Jungen gefaßt hatte, den er aber nur insgeheim hegen und pflegen durfte: Denn seine Berechnung war auf den Tod eines Mannes gestellt, dem er als Freund immer ehrlich anhing, wenn er als Arzt ihn auch längst aufgegeben hatte. Von Frau Henrietten dachte er durchaus nicht geringer, als Walther selbst; er wußte aber von ihrer früheren Zuneigung und dem neuerwachten Wohlwollen für denselben, und glaubte das liebesbedürftige Herz der Frauen, besonders derer zu kennen, die traurige Erlebnisse hinter sich und noch eine schöne Zukunft vor sich haben.

Bedachte nun der kluge Doctor, daß Walther, der als Theilhaber am Geschäfte alles Unangenehme von Henrietten abwenden würde, gerade außerhalb desselben viel eher in den Fall käme, sich ihrer anzunehmen, für sie zu handeln und somit als ihr Ritter in persönlichen Bezug mit ihr zu treten: so schien Das gerade die stille Absicht zu fördern, die er hatte, — beide unvermerkt einander näher zu bringen für die Zeit, daß sie sich verbinden, glücklich werden und ihn selbst mit in ihr Glück aufnehmen könnten.

Diese blitzschnell gefaßte Berechnung stimmte ihn so schalkhaft heiter, daß er für sich lächelnd dachte:

„Ja, ja, mein Sohn, mit Deinem Vorschlage wollen wir's erleben, daß Du inmitten der großen Erschütterungen Europa's unvermerkt selbst eine Umwandlung Deiner Herzensgedanken erlebest, und daß beim allgemeinen Friedensschluß ein Artikelchen mit Gewinn für Dich abfalle!"

„Gut, lieber Walther," sagte er nach dieser stillen Ueberlegung, lassen wir es also bei Dem, wozu Du Dich bereit erklärst. Hoffentlich wird auch mein Patient sich dabei beruhigen. Vernimm nun aber weiter!

Er hatte bereits ein Päckchen Schriften aus der Tasche vor sich hingelegt, und fuhr fort:

„Diese Papiere betreffen die uns unerwartete Tochter. Ich habe dieselben mit meines Freundes Schlüssel in einem geheimen Schubfache seines Kaunitz aufgefunden. Nimm sie zu Dir und wir besprechen uns, wenn Du sie gelesen. Ich weiß nur im Allgemeinen, daß er als junger Mann, bei längerem Aufenthalt in Wien, ein zartes und ernst gemeintes Verhältniß mit einer damals beliebten Opernsängerin gehabt hat, das mit einer Tochter ausgegangen ist. Er hat in seiner noblen Weise für das Kind bis es erwachsen war, ein ansehnliches Jahrgeld durch das Bankhaus von Arnstein zahlen lassen, später aber sich weiter nicht bekümmert, und seit Jahren nichts von dort vernommen.

Eben hierüber macht er sich nun Vorwürfe, beunruhigt sich und will es dadurch gut machen, daß er dem Mädchen jetzt noch testamentlich eine hübsche Aussteuer zugedacht hat. Dasselbe muß nun herangewachsen sein; lebt es aber auch noch? Und da der Papa aus aller Verbindung mit den Angehörigen gekommen ist, so bekümmert es ihn, wer denn nach seinem Tode sich mehr Sorge, als er bisher selbst gehabt, um ein Geschöpf machen werde, dessen Aufenthalt er nicht einmal nachweisen könnte. Es gilt ihm daher vor allem die Lage und das Geschick der Tochter zu ermitteln. Sieh' zu, ob Du in den Papieren nicht irgend einen Anknüpfungspunkt zu weiterem Nachforschen findest."

Er stand auf und ging seine Patienten zu besuchen.

Als Walther das mit einem vergilbten Seidenbändchen

zusammengehaltne Päckchen an sich nahm und sich nach
seinen Zimmern begab, überkam ihn eine eigenthümliche
Unruhe. Er sann hin und her und fiel auf die Betrachtung, — wie doch ein altes Verschulden, das man
längst gesühnt glaubte, auch einen wohlwollenden Mann
noch in späten Jahren heimsuchen kann.

Wie nahe lag es da, der eignen Geliebten zu ge-
denken, die sich ebensowohl, wenn gleich ohne Glück, der
Oper gewidmet hatte! — — —

So lebhaft, wie in diesen Augenblicken, war ihm ihre
reizende, so schön begabte Jugend lange nicht vorgeschwebt.
Doch schien die Erinnerung, was er für sie gethan und
sich von ihr versprochen hatte, mehr von der Aengstlichkeit begleitet, daß er sie für immer verloren habe, als
von dem Vorwurfe, daß er ihr verschuldet sei.

In der Abschiedsstunde hatten sich zwar ihre Herzen
erkannt und sie gehörten einander durch das innigste
Band der Liebe an: Rosalie hatte sich aber eine Erklärung über ihre Herkunft und Familie vorbehalten, von
der es abhing, ob auch ein Bündniß für das Leben
daraus werden sollte.

Diese Erklärung war sie ihm, nach ihrer Abreise von
Berlin, schuldig geblieben. Hatte sie absichtlich mit ihm
gebrochen? Fast schien es so. Es schmerzte ihn, und
zugleich beunruhigte es ihn, was aus ihr geworden.

Und nun hatte ihn ein wunderbares Verhängniß in

den Lebenskreis seiner ersten jugendlichen Neigung zurück-
geführt.

Wie bewegte ihn Henriettens so schön entfaltete
Gegenwart! Aber auch sie war nun für ihn verloren.
Welche unbegreifliche Fügung, die ihn mit bedürftigem
Herzen nur auf Verlornes und auf Entbehrung setzte!

Und doch vielleicht —!

Zwischen Einst und Jetzt — welche Kämpfe standen
ihm bevor!

Aus dieser Lage seines Herzens mochte vielleicht die
Unruhe und Aengstlichkeit herrühren, die ihn mit dem
übernommenen Päckchen geheimnißvoller Liebesbriefe seines
alten Gönners überschlichen hatte.

Er legte es beiseit, er wagte es heute nicht zu öffnen.

Sechstes Kapitel.

Mehrere Tage später saß Frau Henriette neben dem Sofa, auf welchem ihr Mann seines Mittagsschläfchens pflegte. Sie selbst war eingeschlummert und hielt mit schlaffen Händen das Tagblatt des Frankfurter Post= reiters auf dem Schooße, so daß über den kriegerischen Nachrichten der Zeitung ihr rosiges Gesicht in kindlichem Frieden nickte.

Walther war bisher wiederholt dagewesen. Er hatte den alten, seines Besuches erfreuten Herrn über seine Ablehnung eines Antheils am Bankgeschäfte zufrieden gestellt, wegen der Briefe aber sich vertraulich einige Frist zur Mittheilung ausgebeten.

Es war still im Gemache bis auf das Ticken der Standuhr in hohem Gehäus. Ueber ein Weilchen er= scholl der Hammerschlag eines nachbarlichen Küfers um ein hohles Faß. Henriette erwachte. Auch der Schla= fende regte sich und fuhr empor. — — „Lieber Martin," rief sie erschrocken, „ist Dir 'was? Willst Du 'was?"

„Nichts, Jettchen, gar nichts," antwortete er. Ich habe, scheint's, Deine vorgelef'nen Nachrichten fortgeträumt, und befand mich unerwartet mit den Preußen auf der Flucht, als plötzlich der Kanonendonner des Feindes hinter uns losbrach, und ich im Laufen stolperte."

„Ja, ja, Martin, der Nachbar Küfer hat eben kanonirt. Hörst Du wieder die Bataille?"

„Jawohl, Jettchen! Der Küfer und der Kaiser Napoleon sind schlimme Nachbarn: sie stören uns im Schlaf und machen uns böse Träume. Nun lies aber den Bericht von der wirklichen Flucht der Preußen zu Ende. Jetzt bringen uns doch die Zeitungen mehr umständliche Nachrichten über das Unglück."

Sie nahm das Blatt auf und las:

„Verhängnißvoller fast als der Tag des 14. Oktober war der preußischen Monarchie die Nacht geworden, die folgte. Auf den Rückzug so unvorbereitet, wie auf die Schlachten, beide Heere getrennt und ohne Kunde von einander, ohne sichre Führung und ohne Kundschafter, ohne Ortskenntniß wurden die Reste preußischer Heeresmacht in einzelne lose Colonnen aus einander gerissen oder auf verfehlten Wegen im Kreise umher getrieben. Der Anblick dieser Verwirrung, der Gedanke daß kein fester Platz, kein Magazin in der Nähe sei, ließ die Strapatzen noch bittrer empfinden, und steigerte die Sorgen vor dem Mangel und den Mühen, denen man

entgegen ging. Bei den Führern wich die Geistes-
gegenwart und der besonnene Muth; bei den Soldaten
ward Gehorsam und Vertrauen mit jeder Stunde tiefer
untergraben. Die Haupttheile des Heeres, das sich bei
Auerstädt geschlagen, führte der König in der Richtung
auf Weimar. Spät am Abende kam die erste genauere
Botschaft über die Schlacht bei Jena und das Schicksal
der unter Hohenlohe und Rüchel vereinigten Truppen.
Im Dunkel der Nacht, stets in Gefahr auf Colonnen
des Feindes zu stoßen, zum Theil an seinen Bivouacs
vorüber, hie und da auch durch aufgelöste Haufen der
bei Jena geschlagnen Armee vergrößert, so kam die Masse
am Morgen nach dem verhängnißvollen Schlachttage in
Sommerda an." — Fortsetzung folgt.

Mit einem Blick auf die Uhr sprach Henriette:

„Wie gut, Papachen, hat es der Tod mit dem Prinzen
Louis gemeint, als er ihn all dem Unglück und so mancher
Schmach voraus entzog. Ein herrlicher Mensch muß er
gewesen sein, Martin."

„Meinst Du, Kind?" erwiderte er.

„Ja, Väterchen! Walther hat mir von ihm erzählt,
von seiner Persönlichkeit und seinem Leben. Walther war
immer um ihn und in seinem Vertrauen."

„Thut mir leid, Jettchen, versetzte er, denn sie sollen's
in Berlin bunt genug getrieben haben, — die ganze
fidele Brüderschaft."

„Walther doch nicht, Väterchen! Er hat keinen rechten Antheil daran genommen. Das Leben sei allerdings verlockend gewesen, sagte er mir, aber er habe doch nie seiner vortrefflichen Mutter vergessen. Und, meinst Du nicht auch, Martin, — wer nach seinen Erlebnissen einer guten Mutter gedenkt, muß so gar Schlimmes nicht hinter sich haben. Walther verglich sich mit einer Biene, die Honig sammelnd unter jenen wilden Hummeln mit umhergeflogen sei. Auch ist er wirklich viel ehrlicher zurückgekommen, lieber Martin —."

Sie hatte mit soviel Wärme und Eifer gesprochen, daß der alte Herr bei ihrem plötzlichen Schweigen lächelnd bemerkte:

„Ehrlicher, Jettchen? Du meinst also ehrlicher als sonst? Hast Du ihn denn früher weniger ehrlich gekannt? In welchen Stücken denn, Töchterchen? — — Nun, Du schweigst? Und hängst da zwei Scharlachfähnchen unter den glänzenden Augen aus? Schämst Du Dich für ihn? Ist es so arg?"

„Geh', Martin, Du bist nicht klug!" erwiderte sie verlegen.

„So? Ich meinte gerade ich wär's eben. Komm' einmal her, Töchterchen, setze Dich dahin, und gib mir Dein Händchen!"

Henriette that es mit verschämter Freundlichkeit, und Herr Martin, während er das Händchen streichelte, und

mit den Fingern spielend den Trauring aus und ein
schob, fuhr fort:

„Sieh, mein Herzchen, Du bist lieb und ehrlich, und
weißt auch, wie sehr ich als Papachen gut zu machen
suche, was ich geirrt und gefehlt, als ich Dein Mann
sein wollte, und Deine Jugend, Dein unerfahrnes Herz
zu gewinnen wußte. Sich', Jettchen, — wenn Du mir
offen gestehen wolltest, Du habest je geliebt, oder liebtest
noch: bei Gott, Herzchen, ich würde mich sehr, sehr erleichtert fühlen in meiner Schuld. Es freut mich, daß
Du für Walthers Rechtschaffenheit Dich so ereifern
kannst. Das hat sein Häkchen, lieb Jettchen, und — ich
kenne das Häkchen. Aber es wird mich glücklich machen,
wenn Du mir's offen gestehst. Nicht wahr, Du hast
etwas mit Walther gehabt, ganz unschuldig, Kind, so
was man in Wien ein „klein's Techtelmechtel" nennt?
Denn, wenn Walther, der durch und durch ehrliche
Bursche, in einem Stück unehrlich gewesen ist, kann's
nur gegen Dich sein!"

„Du nimmst das Wort zu schwer, lieber Mann —
lieber Martin!" erwiderte sie. „Unehrlich war Walther nie, aber, sagte ich, ehrlicher ist er doch zurück gekommen, — — wollte ich sagen —."

„Töchterchen, verhaspele Dich nicht!" lachte er. „Auf
Ehre, es wäre mir eine rechte Freude, wenn Du Walthern

ein klein wenig lieb hättest, — lieb, wie man einen Jugendfreund haben darf."

Lieb hast, Martin?" rief sie und stand unwillig auf. „Ich bin Deine rechtschaffene Frau, und weiß was ich darf, was mir zukommt, und was ich Dir am Altar gelobt habe."

„Engelchen, ereifre Dich doch nicht so!" erwiderte er lachend. „Ich sage ja nicht, daß Du ihn lieben sollst, wie Du es meinst; ich sage ja nur — ein wenig lieb haben, und Du ereiferst Dich, als wär's wirklich ein wenig mehr, als — ich es meine. Nun verzeih', und fahre fort."

„So lieb ist er mir wenigstens, Martin, daß ich ihn rechtfertigen darf gegen falsche Vorurtheile," erklärte sie. Allerdings, ich darf's ja gestehen, schien er mir ein wenig zugethan, früher nämlich, ich meine in jener trüben Zeit, als ich Deine — Deine Verstorbene zu pflegen hatte und an Dich noch nicht dachte. Heißt das, er sagte mir Artigkeiten, erwies mir Theilnahme in meiner oft traurigen Lage, und gab sich manchmal — denn er konnte auch wieder recht verkehrt thun — gab sich als ein Freund, dem man sein Vertrauen, das Vertrauen eines verlaff'nen Herzens schenken konnte. Aber wahrlich! zu einem Einverständniß unter uns ist es nie gekommen; um meine Liebe hat Walther nicht geworben, von meiner Hand und seiner Zukunft nie ein Wort gesprochen, und so war er eines Tags auch ohne ein Wort des Abschied's fort. Daß mich Das verdroß und betrübte — nun ja! Denn ich hatte mir eingebildet — ich will's gestehen! — er habe mich ein wenig lieb. Wie er nun nach seiner Zurückkunft mich besuchte, weißt Du! und bei mir abwartete zu Dir gerufen zu werden, da hat er sein Betragen entschuldigt, und mich um Verzeihung gebeten. Zugleich gestand er mir aber auch, daß er schon damals nicht im Sinn gehabt habe, Kaufmann zu werden und hier zu bleiben. Und siehst Du, Martin, Das erklärt alles, und darum sagte ich, er sei ehrlicher zurückgekommen, ohne daß er früher gerade —. Ach! im Augenblick seh' ich erst ein, daß er früher gerade in seinem zurückhaltenden Benehmen gegen mich, doch auch ganz ehrlich war, und daß ich ihm in meinem Herzen eigentlich Unrecht gethan! Nichtwahr, Väterchen?"

„Gewiß, mein Kind, sehr! Und Du mußt ihm dafür ein wenig gut sein, heimlich, — ich meine darum heimlich, weil Du ihm keine Erklärung geben kannst. Ja wohl, Unrecht, Jettchen! Denn hätt' er Kaufmann werden wollen, und tüchtig war er dazu; so hätte er Dir damals seine Liebe ausgesprochen, hätte um die Deinige geworben, und — ich weiß was Du gethan hättest! Du hättest mit dem kleinen Fingerchen Deiner rechten Hand Dein Ohr von den Scheltworten unserer ungeduldigen kranken Frau geräumt, die süßen Worte Walther's hinein gelassen,

die wären plumps in Dein Herz hinabgefallen, und das
wäre so schwer davon geworden, daß Du allein es nicht
länger hätteft tragen können. Hilf, Walther! Und — —
und — setzte er bewegt hinzu — liebe Henriette, wie
glücklich wärst Du jetzt!"

Er zog sie an sich und drückte sie bewegt an seine
Bruft. „Nichtwahr, meine Tochter? Sag' nur immer
Ja!"

Worauf Henriette sich mit den ernsten Worten aufrichtete:

„Lieber Martin, — was unter Umständen die nicht
mehr sind geworden, was geschehen wäre, darüber soll
der Mensch niemals nachbrüten, besonders wenn das Verlorne in der neuen Lage, worin er lebt, auch sein Recht
verloren hat. Das wäre Thorheit und Sünde zugleich.
Lot's Weib, weißt Du, ward über das Umsehen auf
gebotner Flucht in eine Salzsäule verwandelt. Allen
Frauen zur Warnung! Still davon, lieber Martin!
Aber dessen freue ich mich innig, daß Walther, um den
ihr alle so bedenklich war't, so rechtschaffen zurückgekommen
ist, so reich an Gemüth und in vielem gar ausgezeichnet.
Auf dem Cello soll er Meister sein, ein Virtuos,
Papachen!"

Und mit einem unruhigen Blick auf die Uhr setzte
sie hinzu:

„Er muß uns doch auch einmal vorspielen?"

„Gewiß, Herzchen!" lachte er. „Ei was Du sagst, ein Virtuos? Jawohl, wir wollen ihn hören! Den Virtuosen müssen wir hören!"

Die Standuhr schlug vier, und sofort ertönte vor der Thür unter langem Bogenstrich eine Passage von Walthers Gambe.

Henriette sah ihren Mann schalkhaft an; er drohte lächelnd mit dem Finger; sie eilte nach dem Sofa und legte knieend ihren lockigen Kopf an seine Brust. So blieb sie während des Spiels lauschend und ihr bebendes Gesicht verbergend.

Es war eine Phantasie über ein damals beliebtes Lied, das Henriette früher zuweilen gesungen hatte: „Arm und klein ist meine Hütte" und „Laßt die Liebe bei uns wohnen" waren die Motive, und was sich in einfach schönen Worten darin aussprach, — das innige Glück eines im Leben genügsamen, aber durch treue Liebe reichen und befriedigten Herzens — fand in der Ausführung des Spiels auf den singenden Saiten einen hinreißenden Ausdruck. Man konnte an eine Nachtigall denken, die in den blüthevollsten Tagen, fern vom Tosen der Stadt, im Gebüsche nistet, das mit seinen Ranken wilder Rosen den forteilenden Wellen des Baches zunickt.

Henriette empfand es mit aller Innigkeit, wie durch ihr liebes Lied aus wehmüthigen Tagen sich alles auf sie bezog, was Walthers Spiel ausführte. Sie war zu

Thränen bewegt, — Thränen der Sehnsucht und des Bangens zugleich. Kaum aber verstummten die Saiten, als sie sich erhob, ihre Locken ordnete und nach der Thür eilte. Sie faßte sich zu heitrer Begrüßung, indem sie mit den hinaus gesprochnen Worten öffnete:

> „Was hör' ich draußen vor dem Thor,
> Was auf der Brücke schallen?
> Laßt den Gesang zu unserm Ohr
> Im Saale wiederhallen!"

Mit anmuthiger Verneigung begrüßte sie die Eintretenden, — Walthern mit dem Instrument und den Doctor mit dem zufällig zu Besuch gekommnen katholischen Pfarrer Joseph Wänglein.

Der Alte war vom Sofa aufgestanden, nickte den Freunden zu und reichte Walthern die Hand mit den Worten:

„Unsere Henriette da hat Dich als Virtuosen angekündigt: doch — was Virtuos! Du bist ein Seelenbeschwörer! Hüte nur aber Deinen Bogen: Du streichst den Menschen über's Herz! — Nun aber, Jette, hast Du mit dem schönen Lied angefangen und den Sänger eingeladen: — was gehört ihm denn zum Lohne? Wie heißt's doch dort? Du hast es mir ja letzt gelesen!

Sie sprach darauf:

> „Der König, dem das Lied gefiel,
> Ließ, ihn zu ehren für sein Spiel,
> Eine goldne Kette reichen!"

Auf ihren heimlich verabredeten Besuch etwas sorg=
fältiger gekleidet, hatte sie ganz zufällig ein einfaches
Kettchen umgelegt. Sie faßte es mit beiden Händen
lächelnd und mit fragendem Blick nach ihrem Manne.
Doch schon sprach Walther feierlich im tiefsten Tone:

> „Die goldne Kette gib mir nicht,
> Die Kette gib den Rittern,
> Die auf dem Schreibstuhl im Contor
> Die Gänsekiele splittern;
> Gib sie — —“

„O nein, die bekommen sie nicht!“ fiel Henriette
ernsten Tones ein, und alle lachten herzlich.

„Also sorge für den besten Becher Weins, Du Ketten=
trägerin!“ rief Dammers.

„Nur gelassen, Alter!“ gebot der Arzt, sonst kommen
wir zu rasch an's Ende der Ballade, wo's heißt: „„Trank
keinen Tropfen mehr!“ “

„Verzeihung, lieber Onkel!“ erwiderte Walther lachend,
der Vers ist hier nicht „indicirt“, sondern gehört in die
Ballade vom — König in Thule. Ein Sänger aber
nimmt immerhin einen „Trank voll süßer Labe“, zumal
in einem Hause, „wo das ist kleine Gabe“.“ —

Vergnügten Lächelns zog Frau Henriette die Schelle
und befahl Wein in's anstoßende Gemach, wohin sie dann
die befreundeten Männer einlud, indem sie dem Pfarrer
ihren Arm reichte.

Rasch war das Feuer im Ofen geschürt, und man setzte sich um den aufgetragnen Wein, der Hausherr — in den Großvaterstuhl. Der dämmerungslose Novemberabend kam heut noch früher, indem der schwere Himmel sich in Regen aufzulösen anfing. Der silberne Armleuchter mit brennenden Kerzen wurde aufgestellt, und die Hausfrau nahm es noch für ihr Amt der Krankenpflege, sich mit einer leichten Handarbeit neben Papachen niederzulassen.

All' diese Umgebung erhöhte die Vertraulichkeit befreundeter Männer, deren Unterhaltung begreiflicherweise auf den hohen Wogen der stürmischen Zeit trieb.

Die Ansichten waren sehr abweichend von einander, wie denn zu nahe liegende Gegenstände leicht die Gesichtspunkte verschiedener Beschauer zerstreuen, während man sich am Entfernten schon eher in einem gemeinsamen Augenmerke zusammen findet. Ueberdieß war auch die Theilnahme eines Jeden noch zu lebhaft, als daß die persönliche Empfindung und Lebensstellung auf die Anschauung und Beurtheilung der an sich auch noch schwankenden Thatsachen nicht mit eingewirkt hätte.

Da verrieth denn der geistliche Herr, so aufgeklärt er auch im Sinne jener Zeit dachte, dennoch, wenn auch in mildesten Ausdrücken, eine Abneigung gegen Preußen mit lebhafter Bewunderung Napoleons.

Der Hausherr dagegen, von jeher mehr Lebemann

als Politiker, ließ die einst im lustigen Wien verbrachten Tage dem ganzen Oesterreich, dem Kaiser Franz und selbst den entlassenen Ministern Cobenzl und Colloredo, zugutkommen, ohne Widerspruch, daß doch der neue Minister, Graf Stadion, ein richtigerer Mann sei. —

Doctor Armfeld gab sich in politischen Dingen gern als Weltbürger, mit dem Selbstgefühl, daß er höheren Ansichten huldige. —

Zu ihm hielt sich Walther, soweit wenigstens sein Idealismus mit des Oheims Weltbürgersinn Hand in Hand gehen konnte. Daß dieser Idealismus in Berlin etwas preußische Färbung angenommen, und sich mit einigem Hasse gegen Buonaparte beschwert hatte, war leicht zu erkennen. Doch gehörte eine natürliche Bescheidenheit gegen andere Meinungen zur Anmuth seiner Person und sein Widerspruch bewegte sich stets in den Formen der vornehmen Gesellschaft, mit welcher er in letzter Zeit verkehrt hatte. Er hörte daher ganz gelassen zu, als der Pfarrer sich mit sanftlächelnder Bitterkeit über die preußische Politik ausließ, die sich in bewaffneter Neutralität großmächtig zu zeigen glaube, und sich mit entschuldigender Geberde heut gegen Napoleon bücke, und morgen gegen den Czaar verneige, sich stets die Freiheit der Entschließung vorbehalte, weil ihr der Muth zu einem Entschlusse fehle, und nicht bedenke, wie arglistig sie mit ihrer Klugheit in den Augen ihrer Gegner erscheine. —

„Nun ja," sagte er nach manchem Andern, „Preußen hatte zuletzt allerdings einen Entschluß gefaßt. Es war ihm geschehen, wie wir als Knaben es mit unsern lieben Maikäfern trieben. Wenn wir lang genug gesungen: „Maikäfer flieg!" und der Maikäfer „besann" sich immer noch: so drückten wir ihm ein wenig hart auf die Hakenfüßchen, und nun setzte er sich endlich in Bewegung. — Doch Spaß bei Seite! So erschüttert wir auch das Verhängniß betrachten, das nun über Preußen gekommen und zur Zeit noch lang nicht ausgemessen ist, hat man es doch längst, wie ein drohendes Wetter, heran kommen sehen. Bei einer gewissen Stimmung und Mischung der Atmosphäre bilden sich Gewitter mit Nothwendigkeit, und in welchem bedenklichen Zustande befand sich nicht schon länger der preußische Staat, um einen solchen Ausgang befürchten zu lassen?"

Der geistliche Herr, obgleich kein ausgezeichneter Kanzelredner, galt doch für einen angenehmen Sprecher in geselligen Kreisen. Da er in den Gesichtern seiner Zuhörer keine sehr lebhafte Zustimmung zu bemerken glaubte, ließ er sich noch weiter aus. Er eiferte gegen die Leichtfertigkeit und Genußsucht, die besonders in der Residenz wie eine Fäulniß um sich gegriffen, in den Sphären der Verwaltung Bestechlichkeit und im Bürgerthume Gleichgültigkeit gegen das Gesammtwohl erzeugt habe; er schilderte die Mängel, die Abnutzung im Gang der Administration, die schlimmen Folgen der ungleichen Abgabenvertheilung und das Mißtrauen das gegen die Kriegsmacht des Staats gerade durch den Uebermuth und die Prahlerei der Offiziere im ganzen Land hervorgerufen gewesen sei. — — „Doch wozu die vielen Worte," rief er endlich aus, „da der Ausgang das Endurtheil gesprochen? Wem bliebe noch ein Zweifel über den tiefen Verfall der Monarchie nach der strengen Prüfung, die in der Nähe der Universität Jena der außerordentliche Professor Napoleon mit Preußen vorgenommen hat?"

„Gebe der Himmel," erwiderte Walther ungewöhnlich erregt, „daß wir alle recht bald das Unglück von einer scherzhaften Seite betrachten können! Vielleicht wird es Ihre Bewunderung noch erhöhen, Herr Pfarrer, wenn dieser außerordentliche Professor, über die Kriegs- und Staatswissenschaften hinaus, in die Theologie greift. Hat er nicht schon ein kleines Tentamen mit dem heiligen Vater vorgenommen, als dieser sein Concordat über den französischen Fuß messen und etwas von seinen Einkünften zugeben mußte; als er unter dem Lachen der Pariser zur Krönung Napoleons in die Kathedrale fuhr, und nach einer Stunde Wartens auf den Kaiser, als müßiger Zeuge zusehen durfte, wie Napoleon sich und seiner Josephine die Krone selbst aufsetzte? Und glauben Sie, der außerordentliche Mann, außerordentlich, weil er keine geheiligte Ordnung der Welt anerkennt, er, der

jüngst noch den friedlichen Herzog von Enghien vom
teutschen Boden abholen und erschießen ließ, werde zu
rücksichtvoll sein, um den Pabst, wenn solcher zu seinen
geistlichen Waffen greift, nicht aus Rom abführen zu
lassen?"

Der Doctor lachte zu diesem an Walther auffallenden
Eifer laut und herzlich, aber im Tone, wie man unter
Freunden einen drohenden Zwist hinwegzulachen sucht.
Er selbst nahm jetzt das Wort und warf in seiner Weise
den Blick auf die Gesammtlage Deutschlands und auf
den Bankerott an Glück und Ehre, über den erst die
Zukunft das Klassenurtheil — nicht für die Gläubiger,
sondern für die Schuldner fällen werde.

— „Allerdings wird unsern Fürsten die Hauptmasse
der Schuld zuzumessen sein," sagte er, „denn auch die
Stumpfheit und Gleichgültigkeit des Volkes in öffent=
lichen Angelegenheiten und für die eigene Wohlfahrt ist
ihr Werk; dies elende Rechtssystem, ein Gemenge von
Vorurtheilen aller Art, Plumpheit, Ungeschmack und
Unsinn, Stolz und Armuth — es ist ihre Schöpfung.
So traf uns die Revolution aus Frankreich, und wie
hätten wir ihr da widerstehen können? Hatten doch
unsere Herren andern Herrlichkeiten aus Paris auch nicht
widerstehen können. Der wilde Strom riß unsere schönsten
Provinzen jenseit des Rheins fort. Nun hätte es darum
gegolten, das verletzte deutsche Reich zum Widerstand

und zur Wiedereroberung zu kräftigen, statt dessen erleben wir seit fünf Jahren das Gegentheil. Die Verluste, die durch Abtretungen an Frankreich erwuchsen, sollten nach einer Bestimmung des Lüneviller Friedens vom Reich getragen werden, um die verlierenden Fürsten zu entschädigen. So war also das deutsche Reich für die Dynasten, nicht diese für das Reich da. Und ging Das vielleicht in Gemäßheit des alten Staatsrechts, so hätte man einsehen müssen, daß ein pomadiges Herkommen dem unfrisirten Umstürzen der Revolution nicht gewachsen sei, und hätte dem gekürzten Dividenden einen vielverminderten Divisor vorsetzen sollen. Oder — was wär's denn gewesen, wenn man die theilenden Fürsten des geschmälerten Reichs vermindert hätte? Unter den einzelnen Dynastien gab es keine, für die der Untergang nicht eine verdiente Strafe gewesen wäre, da ja keiner für das Ganze leben und opfern wollte. Ueber jenem Frieden erweiterte sich denn auch die unheilvolle Kluft zwischen Oesterreich und Preußen. Jenes glaubte, an den kleinen Fürsten seinen natürlichen Anhang im Reiche, — die Gewichtssteine seiner Macht zu verlieren, während Preußen daran dachte, sich einige derselben anzuhängen; denn nur über die Säcularisation der geistlichen Staaten hatte man sich geeinigt und schöne Länderstriche lagen zu erwerben da."

„Und wie haschte man darnach! Am Reichstag in

Regensburg ging es mit Zank und Uneinigkeit zu, wie unter den Buben, denen bei einer Hochzeit eine Handvoll Münze in die Grapse geworfen wird; während zu gleicher Zeit die Fürsten in Person oder durch pfiffige Agenten zu Paris vor dem Dictator und seinen Ministern in Kriecherei, Bestechung und Gefälligkeiten aller Art wetteiferten, um ein Stückchen Deutschland zu erschnappen."

"Auch Oesterreich stellte bei solcher Theilung der Reichsspolien den Reichsschirm, den es sonst so prahlend emporgehalten, ein wenig bei Seite, um zuzugreifen, da ja Preußen auch zugriff, und sein nachmaliges Suum cuique einstudirte. Und um den alten Riß zwischen beiden Großstaaten noch zu erweitern, warf Baiern sich ganz und gar in Frankreichs Arme, und legte damit den ersten Brückenkopf zum Rheinbunde, den wir eben zu Stande kommen sehen."

"War es da nicht eine großartige Ironie oder ein artiges Divertissement, daß eben um jene Zeit zwei Räuberbanden, — der „Schwarze Peter" und der „Schinderhannes" am untern Rhein ihr Erwerbs- und Theilungsgeschäft betrieben?"

"Bei jenem Zugreifen Preußens konnte man sich noch freuen, daß es sich doch einmal nicht neutral, sondern in Action zeigte; wie bald aber warf es sich wieder und abermal, weder zu seinem Ruhme noch Vortheil, seiner geliebten, unvergeßlichen Neutralität in die Arme, und dieses selbst in einer Zeit, wo es sich gegen das Unglück und die Schmach Deutschlands mit andern deutschen Fürsten hätte verbinden sollen. Hatte doch der wackre Dohm schon früher von dem nächsten Friedensschlusse die volle Zerrüttung und Ohnmacht Deutschlands und das steigende Uebergewicht Frankreichs erwartet, für welches der Krieg mehr und mehr ein Bedürfniß zu werden drohe. Allein Preußen hatte Dohms Vorschläge zu einer Fürsten-Union vergessen, und war vor allem abgeneigt mit Oesterreich zu gehen."

„So ist es denn nach und nach dahin gekommen, daß die Gesinnung unseres Volkes so wenig Trost und Aussicht gibt, als die Politik der Kabinette, — ein jeder selbsüchtig mit dem Blick auf seinen nächsten Vortheil gerichtet, unbekümmert um die Zukunft und bereit, die bequeme Ruhe mit schmachvoller Fügung in alles zu erkaufen. — Daß die sittliche Abstumpfung, der grobe Sinnengenuß und die platte Unzugänglichkeit gegen alles Hohe und Ideale im Zunehmen begriffen seien, ist leider nur' allzu wahr!"

„So kam das vorige Jahr, in welchem Oesterreich geschlagen wurde, und Preußen mit der Balancirstange der Neutralität zwischen Kaiser Alexander und Kaiser Napoleon schwankend so sehr in Mißachtung gesunken war, daß Rußland und Oesterreich es von ihren — Coalitions-Berathungen ganz ausschlossen."

„Napoleon wird ohne Zweifel für die damalige Un=
entschiedenheit Preußens sich mit ihm zu verbinden, bei
dem bevorstehenden Friedensschlusse seine Anerkennung
nicht vergessen. Er wird Preußen so zurichten, daß es
bei einem nächsten Unternehmen des diabolischen Mannes
gegen Oesterreich durch seine Ohnmacht vollständig ent=
schuldigt sein wird, seinem deutschen Nachbar keinen Bei=
stand zu leisten." —

Eine Stille der Niedergeschlagenheit war auf diese
Betrachtung eingetreten. Draußen regnete es heftig;
die Kerzen flackerten, und ein Jeder sah nachdenklich auf
sein gefülltes Glas nieder.

Da erhob sich Frau Henriette, schenkte sich ein hal=
bes Glas ein und sprach, flüchtig erröthend:

„Auf, ihr wackern Freunde, laßt eure Herzen nicht
so fallen, und faßt Hoffnung für eine bessere Zukunft!
Sie, Herr Walther, der jüngste, dem daher auch die
verspätete Ernte des Kommenden desto reichlicher zugut
fällt, — bringen Sie einen Segensspruch aus. Ich
ernenne Sie zu meinem Ritter dafür!"

Walther lächelte ihr mit Verneigung zu, und nach
einem Weilchen Ueberlegung hob er an:

„In meiner vertrauten Stellung beim Prinzen Louis ist
mir eine Denkschrift, von dem bekannten, in österreichischen
Dienst übergegangenen Gentz für den Erzherzog Johann
vor zwei Jahren verfaßt, in einer Abschrift zu Gesicht

gekommen. Eine Stelle darin, die mich lebhaft ergriff, habe ich mir ausgezogen, und so ist sie mir, wenigstens beiläufig, im Gedächtniß geblieben; da heißt es:

„Von dem Augenblick an, da Oesterreich und Preußen auf einer Linie stehen und sich nach einer Richtung bewegen, gibt es nirgends in Deutschland ein abgesondertes Interesse mehr. Unter die Flügel dieses mächtigen Bundes würden sich sogleich und ohne Widerrede alle großen und kleinen Fürsten begeben, — die Gutgesinnten mit Ueberzeugung und Liebe, die Unpatriotischen aus Furcht. Es würden die Reichsgesetze ihr rechtmäßiges Ansehen wieder gewinnen, der Einfluß der auswärtigen Mächte, der vorzüglich durch die Trennung der beiden Hauptmächte zu einem so empörenden Umfang herangewachsen, würde bald abnehmen oder gänzlich verschwinden. — — — Jetzt besteht die wahre Politik darin, von den Unterhandlungen der kleinen Fürsten und ihren Kabalen mit Frankreich so wenig als möglich Kunde zu nehmen, aber beim ersten Ausbruche der Feindseligkeiten den Schauplatz des Kriegs in ihre Länder zu verlegen und diese wie confiscirtes Gebiet d. h. wie unser eigenes Land zu behandeln." — —

„Soweit Gentz! bis es aber dahin kommt, meine Freunde —? Es ist zu winterlich im Augenblicke, der Horizont zu enge, um uns darnach umzusehen. Ueberhaupt ist die Einigkeit unserer Fürsten schwerlich von ihnen selbst zu erwarten; nur von der Nation könnte eine Nöthigung dazu ausgehen. Doch wie kalt, stumpf und dämisch sehen jetzt die deutschen Völker aus! Trinken wir also mit all' den vereinzelten Männern, die weit=sichtig genug für eine solche Erwartung sind, auf die schöne Zeit, da die deutschen Völker ihre Fürsten so lieb haben werden, wie hier unser hochwürdiger Herr einst — seine Maikäfer hatte!" — —

Er wendete sich mit versöhnendem Lächeln gegen den Pfarrer, mit ihm anzustoßen. Eine lachende Rührung kam über die Männer, und Herr Dammers rief über eine Weile seiner Gemahlin zu:

„Jettchen, Töchterchen, wo bleibst Du mit dem Dank für Deinen „Ritter"?"

„Ich bleib' ihn schuldig, lieber Herr Walther, bis die Maikäfer fliegen!" sagte sie und reichte dem Freund erröthend die Hand, die er mit Verneigung küßte.

Siebentes Kapitel.

Walther mit seinem Briefpäckchen hatte sich Zeit zur Ueberlegung ausgebeten, und fand bald, daß ihm solche schon nöthig war, um nur erst Licht in die Papiere zu bringen. Briefe von verschiedenen, aber ähnlichen Frauenhänden lagen vor, — manche, vermuthlich ihres verschämten Inhalts wegen, ohne Unterschrift eines Namens, viele durch undeutlich oder unrichtig geschriebene Worte schwer verständlich. Und wenn es auch keinem derselben an einer Nachschrift fehlte, so ging doch gar vielen Tag und Datum ab.

So dauerte es eine Weile, ehe der entziffernde Leser, dem nur die eine Angelegenheit im Sinne lag, wahrnahm, daß hier Briefe nicht von mehreren bei derselben betheiligten Personen, sondern aus ganz verschiedenen weiblichen Bekanntschaften, in Eile oder aus Unachtsamkeit, zusammen gebunden waren. Erst nachdem Walther, mit Aufgebot seines Scharfsinns, die verschiedenen Schreiberinnen, die hier einen und denselben Geliebten oder Schuldner umschlungen hielten, von einander getrennt hatte, brachte er eine Zeitfolge in die Verhandlung, um die es jetzt galt.

Doch nicht bloß mit Ungeduld hatte er zu kämpfen gehabt, auch ein ganz eigenes, ängstlich verlegenes Gefühl begleitete ihn bei seiner Untersuchung.

Er hatte nämlich zu erfahren, daß es in üppiger Jugend Erlebnisse gibt, die vielleicht in heimlicher Erinnerung etwas von ihrem damaligen Reiz und Genusse bis in hohe Jahre behalten, die aber, im Wortausdrucke zu Papier gebracht, einen sittlichen Abscheu oder doch eine abweisende Mißbilligung erregen. In seiner jetzigen Stimmung war ihm dies doppelt widerwärtig, und er mußte manchmal aufstehen und eine Weile umherwandeln, wenn er nicht etwa das ganze Pack der Inculpaten auf einen andern Untersuchungstermin in ihre Haft zurückwies. — —

„O gewiß!" rief er einmal aus, so sehr das Reingeistige durch Bild und Wort versinnlicht, unsere Seele erhebt, so tief erniedrigt es den Menschen, wenn er das Sinnliche, das Sündige, durch Mittel der Kunst verewigen will. Nein, abfallen muß es von der Seele auf den Boden des Lebens, ihn zu bessern, wie das üppige Laubwerk von den abgeblühten, ausgedufteten Gewächsen abfällt und vergeht!

Wenn er sich dabei der Erinnerung an manche Stunde

seines eignen Berliner Lebens nicht entschlagen konnte, überkam ihn ein ahnungsvolles Bangen — er wußte nicht wovor, und einmal klang ihm, wie aus weiter Ferne gerufen, sein Name in's Herz. Er glaubte diese Stimme zu kennen: sie schien von dem mitgebrachten Bild zu kommen, aus dessen heitern edeln Zügen ihn eine unverdorbene Seele und ein versöhntes Herz anlächelte.

Endlich, nach mancher solchen Unterbrechung, hatte Walther ein ganz einfaches Ergebniß der Briefschaften festgestellt.

Die Geliebte, mit welcher Dammers während seines Wiener Aufenthalts ein, wie es schien, mit ernsten Absichten geknüpftes Verhältniß unterhalten hatte, nannte sich Rosa Cornari. Eine geborne Wienerin hatte sie in Mailand, wo sie ihre Ausbildung vollendet, und in Neapel, wo sie einen Winter auf dem Theater als Primadonna gestanden, den italienischen Namen angenommen. Eigentlich war es bloß eine leichte Umbildung ihres deutschen Familiennamens Korn; wie denn ihre ältere, beim Theater an der Wien angestellte Schwester Maria Theresia Korn hieß.

Diese war die Pathe der kleinen Tochter der Cornari, und hatte das Kind zu sich genommen, als die Mutter, niedergedrückt von dem Ausgang und Mißgeschick ihrer Liebe, Wien verließ und nach Italien zurückkehrte. Aus ten spätern Briefen der Demoiselle Korn ergab es sich, daß die Schwester dort gar bald an ihrer Stimme verloren und das Anerbieten eines musikalischen Gönners, eines reichen Prälaten angenommen hatte, und in sein Haus als Verwalterin getreten war.

Was Walthern in den Briefen am angenehmsten begegnete, war das edelmüthige Benehmen, das beide Schwestern an Dammers anerkannten. Kein Vorwurf stand da zu lesen; man pries seine edle Freundschaft, freute sich der traulich verlebten Abende, und beklagte nur das Mißgeschick einer so innigen Liebe.

Für das Kind war ein hübsches Verpflegungsgeld bis in sein vierzehntes Jahr bestimmt und wurde beim Bankhause von Arnstein vierteljährig vorausbezahlt. Die jährlichen Empfangscheine der Theres Korn mit den Lebensbescheinigungen des Kindes lagen vor. Die Kleine hieß darin Therese Cornari, wurde aber in den Briefen auch Rosa oder Röschen genannt.

Einige Briefe, nach dem vierzehnten Jahre der heranwachsenden Tochter geschrieben, gaben Nachricht von dem allerliebsten Röschen und den schönen Gaben desselben, die einer gründlichen Ausbildung werth wären. Natürlich waren diese Winke nicht unverstanden und nicht ohne Geldanweisung geblieben. Ein noch späterer Brief zielte auf eine Ausstattung für den Fall, daß ein so schönes und ausgezeichnetes Mädchen eine passende Partie finden

würde. Dies Schreiben schien, vermuthlich in Abwar-
tung eines solchen Falles, unbeantwortet geblieben.

Weiter lag nichts vor. — —

War keine weitere Zuschrift erfolgt, oder war sie aus
der Sammlung verloren gegangen? — Und was war
aus der Tochter selber geworden? Lebte sie noch und
hatte vielleicht, auch ohne väterliche Ausstattung, eine
passende Partie gemacht? War sie doch auf's Theater
gegangen, oder in welche andre Stellung gekommen?

Diese Fragen und manches stille Bedenken blieben
Walthern übrig, als er das Päckchen, mit Ausschließung
der dieser Sache fremden Papiere, wieder zusammen band.

Nun konnte er an einem der nächsten Abende, als er
den Oheim von den vielen Krankenbesuchen der Jahreszeit ausruhend in aufgeräumter Stimmung fand, die
Angelegenheit auf's Tapet bringen.

Walther irrte dabei in seiner Vermuthung, daß dem
Oheim, der die Papiere gleich anfangs so entschieden
von sich gewiesen und nicht wieder zur Sprache gebracht
hatte, die ganze Sache unerwünscht gekommen sei. Er
wollte ihm daher nicht beschwerlich fallen und sich kurz
und heiter fassen. Wie hätte er sich auch denken können,
daß ihm die Papiere absichtlich seien zugewiesen worden,
um ihn persönlich in die Familienangelegenheit des kranken
Papa zu verwickeln.

Der Hofrath hörte den Bericht mit Behagen an.

Er zeigte nicht den geringsten Widerwillen, fragte viel=
mehr nach diesem und jenem Umstand und warf manchen
Scherz ein, der Walthern unangenehm berührte.

Der junge Freund hatte nämlich noch ein Bedenken
auf dem Herzen, mit dem er nun auch heraus rückte.
Es war die Frage, welche Theilnahme an dem Ge=
heimniß ihres Mannes Frau Henrietten zuzumuthen sei.
Walther sprach sich lebhaft dafür aus, daß dies veraltete
und abständige Liebesverhältniß der edeln, zartfühlenden
Frau ein Geheimniß bleiben müsse, um so mehr, als es
mit Geld abzumachen wäre.

Das Zartgefühl des Neffen für die liebenswürdige
Frau gefiel dem Hofrath, obgleich ihm der Gedanke auf=
stieg, eine Betrübniß Henriettens über jenes Verhältniß
dürfte vielleicht ihr Herz Walthern entschiedener zuwenden,
als dessen unerkannte Schonung. Er schämte sich aber
seiner unedeln Empfindung vor dem Neffen.

So war einmal der Doctor geartet, daß gegenüber
einer edeln Gesinnung der Schalk sich nicht halten konnte,
der ihm sonst zuweilen, wie ein zähnebleckendes Aeffchen,
in den Nacken sprang.

„Ich stimme Dir vollkommen bei, mein lieber Walther,“
sagte er, „und denke, wir gehen nun an einem guten Tage
mit dem alten Freunde zu Rath. Ehe wir unsere eigne
Meinung abschließen, müssen wir ja doch hören, ob und
was er etwa hinter diesen abgeschloss'nen Akten her aus

der spätern Zeit weiß. Er fährt jetzt täglich mit der guten Frau spazieren, und darf sich nun schon mit einer Sache befassen, die ihn zuerst gar sehr beunruhigte."

„Hoffentlich, lieber Oheim," erwiderte Walther, „nimmt Herr Dammers die Angelegenheit nicht leichter in der Maße, als er sich rüstiger fühlt. Das Gewissen der Lebemänner, wissen Sie ja, ist oft wie eine schüchterne Frau, die nur mit Tadel laut wird, wenn ihr Mann unwohl ist."

Der Hofrath lachte laut auf. — „Nein, Walther," sagte er, „das fürchte ich nicht: mein alter Freund ist im Grund ein durchaus nobler Bursche, und sein empfind= sames Herz war immer nur zu schwach, einem unge= stümen Temperamente Widerstand zu leisten. Die Jahre helfen uns zuletzt von jenen Fehlern, deren wir in ver= hätschelter Jugend nicht los werden konnten. So kommt es, daß mancher lebenslustige Gesell Das, was er früher durch sittliche Schwachheit an Achtung eingebüßt hat, nachher mit Hülfe der Zeit an Liebenswürdigkeit — wie man's nennt — wieder gewinnt; vorausgesetzt nur, daß — wie ich zu sagen pflege — irgend ein guter Bissen an ihm ist." —

Der Besuch bei Dammers war nun beliebt, und als gegen Abend der Doctor und Walther bei ihm eintraten, fanden sie ihn, von seiner Spazierfahrt ausruhend, im

Lehnstuhle bei einem Becher Lillel, wozu ihm Henriette ein großes Stück Zuckerbrot zerlegte. — — „Sieh', sieh!" rief der Hofrath, „welch' ein Olympischer Anblick! Jupiter von Hebe bedient!"

„Willkommen!" erwiderte der vergnügte Dammers, indem er beiden beide Hände reichte. „Also hat der Jupiter auch so ein junges Weibchen gehabt, Doctor? Aber — der Schlag hat ihn nicht gerührt, nicht wahr?"

„Jupiter war überhaupt nicht leicht zu rühren, Martin," versetzte Armfeld. „Die Hebe aber, die Göttin der Jugend und Kellnerin der Götter, war auch nicht Jupiters Frau, sondern Tochter von seiner Gemahlin Juno, und er gab diese Tochter dem Herkules zur Belohnung seiner Tapferkeit zum Weibe. Seht Ihr, wie bekannt ich mit den alten Göttern bin, — als wär' ich ihr Leibarzt gewesen!"

„Nun? Was sagst Du nun, Jettchen?" lächelte Dammers. „Ich habe doch eine Ahnung von dem Verhältniß gehabt, und wenn Du einmal Hebe bist, und ich Jupiter bleiben will, muß ich wie bisher, nun aber in allem Ernste — „Töchterchen" zu Dir sagen. Sieh' Dich also nur bald nach einem Herkules um!"

„Darf denn Jupiter so unnützes Zeug sprechen?" erwiderte Henriette lächelnd und flüchtig erröthend, womit sie ihm ein Stück Biscuit in den Mund drückte. Dann bat sie die Herrn doch abzulegen und Platz zu nehmen.

Es geschah, und der Hofrath fragte nach dem Befinden seines Freundes.

„O es geht meinem Alterchen so gut, daß er ordentlich muthwillig wird," fiel Henriette ein. „Sie haben's ja eben gehört, Doctor, wie ausgelassen er ist."

„Wir dürfen also dableiben und plaudern," sagte der Arzt. „Frau Henriette ruht sich indeß auch ein wenig aus, und erwartet uns zum Thee."

Sie verstand den Wink, nahm den silbernen Becher und Teller und entfernte sich mit der Bitte, die Herren möchten sie nicht zu lang warten lassen.

„Wie ist es, lieber Freund," fragte, als sie fort war der Hofrath leise, „Walther hat die Wiener Briefe mitgebracht: ist es Dir jetzt nicht unangenehm? Oder lieber ein andermal?"

„Bei Leibe nicht!" antwortete Dammers laut und unbefangen, „ich warte ja schon lang darauf, und habe mich wohl manche Nacht damit beschäftigt. Ich danke Ihnen, lieber Walther, für die Mühe, die ich Ihnen damit gemacht habe, werde Sie aber wohl noch mehr in Anspruch nehmen."

„Wie, mein Herr Dammers," wendete Walther ein, „wollen Sie mir schon jetzt das vertrauliche Du entziehen, um es auf die Tochter überzutragen?"

„Nein, Walther, nein!" rief der Alte lebhaft. „Ich hatt's nur vergessen, daß wir noch vom Comptoir her auf dem alten Fuß stehen. Nein, schaffe Du mir die Tochter herbei, und so hab' ich zwei Kinder im Hause."

"Also zur Sache!" mahnte der Doctor, und Walther begann mit den verlegenen Worten:

"Da ist zuerst ein ausgeschiedenes Päckchen Briefe, die nicht zur Angelegenheit gehören, sondern aus andern Beziehungen herrühren."

"Aha!" lächelte Dammers ein wenig befangen und wehmüthigen Tons. "Die sind durcheinander gekommen. Es ist mir freilich im Leben Manches ein wenig durcheinander gegangen. Ei nun, ich habe das Vertrauen, lieber Walther, daß Du die Welt überhaupt und die Männer insbesondere — vielleicht Dich selbst, kennst; und so muß ich mir ja gefallen lassen, daß Du mich alten Burschen von der Seite so spät noch kennen lernst. Suche Dich daran zu erbauen, indem Du siehst, wie sich Thorheiten der Jugend ausnehmen, wenn sie später noch einmal ihren grauköpfigen Vätern begegnen. Da, Doctor, weiser Nathan, nimm das Päckchen an Dich und — — — sei so gut und schüre einmal das Feuer! Es wird ein wenig kalt, scheint mir!"

"Ja, ja!" versetzte Armfeld, indem er aufstand und das Päckchen in den Kamin warf, — "brennende Liebe endigt zuweilen mit Asche der Reue!"

Rasch ablenkend hob nun Walther seinen Vortrag an, indem er an der Schnur der einzelnen Briefe den

Verlauf jener Geschichte, unter dem begleitenden Zunicken des alten Liebhabers, erzählte. Als er dieselbe mit dem letzten unbeantwortet gebliebenen Briefe der Demoiselle Theres Korn schloß, und seinen Zuhörer fragend ansah, nahm dieser das Wort:

„Auf diesen Brief blieb eben nichts zu antworten. Es war darin auf eine Aussteuer gestichelt für einen Fall, den ich abwarten durfte. Ich hätte freilich meine Bereitwilligkeit dazu erklären, mich auf einen solchen Fall freuen, oder später darnach fragen können: allein, als ich das Schreiben erhielt, lag meine verstorbene Frau zum erstenmal an der Wassersucht darnieder, und Geschäftsverdrießlichkeiten hatten mich noch dazu verstimmt. Ich redete mir ein, das Meinige gethan zu haben, und das Verhältniß müsse ja doch einmal gelöst werden. Als ich aber nach meinem ersten Schlaganfall ernster über meine Vergangenheit nachdachte, nahm ich bei meiner Herstellung Anlaß, mich in einem Schreiben an unser befreundetes Bankierhaus in Wien nach Theres Korn und der kleinen Rosa Cornari zu erkundigen. Die Antwort blieb eine Weile aus und brachte mir die Nachricht, die Theres Korn habe das Theater verlassen und sei mit ihrer kleinen Pathe zum Besuch ihrer Schwester nach Rom gereist; ihre Rückkunft sei unbestimmt.

„Diese Nachricht gab mir volle Beruhigung. Die Mutter der Kleinen hatte wahrscheinlich das Reisegeld geschickt, schien in sehr günstigen Verhältnissen zu leben und konnte ein Uebriges für ihre Tochter thun. Ich schlug mir nun die ganze Angelegenheit aus dem Sinn, bis mich ein wiederholter Anfall meines Uebels bewog mein Testament zu machen. Da fiel mir die Tochter wieder ein, und eine väterliche Empfindung regte sich um so inniger, als sie keinen andern Gegenstand fand sich auszulassen. Kinder hatte ich nicht, und mit meinem Neffen war ich auch nicht sehr zufrieden. Ich durfte also ein ansehnliches Vermächtniß für Rosa bestimmen, ohne irgend wen zu verkürzen. Ich that es und erheiterte mich in dem Gefühle, für die Ausstattung einer Tochter gesorgt zu haben. Sie muß auch jetzt ihrer Mündigkeit nahe sein. Sie ist im Frühjahre 1786 geboren und steht mithin im Anfang der zwanziger. — — Wo aber lebt sie jetzt und in welcher Lage? Und wenn ich plötzlich stürbe, wer würde die Mühe übernehmen, ihren Aufenthalt zu erforschen, nachdem ihr unachtsamer Vater sie auf eine Weise bedacht hat, die nicht viel mehr werth ist, als guter Wille?

„Diese Fragen ängstigten mich bei meinem letzten Unfall und liegen mir fortwährend auf. Aber die Sache soll mir nun nicht mehr in's Stocken kommen, und dafür halte ich mich an Dich, Walther! Da ergieb Dich nur drein, wenn Du Dich auch von unsern Geschäften zurückhältst. Aber glaubst Du denn, — ja siehst Du nicht eine höhere Fügung darin, daß ein Weltunglück Dich zu den Deinen heimführt, wo eine häusliche Ordnung und Zufriedenheit zu schaffen ist, als ob der Himmel Dir zuriefe: Hier ist Walther von Osthoff, — ein Napoleon des Friedens, ein Protector des Familienbundes!"

Worauf Walther lächelnd erwiderte:

"Ja, einen Glück schaffenden Napoleon ließ ich mir schon gefallen; bis jetzt aber kennen wir nur einen zerstörenden, Unheil verbreitenden, der seltsam genug — Buonaparte heißt. Schlimm genug, wenn nur sein Familienname der — "gute Bissen" an ihm ist, Oheim!"

Doch der so angesprochene Oheim ließ das Gespräch nicht in's Politische abirren, sondern erinnerte daran, daß es nun auf's Handeln ankomme.

"Nur Eines noch erlaube mir, lieber Armfeld," erwiderte Dammers. "Du hast aus den Briefen ersehen, Walther, daß es mit meinem Verhältniß in Wien ernst gemeint war, und wenn Du mich daher der Leichtfertigkeit nicht beschuldigen darfst, so will ich freilich selbst gestehen, daß ich den schweren Kampf mit meinem seligen Vater um seine Zustimmung zu einer Verbindung mit der Cornari nicht als Held und Sieger bestanden habe. Um so mehr Rücksicht bin ich nun meiner Tochter schuldig, und es wird sich fragen, ob ich sie nicht adoptiren sollte?"

"Liebster Freund," fiel der Hofrath ein, "sieh' nur

erst zu, was Du an ihr haben wirst, ob sie es auch werth ist."

„O das wäre ja desto schmerzlicher für mich, wenn sie unwürdig wäre, mein Kind zu heißen," rief Dammers. „Aber — — nun ja, was meinen Sie, was meinst Du, Walther, was wäre nun zu thun?"

Walther hielt dafür, daß vor Allem der Weg der Erkundigung nach der Tochter zu versuchen sei. Er erbot sich die Correspondenz mit dem Wiener Bankierhause zu übernehmen; nur bedürfe er dazu der schriftlichen Ermächtigung des Herrn Dammers. —

„Sollte Demoiselle Theres Korn mit Röschen noch immer oder abermal bei der Schwester in Italien sein," sagte er, „so wird sich ja die Adresse dahin ermitteln lassen. Das Bankierhaus mag einen gewürfelten Menschen zu solchen Erkundigungen gegen Bezahlung annehmen, und die Wiener Polizei ist ja so vortrefflich, daß wohl vor ihr sich Niemand verstecken kann. Und wer wird sich denn auch vor einem hübschen Geldvermächtniß verstecken wollen?"

„Und was dann weiter?" fragte Dammers.

„Das wird uns der Wiener Brief an die Hand geben," antwortete Walther.

„Da hätten wir nun die zweite Angelegenheit, die Walther übernimmt," wendete der Doctor ein, „diese zweite ist aber die erste für die Gegenwart: sie betrifft die verborgene Tochter; jene frühere, die Vertretung der Dame des Hauses in ihren Geldangelegenheiten, fällt in eine unbestimmte Zukunft. Dieser Artikel aber sollte in das Testament mit aufgenommen sein, wogegen das Vermächtniß für die Tochter herauszunehmen wäre. Letztere Sache erledigt sich nämlich jetzt, und Niemand, der seine Nase in's Testament stecken darf, braucht davon zu wissen. Doch wollen wir darüber jetzt nicht verhandeln, überhaupt nichts übereilen, Martin: überleg's einmal für Dich, und wir sprechen weiter darüber. Sind wir einverstanden, so lassen wir den Rechtsfreund, unsern Dr. jur. Fahrenkamp kommen, und ziehen ihn zu Rath und That. Basta! Und nun wollen wir unsere Frau Henriette nicht länger warten lassen. Der Thee zieht sonst zu stark an. Wahrlich, kommt, ich spüre ordentlich an mir, wie er zieht."

Er reichte Herrn Dammers den Arm zum Aufstehen, und so begaben sie sich hinüber in's Wohnzimmer Henriettens.

Achtes Kapitel.

Die bestgemeinten Vorsätze der Menschen pflegen doch immer wieder etwas von der alten Saumseligkeit oder Unachtsamkeit anzunehmen, aus der sie in guten Augenblicken gefaßt wurden.

So ließ auch der alte Dammers, durch Walthers Zusagen vorerst beruhigt, sich von jedem kleinsten körperlichen Unbehagen abhalten, die ihm gemüthlich unbehagliche Testamentsänderung vorzunehmen. Hiermit unterblieb aber auch das Schreiben nach Wien, weil Walther auf die Vollmacht wartete, um Dessen sicher zu sein, was er für die Tochter zusagen oder in Aussicht stellen dürfe. Denn falls die Legatbestimmung aus dem Testamente herausgenommen wurde, mußte doch die Summe, die der Tochter als Geschenk unter Lebenden zukommen sollte, anderweit verfügbar gestellt werden. Dammers hätte immer wieder erinnert und angetrieben werden müssen, wozu aber der Hofrath zu gleichgiltig und der jüngere Walther zu rücksichtsvoll war.

Lebhafter aber, als seine Wiener Schuld, drückten den alten Herrn die ihm von seiner Kränklichkeit auferlegten Entbehrungen, zumal er sich für genesener hielt, als er es vielleicht war, und die Langeweile des Winterlebens seinem begehrlichen Naturel immer lästiger fiel.

Frau Henriette, besorgt, er möchte wieder auf seine beliebten Abendschmäuse mit lustigen Freunden verfallen, ging wegen anderer Unterhaltungen mit dem Doctor zu Rath. Er sollte vor Allem ihren lieben Martin in den Bann der gemessensten Diät legen, und sie schlug dann zu dem L'Hombre-Abende, den er ungern entbehrte, und für welchen schon früher die einfachste Bewirthung beliebt war, noch zwei Wochenkränzchen vor, — einen Leseabend für ein paar befreundete Familien, und einen musikalischen Abend für junge Damen und Herren.

„Ich rechne dabei auf Herrn Walther," sagte sie; „er ist in der schönen wie in der ernsten Literatur so zu Hause und hat persönliche Bekanntschaften, daß er uns recht viel Herrliches zum Besten geben kann."

„Ja wohl," lächelte der Hofrath, „und auch am musikalischen Abende wird er — ich will nicht gerade sagen „die erste Violine," aber den commandirenden Fidelbogen führen. Wahrlich, Sie sind da auf einen vortrefflichen Gedanken gekommen, verehrte Freundin! Doch, Verzeihung, daß ich mich bei Ihnen darüber wundere!"

Armfeld, der Schmeichler, war nämlich ganz vergnügt über Vorschläge, die seinen Absichten so schön entgegen kamen. Er nahm es nicht einmal für schlaue Berechnung, daß Henriette dabei ihr eignes Herz nicht vergessen habe. — O nein, dachte er für sich, wo die Liebe sich auch noch so versteckt hält, die Natur findet ihre Wege, und besonders bleiben weibliche Seelen, die nur für Andere zu sorgen gewohnt sind, nicht ohne einen eigenen Instinkt des Herzens, der sie zu Dem leitet, was ihnen selbst dient. Weiß doch auch ein ganz unerfahrnes Hühnchen sein Waizenkörnlein zu finden!

Zu den besprochenen Abenden kam dann auch noch das Theater. Dammers hielt zwei ständige Logenplätze, besuchte das Schauspiel aber gar selten und auch dann nur Lustspiele und Possen. Er wollte lachen und nahm das Trauerspiel nur im Sinne dieses trübseligen Wortes, unempfänglich für das Seelenerhebende, Herzstärkende des Echttragischen. Frau Henriette, die das Theater liebte, konnte daher fast immer einige Frauen ihrer Bekanntschaft abwechselnd mit dem zweiten Platze glücklich machen, und hatte es seither gethan, fand nun aber an Walthern einen lieberen Begleiter, der sie auch über die vorkommenden Stücke so belehrend zu unterhalten im Stande war. Sie bedachte nicht, wie sehr sie es mit den so zurückgesetzten Freundinnen verderben könnte.

Zu allen Dem gab Walther sich bereitwillig her, ja es gereichte ihm anfangs zu einer rechten Befriedigung, daß die trüben Tage, die er in seiner Einsamkeit mit ernsten Studien hinbrachte, mit so heitern, traulichen Abenden schlossen. Er empfand bereits, wie sehr ihn, ohne practische Thätigkeit, solche anhaltende Studien doch auch ermüdeten; ja dies ausschließende Insichaufnehmen fremden Stoffes schien ihm eine Art geistiger Völlerei, die gleich der körperlichen nach und nach melancholische Anwandlungen absetze. —

Ueberdieß gefiel er sich dabei, an Henrietten eine so schwärmerische und liebenswürdige Zuhörerin seiner Belehrungen zu finden, ohne daß er darauf achtete, wie leicht sich mit der Erklärung fremder Gedanken unerklärte Empfindungen mit einflößen.

Für Henrietten gab es nämlich im deutschen Geistesleben noch gar viel Neues und Erstaunliches. Von Natur ungemein empfänglich, aber in engen Verhältnissen einer auf Entsagen gestellten Jugend erwachsen, und in den Jahren einer höheren Schule von diesem zu jenem Krankenbette einer weitläufigen Verwandtschaft berufen, hatte sie die Entwickelung ihrer guten Anlagen nicht abwarten können. Wie erstaunte sie nun all' des Schönen, Erhabenen und Edeln, was gerade dazumal in unserer Literatur noch in seinem ersten Glanz und in frisch duftenden Blüthen stand, — noch unbekrittelt, unabgeschmeckt. Kein Wunder, wenn ein so beglücktes Herz mit all' dem Köstlichen, das es empfängt, unvermerkt auch das Gefäß lieber gewinnt, aus dem es ihm dargereicht wird.

„Wilhelm Meisters Lehrjahre," standen noch in hoher Bedeutung und wirkten durch den Zauber von Grazie und Schönheit der Darstellung, Lebenswahrheit der Charactere und geistreicher Betrachtung der Welt. Doch fand Henriette sich mehr von Schillern angezogen als von Goethen, und das Reinpoetische sprach ihren Sinn weniger an, als was mit edeln Gedanken unser Alltagsleben begleitet. — Unvergeßlich auf lange Zeit blieb ihr aber der Abend, an welchem Walther die eben erschienene religiöse Novelle von Schleiermacher — „die Weihnachtfeier" vorgelesen hatte. Das Bedeutende des Büchleins lag hier nicht in der Form, die dem so geistvollen Schleiermacher selten recht gelang, sondern im Inhalt, und es war Henrietten als eng und streng erzogener Katholikin ganz neu, wie hier das Christenthum von den verschiedenen Seiten betrachtet wurde, die sich in den Personen der Erzählung aussprachen und in der geschichtlichen Welt entwickelt hatten.

Walther wußte Vieles von dem Verfasser und von andern berühmten Männern in Berlin zu erzählen. Er kannte Fichte, Johannes Müller, die Gebrüder von Humboldt und sonstige Gelehrte und Künstler. Am meisten

aber interessirte sich seine Zuhörerinn für eine geist=
volle und originelle Jüdin Namens Rahel Levin, um die
sich Prinzen und Berühmtheiten aller Art versammelten,
und deren Salon er mit dem Prinzen Louis öfters be=
sucht hatte.

„Das bürgerliche Familienleben,“ erzählte Walther,
„diese Heimath echt deutschen Gemüths, hatte sich damals
in Berlin gewissermaßen in das Haus des Königs um
die schöne, edle Königin zurückgezogen. In der höheren
Gesellschaft hatte sich dagegen ein in Deutschland ganz
fremdes Salonleben ausgebildet und mit Glanz umgeben.
Geistreiche Frauen stimmten da den Ton einer belebten
Unterhaltung selbst über Kunst und Wissenschaft; eine
geistige und sinnliche Schwelgerei machte die Andacht, bei
welcher bewunderte Schriftsteller und Gelehrte das Hoch=
amt celebrirten. Der Boden dieser Salons war mit
Extase und Materialismus bunt getäfelt und Witz war
der nicht immer unschuldige Kobold der abendlichen Ver=
sammlungen.

„Der ausgezeichnetste dieser Salons war jener, in
welchem Rahel Levin als höher gesalbte Priesterin waltete.
Ohne für sie zu schwärmen, wie mancher Andere, darf
ich sagen, — sie ist ein Mädchen voll Geist und Herzens=
güte, selbständig und eigenthümlich in der Art wie sie
die Welt empfindet und versteht. Ihre Aussprüche, so
auffallend und seltsam sie oft erscheinen, enthalten meist

einen Kern von Wahrheit, der nur durch Nachdenken aus seiner Schale gelöst sein will. Sie ist freilich auch nicht mehr jung und hat jetzt wohl ihre 36 Jahre. Sie ist nicht schön, aber fein und zart gebildet, von angenehmem Ausdruck und ihr lebhaftes dunkles Auge bei frischer Farbe gibt ihr ein gesundes Aussehen. — Sie lebt unabhängig bei ihrer sehr wohlhabenden Mutter, ganz einfach und ohne Aufwand.

„Ich bin immer gern hingegangen, nicht weil sich die vornehmste, wohl aber weil sich die geistreichste Gesellschaft dort einfand, und zwar ohne Prunk und Schaustellung. So macht Rahel auch wenig Rangunterschied mit ihren Besuchern, und sagte mir einmal, als ein harter Tadel über einen Abwesenden laut geworden war, vertraulich das schöne Wort:

„„Rangiren wir doch niemals einen Menschen nach seinen Gebrechen, sondern nach seinem Guten und Tüchtigen! Und je größer dies ist, um so weniger dürfen jene Mängel gelten. Die Gemeinen machen es umgekehrt, und darum sind sie eben die Gemeinen.““ — —

Solches waren die Abende, an denen die frühere Zuneigung Henriettens für Walther und Walthers Hingebung an die liebenswürdige Frau sich zu einer innern, wechselseitigen Angehörigkeit befestigten.

Bedenklich war dabei nur, daß dieß unbedachte Einverständniß, wie unausgesprochen, so auch unberufen

zwischen beiden, vielleicht aber nicht unerrathen von
fremden Personen blieb. Nur ein= oder das anderemal
wallte das Herz von Empfindungen über, die ganz nahe
an einem Bekenntniß hinstreiften.

So fuhren eines Abends beide aus dem Theater
nach Hause. Die Nachtluft war nach heftigen Regen=
güssen lau; der Vollmond schien durch fliehende Wolken.
Sie hatten „Maria Stuart" gesehen, und besprachen
sich über das Bedeutende und das Bedenkliche dieser
Tragödie in Betracht der Poesie und der Moral, —
z. B. wie Marie nur als passive Heldin und als Büßerin
für eine Schuld auftrete, die so weit zurück liege, daß
sie wie abgetragen durch die Zeit erscheine. Der Zu=
schauer mildere sein Urtheil über ihre Vergehen, wie ein
Richter die Strafe eines Verbrechers nach der Dauer
des Gefängnisses, die derselbe bestanden hat. Die Unter=
haltung berührte, wenn auch nur flüchtig, Manches, was
die Poesie recht eigentlich am menschlichen Leben zu ver=
klären, und was sie zu verklagen habe.

Henriette, so schüchtern in ästhetischen Urtheilen, ging
mit ihren Meinungen über das Sittliche stets sehr frei=
müthig und eifernd heraus, aber sie ließ sich eine be=
lehrende Ausgleichung beider gern gefallen.

Das Stück hatte lang gedauert, und als sie ange=
fahren, von der Dienerschaft vernahmen, daß Herr Hof=
rath schon nach Hause und Herr Dammers zu Bette

gegangen sei, verweilte Walther nicht länger, als um das Gespräch zu vollenden, und sagte scheidend:

„Welch' ein Glück ist es, theure Frau Henriette, sich im Bekenntniß zum Edeln und Schönen mit lieben Menschen in Uebereinstimmung zu finden! Wahrlich, der Glaube an ein Drittes, Höheres in unserem Dasein ist es, was zwei Menschen bei einander hält für die Ewigkeit!"

„Bei einander, Walther!" flüsterte Henriette, und reichte zum Abschied ihre Hand.

Walther hielt sie fest, und beide standen so eine Minute innerer Ewigkeit Hand in Hand, Auge in Auge. Vielleicht hielt nur ein Geräusch der Kammerjungfer im Nebengemache beide ab, einander in die Arme zu sinken. — —

Henriette wandelte nach Walthers Abgang noch länger hin und wieder: sie konnte nicht aus den Gedanken und nicht aus den Kleidern kommen. Als sie endlich ruhig genug, über das Gesprochene nachsann, fiel es ihr fast schreckhaft auf, daß sie gesagt hatte: „Bei einander, Walther!" und nicht etwa: „Für die Ewigkeit, Walther!"

„Hab' ich denn mehr für die Dauer des Beisammenseins zu fürchten, als für die Dauer der Gesinnung?" fragte sie sich. „Und wenn diese gewiß ist, was hätte denn ein Auseinanderkommen für kurz oder lang zu sagen?"

Unter diesen Räthseln oder vielmehr Grillen entkleidete sie sich endlich und suchte zur Ruhe zu kommen.

————

Mit diesem Blick in das Winterleben und den stillbewegten Gemüthszustand der Freude übergehen wir die trüben Wochen des Advents, die mit einer anmuthigen Christbescherung bei Frau Henriette schlossen, bis tief in den Januar, da mit den zunehmenden Tagen und der veränderten Luftfärbung in Walthers Herzen neue Regungen erwachten, als ob sein Inneres in Sympathie mit den Pulsen der Natur stände, die um diese Zeit neuen Frühlingssaft in die entlaubten Gewächsen treibt.

So innig befriedigt er erst in dem traulichen Verkehr des kleinen Freundkreises war, so blieb er es doch nicht auf die Dauer. Eine unbegreifliche Unruhe hatte mit unbestimmten Erwartungeu nach und nach sein Gemüth eingenommen. Was er selbst nicht gleich begriff, war vielleicht nichts weiter, als daß ein sentimentales Treiben, wie er es jetzt mitmachte, seinem wackern Gemüthe ursprünglich gar wenig eignete.

Es giebt Krankheiten, die gerade mit ihrem Ablaufe bei einem Menschen ansteckend für andere werden sollen. Sie erinnern an jene bösen Geister, die einst von unserm göttlichen Meister ausgetrieben, sich im Moment ihrer Flucht nach irgend einer verworrenen Menschenseele umsahen, um neue Einkehr zu nehmen.

So war unmittelbar vor der Revolution Deutschland von Sentimentalität krankhaft heimgesucht. Die Unzufriedenheit mit dem jämmerlichen Zustand unseres Staats- und Gesellschaftsleben hatte den Gemüthern, denen der Muth zu Verbesserungen fehlte nur ideale Träumereien für das Staatsleben, und Liebesschwärmereien für den gesellschaftlichen Umgang übrig gelassen. Selbst Goethe, diese mächtige Natur, hatte dem Leiden des Zeitalters nicht widerstehen können, und den Ansteckungsstoff, von dem er sich bekanntlich durch das Büchlein „Werthers Leiden" für seine Person befreite, auf tausend zartere Gemüther übertragen.

Nun war die französische Revolution über den Rhein hereingebrochen. Alle Welt empfand ihre Drangsale; nur Einzelne kamen aber, und oft spät, zur Erkenntniß, daß es vielleicht eine höhere Bestimmung sei, die Träumenden und Schmachtenden durch eine harte Schule von Leiden und Mißhandlung zur Nothwehr und Mannhaftigkeit der Selbsthülfe und dadurch zum Selbstgefühl einer großen Nation zu führen.

Von jener nun in der Zersetzung begriffenen Sentimentalität der Zeit schien etwas noch so spät Walthern angeflogen zu sein, weil er erst jetzt durch die jüngsten Erlebnisse gedrückt und empfänglich dafür war.

Doch ein solcher Anflug konnte in Walthers Seele nicht haften, und je mehr der Advent des neuen Jahr-

hunderts die revolutionären Sturmwolken über Deutschland hintrieb, und zuerst die wackersten Gemüther zum
Widerstand aufrief, desto weniger konnte Walther sich
befriedigt von Dem finden, was er eben im häuslichen
Kreise so mitmachte.

Er wendete jetzt mehr Aufmerksamkeit den großen
Ereignissen in Deutschland zu, indem er sich überredete,
wie Unrecht es sei, sich in seinen Jahren aller Theilnahme an der Welt zu entschlagen.

Die Hin= und Hermärsche auf der Hauptkriegsstraße
setzten in der Stadt unaufhörliche Einquartirungen, meist
mit Ruhetagen, ab, und die hochmüthigen Ansprüche der
Franzosen wechselten mit den brutalen Anforderungen
der Rheinbundstruppen. Jene waren noch durch Höflichkeit, besonders in ihrer Sprache, zu besänftigen; die
deutschen Hülfstruppen aber, — die Baiern, die Würtem-
berger und vor Allen die Darmstädter, waren ihrer
Magen und Manieren wegen gefürchtet. Der Wider-
wille gegen diese Truppen regte in nachdenklichen Gemüthern eine Entrüstung über die Politik ihrer Fürsten
auf, die jetzt anfingen in ihren Ländern die Souveräne
zu spielen, um zu vergessen, daß sie nur Napoleons
Vasallen waren.

Noch schlimmer als die ökonomische Störung erwies
sich bald genug der moralische Einfluß der Fremdherrschaft.
Die Männer gewöhnten sich an Unterwürfigkeit, und

beeiferten sich mit allen Gefälligkeiten, mit Angebereien und Verrath um die Gunst der französischen Gouverneure, Commandanten und Spione, während die Frauen, besonders in den bessern Ständen, sich den „liebenswürdigen" Feinden noch schmachvoller, als die preußischen Festungen ergaben. Schmachvoller, weil ja mit der Würde deutscher Frauen am häuslichen Heerde die Hoffnung des Vaterlandes noch tiefer sank, als mit dem Verlust aller Waffenplätze unter ihren adlichen Commandanten.

Noch tröstloser sah es in Preußen aus. Die Heeresmacht des Königs für den Winterfeldzug trieb, wie in zerstreuten Trümmern, auf einem weiten, stürmischen Meer, unfähig dem nachrückenden Feinde Widerstand zu leisten. Der König selbst, immer rückwärts ziehend aus seinem Reiche fortgetrieben, — was durfte er sich von einem Frieden mit dem Sieger bei Jena und Auerstädt versprechen? Dieser verfolgte ja, unedeln Uebermuths, nicht bloß den bewaffneten Feind, sondern selbst die Friedensmächte des Handels und der Wissenschaft; wie denn in Leipzig die englischen Waarenvorräthe waren verbrannt, und in Halle, eines studentischen Pereat wegen, die Universität aufgehoben worden. Und wie unritterlich hatte dieser Napoleon in seinen eigendictirten Tagesberichten die edle Königin Luise mit Schmähungen und Lügen herabzuwürdigen gesucht. Sah man aber dem in der Schlacht von einer Kugel geblendeten Herzoge von Braunschweig, sowie den hessenblinden Kurfürsten von Kassel auf ihrer Flucht in die Fremde nach: durfte man noch zweifeln, daß auch Könige, die so wenig Muth und Umsicht bewiesen, ihrer Krone könnten beraubt werden?

Um diese Zeit lief denn eines Abends auch auf Walthers Schreiben an den Maler Darbes in Berlin die lang erwartete Antwort ein. Weder bei ihm, noch unter den auf der Post liegen bleibenden Briefschaften oder bei irgend einer der Walthern befreundeten Familien waren Nachrichten für ihn eingelaufen.

Blieb es nun auch immer noch ungewiß, ob Rosalie die vorbehaltnen Erklärungen über ihre Herkunft und Familie vor dem Ausbruche des Kriegs noch nicht hatte geben können, oder ob ihr verspätetes Schreiben unter den Kriegsbewegungen verloren gegangen sei: immerhin mußte Walther doch auf jede Erwartung, auf jeden weitern Versuch verzichten; indem die Geliebte entweder absichtlich ihre Verbindung mit ihm aufgegeben oder ihn doch außer Stande gelassen hatte sie aufzusuchen oder zu erforschen. Letzteres um deswillen, weil sie in der Stunde des Abschieds seine Vermuthung, daß der Name Rosalie Blaschek ein angenommener war, und die Tante Blaschek nicht ihre wirkliche Tante sei, nur mit lächelndem Still= schweigen beantwortet, mithin bejaht hatte.

Der Niedergeschlagenheit hierüber überhob Walthern einigermaßen der weitere Inhalt des Schreibens. Es gab Mittheilungen über den Zustand in Berlin nach dem Einzuge Napoleons.

Die Berliner hatten sich nicht so kriegerisch gezeigt, daß es der Mahnung bedurft hätte, — „Ruhe sei die erste Bürgerpflicht!" — Man hatte Napoleon zu Pferde nicht, wie die Wiener mit grollenden Blicken und stummer Wuth, sondern mit Vivats empfangen, wozu angesehene Bürger, feige und um sich besorgt, laut aufgemuntert hatten. Die bürgerliche Entsittlichung, die sich in allen Richtungen verrieth, hatte selbst den Kaiser so in Staunen gesetzt, daß er die Aeußerung that, „er wisse nicht, ob er sich nicht mehr schämen, als freuen solle."

Man beeilte sich die Waffen abzuliefern, wie man es von den Stellvertretern des Königs gesehen, durch deren Vernachlässigung oder gar Verrath das öffentliche Eigenthum in die Hände des Feindes gefallen war. Es fehlte auch nicht an bürgerlichen Aufspürern, die durch Anzeigen versteckten Staatsgutes die ausgesetzten Belohnungen zu verdienen wußten.

Ueber Alles ging aber die Fluth von Druckschriften, in denen schamlose Schriftsteller unpatriotisch und rücksichtlos die Schwächen und Gebrechen der Regierung aufdeckten, und sogar — Napoleon zu gefallen — in dessen

Bülletin-Schmähungen gegen die unglückliche, allverehrte Königin mit einstimmten.

Alles dieß zu den Niederlagen Preußens, zu den verlornen Schlachten, den schmählichen Kapitulationen und Uebergaben der Festungen, den verkehrten Maßregeln, der Rathlosigkeit und dem Unbedacht der Regierung legte ein grenzenloses Verderben zu Tage, das schon lange den Staat in seinem innersten Leben unterwühlt hatte. Denn schon vor diesem Glückswechsel der Monarchie war überall die engherzigste Selbstsucht eingedrungen. Jeder fragte nur nach seinen Rechten und vergaß seiner Pflichten. Nur widerwillig gehorchte man, und ereiferte sich gegen auch nur kleine und unvermeidliche Uebel, wenn sie irgend ein persönliches Opfer forderten. Das Allesbesserwissen griff mehr und mehr um sich; Jeder wollte mit seiner Einsicht glänzen und seinen Privatvortheil dabei geltend machen. Daher unaufhörliches Klügeln und Tadeln auch des Guten, das doch in Preußen vielfach geboten war!

Nein, vor und in der Katastrophe hatte sich der preußische Patriotismus nicht bewährt. Was sich so nannte, war nur ein eitler Preußenhochmuth auf den großen König. Die meiste Anhänglichkeit an die Krone und das Vaterland fand sich noch unter den niederen Ständen, besonders auch der entfernten Provinzen, zumal jener, die vielleicht schon eine Ahnung davon hatten, daß

der nächste Friedensschluß sie von der preußischen Monarchie abreißen würde.

Den eignen Groll seines entrüsteten Herzens verrieth
der Maler in seiner Beschreibung des Eindrucks, den
die flüchtigen preußischen Truppen auf die Einwohner
von Berlin machten, und wie des Hohns und Spottes
kein Ziel und Maß gewesen. Besonders übel waren
die gefangenen preußischen Garde-Offiziere, die absichtlich
durch Berlin geführt wurden, von dem Volk empfangen
worden. — — „Wie wurden sie in ihrem kläglich be-
schmuzten, abgerissenen Aussehen ausgezischt, ausgehöhnt!"
schrieb er. „Und sie hatten doch all' ihren früheren
Uebermuth, alle Großsprecherei auf der Flucht verloren.
Sie erlaubten sich auch nicht die geringste Unart und
Ungezogenheit mehr gegen Bürgerliche." „Man sieht
daraus," setzte er hinzu, „daß es doch nichts schadet,
wenn eine Junkermontur zuweilen einmal ausgeklopft wird.
Berlin mag es sich hinter die Ohren schreiben!" — —

„Eines freut mich von dem Maler," sagte Walther
lächelnd, „daß er sich in die Grausamkeit Napoleons
vom 21. November gefunden zu haben scheint. Sie erinnern sich, Oheim, daß der Kaiser vor seiner Abreise
nach Polen, durch Dekret von jenem Tage allen Handel
und Verkehr mit England verboten und über alle Waaren
und Güter aus brittischen Manufacturen und Colonien
die Confiscation verhängt hat. Mein seltsamer Freund

ist aber ein starker Kaffeetrinker: was wird er zu dieser Continentalsperre gesagt haben und zu den Surrogaten der theuern Kaffeebohne aus dem französischen Martinique, die allein in den Handel kommen darf? Ich wäre begierig zu wissen, ob er zu gedörrten gelben Rüben oder zu gerösteter Gerste, als Kaffeersatz, sich verstanden hat."

„Er soll sich beruhigen, lieber Walther," versetzte der Hofrath. „Ich hoffe, es wird unter die Bohnen von Martinique, die allein über die Sperre herein dürfen, soviel eingeschmuggelter und confiscirter Kaffee kommen, daß wir unser Täßchen ohne Surrogat trinken können. Theuer wird er freilich werden; aber die Kaffeetrinker und Kaffeeschwestern werden darum einen rechten Napoleonshaß mit einschlürfen, und wenn sich einst die Schale des Zorns über sein Haupt ergießt — wer kann sagen, wieviel Martinique-Kaffee darunter ist!"

Neuntes Kapitel.

Inzwischen war doch dem alten Herrn Dammers die
Angelegenheit um seine Tochter nicht gänzlich in Vergessenheit gekommen.

Er ließ eines Nachmittags, als Frau Henriette der
Einladung zu einer befreundeten Familie gefolgt war,
den Hofrath und seinen Rechtsfreund zu sich bitten, und
das geänderte Testament wurde bei einem Glase Wein
in Ordnung gebracht. Mit dem Hofrath allein besprach
er dann auch die Summe, die statt des Vermächtnisses
für die Tochter, sobald sie aufgefunden wäre, beim
Banquierhause von Arnstein in Wien angelegt werden
sollte.

Der Doctor hielt es für gerathener, wenn das dahin
zu richtende Schreiben, das Walther früher übernommen
hatte, zwar von ihm entworfen, jedoch nicht im Auftrage,
sondern im Namen und mit der Unterschrift des Herrn
Dammers ausgefertigt würde, indem man sich auf ver-

sönliches Ansuchen des alten Geschäftsfreundes mehr Beeiferung und vielleicht selbst eine unbefangnere Mittheilung versprechen dürfte.

Walther ergriff die Sache mit lebhaftem Eifer. Es entsprach jetzt noch mehr seiner Stimmung, sich mit einer fremden und auf geheimnißvolle Erwartung gestellten Angelegenheit zu befassen, die er sich früher schon zu Herzen genommen hatte. Da er mit seiner gewandten Feder auch eine schöne Hand schrieb, so entwarf er und fertigte zugleich das Schreiben in's Reine. Zu dem gedankenvollen Ausdrucke, der ihm durch Begabung und Studien eigen war, hatte er aus der Correspondenz seines Prinzen noch manche artigen Wendungen angenommen die im kaufmännischen Styl ungebräuchlich waren. Der alte Herr aber fand sie hier wohl angebracht, und unterzeichnete mit einer lächelnden Selbstzufriedenheit seinen Namen.

Der Brief war fort; es gingen aber Wochen ohne Antwort vorüber, und als endlich aus dem Gasthofe zum Schwan ein ungewöhnlich starkes Schreiben überbracht wurde, faßte man sogleich die Vermuthung, das Ausbleiben der Antwort rühre wohl daher, daß man den Brief wahrscheinlich seines Inhaltes wegen, lieber einer sichern Gelegenheit, als der Post anvertraut habe.

Es war eben diesen Sonnabend eine kleine Gesellschaft bei Frau Dammers, als der Brief abgegeben wurde, und wie der alte Herr mit der Erlaubniß ihn zu öffnen, beiseit getreten war, rief er aus:

„Ja, Walther, es ist die Antwort aus Wien wirklich."

Walther trat zu ihm und nahm den Brief rasch an sich. — „Ich dachte mir gleich," sagte er laut, „daß es unser kleines Geschäft beträfe."

„Habt Ihr wieder ein geheimes Geschäft?" lächelte Henriette.

„Ja wohl!" erwiderte Walther lebhaft, und — „ich werde wohl auch wieder verreisen müssen, wenn auch diesmal nicht nach Hamburg."

Sie sah ihn betroffen an, ob es Ernst oder Scherz wäre. Walther nickte ihr freundlich zu, und wußte den Zwischenfall bald vergessen zu machen.

Spät nach Hause gekommen, überwand er doch seine Neubegierde mit dem Entschlusse, das Schreiben über Nacht ungelesen zu lassen, um es ohne Beunruhigung für die Nacht am andern Morgen mit klarem Verstande vorzunehmen und beim Frühstücke mit dem Oheim zu besprechen. — — —

Das Schreiben, von dem ersten Buchhalter des Bankhauses, Namens Seidler, unterzeichnet, war mehr in vertraulichem Tone des ehemaligen Duzfreundes, als im Geschäftsstyl abgefaßt. Mit Laune und Behagen brachte derselbe, der nur Herrn Dammers in Gedanken vor sich hatte, alte Geschichtchen, Anspielungen und Scherze vor, die — ohne zur Sache zu gehören — doch als Illustrationen der frühern Verhältnisse beider Freunde Walthers Aufmerksamkeit erregten. Endlich kam das Schreiben auf den eigentlichen Gegenstand, und da hieß es wörtlich:

„Von Deiner Tochter aber weiß ich justement am wenigsten zu melden. Sie war hübsch herangewachsen mit dem pikanten Gesichtchen ihrer Mutter, dabei lebhaft und gescheit, mit eigenthümlichem Launenwechsel sich hingebend nnd gleich wieder kurz angebunden. Du weißt ja, wie begabte junge Mädchen oft sind, bis sie durch Erfahrung im Leben mit ihren Gedanken und Empfindungen in's Gleichgewicht kommen, was manche freilich oft theuer bezahlen. Dein Röschen, hundertblätterig an guten Einfällen, hielt sich übrigens unangreifbar: wo man's fassen wollte, saß ein scharfer Dorn. Die kleine Cornari machte von sich reden, ohne irgend in übeln Ruf zu kommen. Das will 'was sagen, Alter!

„Alles Das kannst Du mir aber aufs Wort glauben, Martin; denn ich habe das Mädchen eine Zeit lang geflissentlich im Auge behalten. Mein Franzl nämlich, wenn Du Dich des fünfjährigen Buben noch erinnerst, hatte sich in die Rosa vergafft und ich hegte so mein Plänchen dabei, indem ich auf Dich rechnete. Sie durfte dann aber nicht aufs Theater, und ihre Mutter schien auch nicht dafür zu sein; wenigstens berief sich Rosa mit ihrer eigenen Abneigung auf die Mutter. Da starb diese aber zu früh in Italien im Hause des Abbate Rossi, und die Tochter kam nun unter Vormundschaft der Tante und Pathe Therese Korn. Die brachte denn das Mädchen an die Oper, versteht sich als Choristin.

„Nun gaben wir sie schon halb und halb auf, heißt das, ich und mein Franzl. Wie sehr aber der Bub' an ihr hing, sah ich daraus, daß er sich von nun an ganz fallen ließ und mehr und mehr ein Schlankl wurde.

„Um's kurz zu machen, so hörten wir endlich, Rosa sei fort, auf eine Kunstreise, mit Madame Campi, wenn Du Dich der Bravoursängerin erinnerst, die aber nebst andern weiblichen Kleinigkeiten auch die Stimme verloren hatte, und sich, ebenwohl ohne viel Glück, mit Sing- und Klavierunterricht abgab. Die wollte Rosa nach Prag, Dresden und so weiter zur Berühmtheit führen. Nun war's ganz und gar aus mit meinem Franzl, — er ging unter die Soldaten, wo er's denn auch schon zu 'ner Laxenburger Spargel neben dem Seitengewehr gebracht hat.

„Ich kümmerte mich seitdem nicht weiter um die Familie, bis ich von unserm Chef Deine Aufforderung erhielt, Dir Nachricht über die Lage der Tochter zu geben. Ich setzte mich in Verkehr mit der Theres Korn, die inzwischen auch das Theater verlassen hatte. Sie wurde bei meiner Nachforschung unruhig und befangen. Sie wollte nichts mehr von Rosa wissen, und als ich ihr zusetzte, erklärte sie, Rosa habe sich von Madame Campi — irre ich nicht — in Prag getrennt und gäbe keine Nachricht von ihrem jetzigen Aufenthalt.

„Nach manchem Hin= und Herreden, wobei die alte Theres sich kurz und abweisend benahm, schied ich mit dem Bedauern, daß dies der Weg nicht sei, für ihre Pathe zu sorgen; es gelte um ein hübsches Vermächtniß, das von Rosas Vater als Aussteuer für sein Kind bestimmt sei. Nun hättest Du sie sehen sollen, wie sie erblaßte, wie sie bebte, mich vom Fortgehen abhielt und beschwor, um Gotteswillen und etwa aus falscher Voraussetzung ja nichts zu übereilen und die Sache offen zu halten; sie wolle Alles thun, um Rosa vom Theater abzubringen.

„Ich versprach ihr das und ging — freilich gerade nun nicht ohne einiges Mißtrauen; habe seitdem aber die Ruhe nicht vor ihren Besuchen, wobei sie sich sehr angelegentlich nach dem Vermächtniß erkundigt und Vorschläge macht, es in Wien sicher zu stellen. Dieser auffallende Eifer hat mich von übeln Vermuthungen gegen Rosa auf allerlei Argwohn gegen die Tante selbst geführt. Es geht da bei ihr ein alter Souffleur des Theaters aus und ein; sie promeniren zusammen in den Prater, fahren nach Nodaun, und ich traf ihn bei ihr zu Tische. Es kann ehrlich gemeint sein: alte Komödiantinnen

haben weiche, theilnehmende Herzen für arme Teufel von
ehemaligen Freunden. Doch ließe es sich auch denken,
daß die muntere Demoiselle, die noch gut aussieht, an
eine Heirath dächte und auf einen Mitgenuß von Rosa's
Aussteuer speculirte. Ich habe sie beruhigt und auf das
Abwarten Deiner näheren Bestimmungen vertröstet. Aber,
bester Martin, dem Ding weiter nachzugehen bin ich zu
beschäftigt, leide seit einiger Zeit von Schwindelanfällen,
möchte aber auch keine dritte betreibende Person herein
ziehen. Oder sollte man sich an die Polizei, an das Vor=
mundschaftsgericht wenden? Ueber alles Das muß ich
erst Deine Willensmeinung hören. Nicht wahr?"

Zwischen neckenden Erinnerungen an die frühere
Zeit kam der ausführliche Brief auch zuletzt noch auf
Politik und gerade dieser Mittheilungen wegen hatte der
Schreibende die Gelegenheit eines Reisenden abgewartet,
aus Besorgniß, der dicke Brief möchte die Aufmerksamkeit
der Post auf sich ziehen und der geheimen Erbrechung
verfallen. Da hieß es denn unter Andern:

"Ihr glaubt wohl draußen im Reich, wir freuten
uns hier über den Fall Preußens, und trügen es ihm
nach, daß es uns vorigen Jahrs, als wir mit dem
Buonaparte d'ran waren, so im Stich gelassen hat.
Aber nein, lieber Martin, wir sind einig mit Preußen
durch den Haß eines gemeinsamen Feindes, der nun an
Stärke auch gegen uns wieder gewonnen hat. Und wir

kommen gewiß noch einmal mit ihm d'ran. Hoffentlich haben nun beide Großmächte, — oder besser gesagt Großschüler! — etwas gelernt, und ihre Schläge nicht umsonst bekommen. Wenn dann der Tanz wieder bei uns angeht, — wird wohl das Berliner Pack auch wieder sagen: Was geht uns Oesterreich an? Als ob es nicht ganz Deutschland anginge, wenn über den Rhein herüber marschirt wird, der Rataplan mag über Jena oder über Ulm gehen. — — — Aber nein, es kommen auch schon bessere Stimmen der Anerkennung für uns aus Preußen.

„Letzt war ein großer Abend bei unserm Baron von Arnstein, und da hörte ich von weitem aus einem preußischen Munde, nämlich von Herrn v. Gentz, von dem Du wissen wirst, das Lob der Oesterreicher. Es war von der Lage Preußens die Rede, und da sagte er ungefähr:

„Die Redlichkeit der Oesterreicher, ihre Treue und lebhafte Theilnahme am Unglücke Preußens, wovon auch Keiner ausgenommen ist, ihre guten Wünsche für die Zukunft, ihre Hoffnung und Zuversicht — Alles hat sie mir schätzbar gemacht. Es lebe das südliche Deutschland! Besonders seitdem ich sah, daß das nördliche mit den paar Unzen esprit de calcul, die es voraus hat, doch weder die Welt noch sich selbst von Verderben und Sklaverei zu retten vermochte!

„Daß wir Preußen nicht zu Hülfe kamen, mag es

sich selbst mit in Rechnung bringen. Die Stimmung bei uns war lebhafter als je gegen Buonaparte und der Gedanke an Widerstand gegen ihn kommt überhaupt uns nicht mehr aus der Seele: wer konnte denn aber zu Preußens Standhaftigkeit nur irgend ein Vertrauen fassen? Genug, daß unser Kaiser jedes Bündniß mit Napoleon gegen Preußen abwies, und es verschmähte, mit in die Theilung zu gehen, die der Sieger nun vornehmen wird. Gewiß hat er in Potsdam den Degen des großen Fritz nur an sich genommen um ihn, mit welchem die Monarchie zusammengebracht worden, zum Zerlegen derselben als Vorschneidemesser zu gebrauchen. Hätten wir uns da bei einem Bündniß mit ihm nicht unser altes Schlesien wieder ausbitten können? — — Uebrigens schwebt unsere Politik allerdings noch zwischen Frieden und Kampf: wir rüsten, aber mit der stillen Ueberlegung des Ob und Wann für unser Zuschlagen.

„Bei alledem lassen wir uns in unserer Lustigkeit nicht anfechten. Könnten wir's nur noch einmal mit= machen, Alter, wie ehedem! Wien schwimmt jetzt in lauter Musik, denn wir haben ja alle großen Meister in unsern Mauern, — den alten Haydn, Beethoven, Salieri, Clementi, Weigl und wen alles! Die Wittwe Deines Lieblings Mozart lebt und schaut auch noch ganz wohl aus, als ob sie manchmal einen frischen Schluck aus der Unsterblichkeit der Werke ihres seligen Amadeus thäte. Mozart'sche Noten sind freilich lebenerhaltende Tropfen!

„Und nun lebe wohl, alter, theurer Freund! Ich habe mich nun einmal gegen Dich — wie man bei uns sagt — recht „„ausgeplauscht,"" und hoffe bald auch Weiteres von Dir zu hören. — Wie wär's, — könntest Du nicht selber kommen und Deinem Röschen nachfragen? — Du würdest viel Neues hier finden; vieles hat sich verändert; besonders sind die Frauen viel sittsamer geworden, was uns alten Burschen zum Trost gereichen mag!" —

Der Brief von einer nicht mehr festen, aber noch sehr deutlichen Hand geschrieben, las sich rasch weg, und Walther, so sehr er um die Hauptangelegenheit bekümmert war, wurde doch fast noch mehr von den nebenher laufenden Mittheilungen aufgeregt. — —

„Welch' ein Leben in der großen süddeutschen Residenz!" rief er aus. „Kriegsrüstungen in Beethovensche Symphonien, in Haydn's Schöpfungen verhüllt; politische Dissonanzen in Friedensaccorde aufgelöst; heroische Opern zu bewaffneten Operationen erweitert! Welche Wechsel der Scenerie und Wandlungen der Diplomatie, welche Vorhänge von Freundschaftsversicherungen mit Hintergründen neuer Schlachtfelder! Hier bei uns liegt man platt, zwischen Kampf und Frieden im Nebel; dort schwebt man doch von dem einen zum andern, stärkt und stimmt sich an einem für den andern, und hat der dortige beliebte Bassist Weinmüller heut gesungen: „„In diesen heil'gen Hallen kennt man die Rache nicht,"" so schlägt morgen vielleicht der Erzherzog Karl mit der Schneide des Hasses den Buonaparte auf's Haupt." — — —

Aber nun gedachte Walther auch wieder der verlornen Tochter, die ein neues Räthsel brachte. — Sie war verschwunden, vielleicht in welchem Sinn — verloren. „Röschen," rief er in nachdenklichem Humor, „Röschen blüht nicht mehr mit Gesang, sticht nicht mehr gegen Anbeter: ist es verblüht, vielleicht — verblättert?"

Auch ihm kam es bedenklich vor, daß die Tante, die Pathe, nichts von Rosa wissen wollte. Er erschrak; der Doppelsinn dieses Wortes fiel ihm auf's Herz. — „Aber der Vater" —? fragte er sich. „Ja der muß in jedem Falle von der Verlornen wissen, mag das derselben bestimmte Vermächtniß einer Braut oder einer — Büßerin zu gut kommen. — —

Walther durchlief noch einmal die Blätter und die von ihm angestrichnen Stellen bis zu den Schluß worten, die er halb laut las: „Könntest Du selber kommen und —."

Da fiel ihm plötzlich der gegen Henrietten hinge worfene Scherz ein: „Ich werde wohl wieder verreisen müssen." Er sprach die Worte laut aus, und setzte nach einem augenblicklichen Schweigen mit dem Tone der Entschlossenheit hinzu: „Ja, ich selber will nach Wien!"

Rasch, als ob schon das Horn einer Extrapost vor dem Haus erklänge, sprang er vom Lager auf, eilte in's vordere Zimmer, und suchte in die Kleider zu kommen.

Er konnte sich voraus sagen, daß der Oheim Widerspruch gegen dies Reisevorhaben einlegen werde: er hoffte ihn aber von der Nothwendigkeit dieses Schrittes zu überzeugen, ganz abgesehen von dem wundersamen Verlangen, das ihn so plötzlich ergriffen hatte, — das Leben in Wien zu versuchen. — — In der Hauptsache ist es ja auch keine Laune, kein Einfall der Langweile, keine Ausflucht der Unzufriedenheit, daß ich jetzt fort will, sagte er zu sich selbst. Als ich gestern den noch ungelesenen Brief in der Hand hielt, noch kein Wörtchen von der verlornen Tochter meines Gönners oder von dem lustigen, musikalischen Wien gelesen hatte, da rief es plötzlich in meinem Innern, daß ich wieder werde fort müssen. Es war eine Ahnung. —

Daß jener Einfall nur eine scherzhafte Wendung war, Henrietten von dem geheimnißvollen Brief abzulenken, mochte er sich in seiner jetzigen Stimmung nicht eingestehen, und suchte lieber ein besonderes Vorgefühl darin. — — O ja, rief er aus, es kommen uns im Leben solche Begegnisse, in denen die Seele mit einem Vorausblick erkennt, was uns zu thun oder zu lassen bevorsteht; so daß wir nachher, wenn wir uns dessen besinnen, die Beruhigung fassen, es sei kein Ergebniß unserer Berechnung, wozu wir uns entschließen, sondern eine höhere Fügung, eine Nothwendigkeit, wie ich es eben nannte.

Ehe Walther jedoch aus solcher schwungvollen Betrachtung zur Ueberlegung kam, wie er seinem Oheim diese Nothwendigkeit am beßten begreiflich mache, erschien der alte Jakob mit der Meldung, daß der Herr Hofrath mit dem Kaffee warte. — —

Zehntes Kapitel.

Unter dem ruhigen, eindringlichen Auge des Oheims
fand Walther, als er sich ihm gegenüber setzte, ohne
weiteres den einfachsten Weg zur Mittheilung seines
Vorhabens. Er las, mit Uebergehung der Nebendinge,
nur die Nachrichten über die räthselhafte Lage des
Mädchens. Daß auch der Tante der Aufenthalt ihrer
Nichte unbekannt sei, hielt er für unglaublich, und so
wenig er sonst zu Mißtrauen geneigt war, machte er
doch, seinem Reisevorhaben zu lieb, die Andeutung des
Briefes geltend, daß bei dem Vorgeben schmählicher
Eigennutz im Spiele sei.

Das glaub' ich nun am wenigsten, lieber Walther,
erwiderte der Hofrath, oder fürchte es doch am wenigsten.
Die Beute der Habsucht, das liebe Geld, liegt ja noch
hier in seiner Kiste wohl verwahrt, und die alte aus-
gediente Komödiantin, der dieser Schatz ohne Zweifel
ganz erwünscht wäre, hat doch Verstand genug zu wissen,

daß er ohne die Nichte nicht zu bekommen ist. Im Gegentheil, mein Sohn, wenn sie wirklich nichts von dem Mädchen wüßte, dürften wir gerade ihrer Habsucht froh sein; denn die wäre unser bester Beistand und Spion, das Mädchen ausfindig zu machen. Nein, beruhigen wir uns; zeigen wir der Tante die hübsche Aussteuer von weitem, und sie wird die Goldnichte schon herbeischaffen; die Pathe, die das liebe Kind aus der Taufe gehoben, wird es schon zu machen wissen, daß nun auch der Schatz für dasselbe richtig gehoben werde. Da brauchen wir keines besondern Helfers. Uebrigens, lieber Walther, ist es mir nicht so unglaublich, daß ein — wie es hier geschildert ist — launiges, kurz angebundnes Mädchen seiner Begleiterin fortläuft. Wer weiß denn, was diese ausgesungne Madame Campi mit dem unerfahrnen Mädchen in ihrem Interesse beabsichtigt hat?

„Dann um so schlimmer, Oheim!" fiel Walther ein. „Es wäre entsetzlich! Und doch — wenn Sie recht hätten! denn nun verstehe ich auch die Schlußworte des Schreibens: „Könntest du nicht selber kommen und deinem Röschen nachfragen?" Nachfragen, Oheim! Also auch er weiß; — er aber will keine Antwort geben. O das ist mir alles klar! Der verzeihende Vater soll kommen. Nein, selbst kommen und nachfragen kann der arme, geschlagne Vater nicht: doch ein Andrer kann es statt seiner und — vielleicht auch besser als er, und — der bin ich, Oheim, und Sie werden es billigen, daß ich nach Wien gehe!

Diese unvermuthete und so plötzliche Wendung überraschte den Doctor und machte ihn so bestürzter, als er an Walthers Ton und Blick erkannte, wie ernst es mit diesem Entschluß gemeint war. Er konnte sich zu gar keiner Gegenvorstellung fassen, sondern streckte nur in seiner Bekümmerniß beide Hände nach dem Neffen aus, indem er wehmüthig sprach:

„Und du könntest mich schon wieder verlassen, Walther?"

„O mein lieber, bester Oheim," rief Walther, beide Hände ergreifend, „verlassen nicht! Nur ein Geschäft abmachen und wiederkehren! Heiterkeit und Glück in unsern vertrautesten Kreis bringen, — einen Frühlingshimmel mit neuen Blüthen und Freuden aus dem Süden herbei holen! Wir sind einmal soweit gegangen, Oheim, daß dieser schwere Brief da wie ein Würfel des Schicksals zwischen Herrn Dammers und uns liegt. Und ist er nicht aus unserer Hand geworfen? Sie selbst waren ja mit einverstanden, das Orakel zu befragen, das uns hier seine räthselhafte Antwort gegeben hat. O, daß ich berufen bin, könnt' ich mit Hamlet sagen, wieder einzurichten, was aus seinen Fugen gegangen ist! Verbrennen dürfen wir ja doch dies inhaltschwere Papier nicht, Oheim. Und wenn wir es dem alten Vater mitgetheilt haben — und er wird bald darnach fragen, — glauben

Sie, er werde sich mit Abwarten beruhigen? O ich würde ihn selbst aufrütteln, wenn er das könnte! Als Arzt aber werden Sie besser wissen als ich, welche Folgen es für seine Gesundheit, für sein Leben haben dürfte, wenn wir ihm nicht mit der neuen Verwicklung zugleich auch die Lösung zeigen. Jetzt erst wird er die Schuld seiner Vaterschaft recht erkennen, wenn er nicht weiß, auf welchen Wegen sein Kind — und in welchem Sinn es verloren ist. Wir, Oheim, haben ihm die Frage nach seiner Tochter noch recht schwer auf die Seele gewälzt, und wir müssen sie ihm auch wieder abnehmen. Ich habe mich ihm zugedrängt für ihn zu schreiben, und bin nun genöthigt auch für ihn zu handeln. Nicht wahr, Sie sehen das ein, lieber Oheim, und Sie billigen es? O wie könnten Sie auch anders!"

Mit verdrießlicher Miene, die sich zu lächeln zwang, mit ärgerlichem Tone, der zu scherzen versuchte, antwortete der Hofrath:

"Billigen? Auch noch? Nicht bloß zugeben? Nun ja, warum hab' ich Dich auch nach dem raisonnirenden Berlin ziehen lassen, um bei Kiesewetter den Kant zu studiren, — Moral, Metaphysik und ganz absonderlich — Rechtbehaltologie!"

Herzlich auflachend versetzte Walther:

"Nicht wahr, Herzens-Onkelchen, Sie sehen ein? Nun, dann thun Sie's auch freundlich, nicht mit dieser sauer=

süßen Miene, die wie kalter Meerrettig mit Essig und Zucker zugleich angerichtet ist. Heiter! bester Oheim, und sagen Sie: Du hast recht, Junge, zieh' denn in Gottes Namen hin, und komme nur bald wieder!"

Der Alte stand auf und warf sich an Walthers Brust. — „Nun ja, in Gottes Namen, du lieber Schlingel," rief er bewegt. „Erkenne nur aus meiner Empfindlichkeit, wie lieb Du mir bist. Und wenn Du so um andrer Leute Kind Dich bekümmerst, und bethätigst: so vergiß auch nicht, was Du Deinem Oheim schuldig bist. Nein, nicht „schuldig bist," Walther, — werth bist, wollt' ich sagen, was Du ihm sein kannst, will ich sagen."

Walther umarmte ihn mit herzlichen Worten der Dankbarkeit und seiner Zusagen für ihre gemeinsame Zukunft.

„Unsere Zukunft, ja!" wiederholte der Oheim bewegt, und das Herz drängte ihn sich darüber auszusprechen. Es war aber ein zartes Verhältniß und er hielt lächelnd an sich. Da fiel ihm ein, daß es doch gerathen sei, den Flüchtling an einem Fädchen festzuhalten. Er rückte Walthern näher und sprach vertraulich:

„Ja, Du sollst es wissen, wie ich mich schon mit Deiner Zukunft, mit Deinem Glück beschäftige, wobei ich freilich, ehrlich gestanden, auch ein wenig an mich denke. Mit wahrer Freude hab' ich nämlich beobachtet, wie innig Du das Engelsweib Henriette erkannt hast, und wie sie selbst Dir noch zugethan ist, ohne es sich vielleicht selbst zu bekennen. Auf diese durchaus untadelhafte Wechselneigung habe ich gebaut, — oder doch den Riß gemacht zu einem Bau — auf Abbruch. Denn — im Vertrauen, Walther! — unser guter Dammers, mein alter Freund, bringt es nicht weit mehr hinaus, — kann ich Dir als Arzt sagen. Jeder heftige Wetterwechsel oder Gemüthssturm bringt ihn in Lebensgefahr. Von seinem Geschäfte willst Du nichts wissen, hast Dich zu sehr aus der Geld= in die Gedankenwelt verlaufen. Sei es denn, lieber Walther! Und magst' auch darin Recht haben, daß in diesen Stürmen der Zeit wenig darauf ankommt, wenn ein altes Geschäft in ungeschickten Händen zu= sammen bricht. Aber Henriette, die dann auch zurück= bleibt? Sieh'! Gerade in Zeitläuften, in denen die mate= riellen Werthe an Gewicht verlieren, gewinnen edle Herzen an Werth; sie bleiben, sie allein sind die einzige Zuflucht des Glückes. Du hältst es jetzt mit hohen Ideen: gut! laß sie sich in einem Frauenherzen verkörpern, und zu Idea= len werden! Liebst schöne Melodien: wohl! setze nur ein liebendes Frauenherz damit in Harmonie! Wie sagt Schiller von den Frauen? „„Sie flechten und weben himmlische Rosen in's irdische Leben.""" Sieh' Walther, diese dereinstige Hinterlassenschaft meines alten Freun= des, — seine jungfräuliche Witwe, habe ich Dir zugedacht. Solch' eine Seele, Walther, — die schöne Zuthat des

Irdischen gar nicht mitberechnet — führst Du in unser behagliches Haus, treibst Musik und Wissenschaft, Henriette waltet der Geselligkeit, ich schüttle meine Praxis ab, und lasse mir den Antheil eines dritten in Euerm Bunde gefallen. Diesen Himmel denke Dir, Walther, und ein halbdutzend Engel hinein, über denen ich dann wache, wenn sie zahnen oder ein Friesel bekommen. O mein Walther!"

Er faßte Walthern an beiden Händen, sah ihm freudig in's Gesicht, und als er keine Erwiderung erhielt, setzte er hinzu:

„Begreifst Du nun, warum ich, — auf welche Verfallenheit ich Dich so gern hier behielte?"

„Ja, guter Oheim," entgegnete Walther, „das begreife ich und auch — daß ich nun um so eher fort muß."

„Walther?" rief der Hofrath betroffen und befremdet.

„Begreifen denn Sie nicht, Oheim," fuhr Walther fort, „daß ein so zartes Glück, wie Sie es mir zugedacht haben, nicht ausgesprochen werden darf? Nun verkündigt, schwebt es, wie eine Frucht vom Baume der Erkenntniß, vor meinen Sinnen. Wie sollte ich nun noch mit Henriette verkehren? Was vielleicht in meinem Herzen unbedacht schlummern mochte, wacht nun darin als wachsendes Verlangen auf. Mit welchen Augen glauben Sie denn, daß ich fortan die liebreizende Frau betrachten darf, wenn ich sie, die Gattin meines Gönners, für meine Zukünftige ansehe? Und wie sollte ich mich denn solcher Träume erwehren? Oder, wenn ich auch nicht im Traume spräche, — was dürfte Henriettens bisher so unbefangne Seele in meinen Blicken lesen?

„Unser Umgang ist bis jetzt ein Paradies, das von nun an mit einem Blick, mit einem einzigen Worte verwirkt werden kann. — — Und wenn nun der alte Herr, wie Sie es voraussehen, bedenklich erkrankte: welchen Aufruhr in meinem Innern hätte ich zu bekämpfen? Und mit welchem Zwiespalt des Herzens, mit welchen angstvollen Zweifeln an sich selbst, waltete Henriette am Lager des Sterbenden?"

Der Hofrath, der nun seine Uebereilung zugleich als einen sittlichen Vorwurf empfand, versetzte verlegen und nicht ohne Empfindlichkeit:

„Wie Du das alles auf die Spitze treibst! Und wofür siehst Du mich denn an? Hab' ich Dir von meinem Plan etwas merken lassen? Ich würde Dir wohl meines Herzens Gedanken, — die Absichten für Dein Glück nicht ausgesprochen haben, wären wir über Deine Abreise nicht einig gewesen. Ich wollte ja damit nur ein Gewicht mehr an Deine Zurückkehr heften, Deine Erinnerung hierher fesseln, Dich vor andern Bestrebungen behüten. Aber — — wer weiß denn, ob Du nicht schon andre Gedanken und Absichten hegst! Dein übertriebenes Zartgefühl macht mich eher bedenklich, ob Dein Herz noch frei sei. Ich habe letzt, als ich Dich auf Deinem Zimmer suchte, das Bildniß einer jungen Person auf dem Tische liegen sehen, die wohl für Dich nicht so versteckt und verloren sein wird? Nun ja — ein reizendes Geschöpf und vortrefflich gemalt. Was sagst Du? Sollt' ich vielleicht auch einmal Recht haben?"

„Lieber Oheim," lächelte Walther, „was die gute Malerei und die Anmuth der gemalten Person angeht, haben Sie wirklich Recht, aber in Ihrer Vermuthung wegen meiner Wenigkeit irren Sie. Mein Herz, wenn ich es recht kenne, ist nur allzuempfänglich für Henriettens Werth und Liebenswürdigkeit. Und wäre ich in meinen Empfindungen für sie wirklich ein wenig ängstlich, so ist es vielleicht, weil ich es früher allzuwenig war. — — Wegen des Bildes, das Sie nun gesehen haben, lieber Oheim, behalte ich mir Erklärung und Bekenntniß vor, bis die jetzige Angelegenheit abgemacht ist. — Wie wär's, wenn wir gleich diesen Morgen zu Dammers gingen, ehe er vielleicht schickt? Er wird auf meine Mittheilung warten."

„Gut!" antwortete der Hofrath. „Gehen wir, sobald es in die Kirche geläutet hat. Wir treffen ihn dann allein; denn Henriette versäumt heute das Hochamt im Dome nicht, und läßt uns damit Zeit zur Verhandlung der Sache, die ja, wie Du meinst, ihr noch ein Geheimniß bleiben soll."

Während der Hofrath seine dringendsten Kranken-besuche machte, kleidete Walther sich vollständig an, und beide gingen dann unter dem letzten Geläute nach dem Hause des Banquiers. Wie erwartet, trafen sie ihn allein auf seinem Zimmer hinter Zeitungen und Briefen, die aus dem heut geschlossenen Comptoir herauf gebracht waren. Er schob aber alles, selbst die noch unerbrochenen Briefe, beiseit mit dem Verlangen nach Walthers Bericht.

Mit aller Ruhe las ihm Walther Stück vor Stück das Schreiben vor. Denn ·bei den Erinnerungen an alte Geschichtchen unterbrach ihn Dammers mit bei-fälligem Lachen und mancher Erläuterung. Auch gefiel er sich darin, die Wiener Ausdrücke, die dem Lesenden fremd waren, zu erklären, so daß „Schlankl," wie der alte Freund seinen Sohn nannte, einen unnützen Burschen — und „Laxenburger Spargel" die Haselstöcke der Unter-offiziere neben dem Säbel bedeute.

Ernster nahm Herr Dammers die Nachrichten über die Tochter auf. Der zuweilen etwas kindische Zustand seines Gemüths verrieth sich, bei der augenblicklichen Auf-regung, durch den raschen Wechsel der Rührung mit dem vorhergegangenen Lachen. Thränen traten ihm in die Augen und seine Hände bebten. —

Der Doctor blickte Walthern bedenklich mit leise warnendem Kopfschütteln an. Um so mehr eilte dieser, ten alten Herrn mit dem Erbieten zu beruhigen, daß er selbst nach Wien reisen und der Sache auf den Grund dringen wolle. — — „Sehen Sie, lieber Herr Dammers," sagte er, „so sind die Menschen! Erst war die Pathe von Ihrer Großmuth gerührt, wie ich aus ihren Briefen gesehen, und nun versucht sie es mit Kniffen und Finten. Nichts, als eine Komödie, Herr Dammers, aber mit einer schlechten Verwicklung! Auch vom Theater abgedankt, kann sie das Schminken und Täuschen nicht lassen. —

Der alte Herr war von diesem Erbieten Walthers so überrascht und bewegt, daß er in Thränen ausbrach. — — „Und das wolltest Du für mich thun, lieber, goldner Walther!" rief er, ihn umarmend. „Aber nein! das darf ich ja nicht annehmen! Dich aus Deiner Ruhe, Deiner glücklichen Zuflucht vertreiben? Nein, lieber Armfeld, wendete er sich gegen den Doctor, alter Freund — nicht wahr, wir wollen ihn nicht fortlassen? Können wir denn nichts Anderes versuchen, keinen andern Weg einschlagen?"

Walther suchte ihn zu beruhigen. Er wendete die gegen den Oheim noch nicht geltend gemachten Beweggründe und Annehmlichkeiten vor, die er doch bei dieser Reise für sich selbst zu finden dächte. — — „Es ist ja nur ein paar Wochen, lieber Herr Dammers," sagte er, „und die Fahrt wird meine Wintereinsamkeit wohlthuend unterbrechen. Ich war vorher zu sehr an ein

bewegtes Leben gewöhnt, als daß ich auch die gemüth-
lichste Ruhe auf einmal lieb gewinnen könnte. Alles will
gelernt sein, auch das Ruhehalten. In meinen Jahren,
wissen Sie, verflüchtigt sich ohnehin leicht jedes erreichte
Gut; man ruht nur aus, mit einem Ziel im Auge, auf
welches man dann desto lebhafter zuschreitet. Die kleine
Reise ist freilich kein Ziel, jedoch eine Bewegung."

„Wien lockt mich schon lang, und wenn ich auch ein
wenig zu spät für das großartige Leben der Kunst und
des Vergnügens kommen sollte, das der Winter dort zu
bereiten pflegt: so halte ich mich dafür an die Herrlichkeit des Frühlings in jener begünstigten Landschaft.
Doch nehme ich mein Cello mit, da die Musikanten in
Wien immer willkommen sind und ihr Glück suchen."

„Jedenfalls brauchst Du Dir von den freigebigen
Wienern kein „Von" vor Deinen Namen schenken zu
lassen," bemerkte Dammers mit Lachen. „Mich hatten
sie sogar zum Baron gemacht!"

„Auch gut!" lächelte Walther. „Und was mich vor
Allem verlangt, so möchte ich einen Blick in die politische
Stimmung gegen Napoleon thun, worauf mich schon der
Brief des Buchhalters geführt hat."

„Nun dann, lieber Walther, bin ich's schon zufrieden,
daß Du reisest," erwiderte der Banqier. „Ja, Freund,
Doctor, wir wollen ihn ziehen lassen. Versteht sich aber
— alles auf meine Rechnung. Ich gebe Dir Blanket

an das Haus von Arnstein mit, das auch die interessan=
testen Verbindungen hat.“

„Nur soweit mein eigenes Einkommen und meines
Oheims Güte nicht ausreichen, nehme ich das an!“
wendete Walther ein. „Ich reise ja auch für mich.“

„Nein, nein, das geb' ich nicht zu!“ rief Dammers,
„absolut nicht. Nicht wahr, Freund Armfeld? Steh' mir
doch bei! Beschämt mich nicht, bitte! Es ist ja Sache
der Dynastie Dammers, Herr Botschafter!“

„Gut! Es wird sich finden!“ lachte Walther ver=
gnügt. „Ich führe genaue Rechnung, wie ich es bei
Ihnen gelernt. Abgehen laß' ich mir nichts, das sage
ich Ihnen, und mit einer splendiden Hand kommt man
auch am ehesten hinter Spitzbübereien.“ — — —

Im Verlaufe der Unterhaltung, und da die Reise
nun bestimmt war, hielt Walther auch gegen den Oheim
mit seinen früher übergangenen Erwartungen von Wien
nicht mehr zurück. — „Ich kenne Berlin,“ sagte er, „und
bin auf Wien begierig. Nord und Süd — leider oft
abstoßende Pole in der deutschen Politik! Ich vergleiche
beide Residenzen lieber mit Auge und Ohr am edeln
Haupte Deutschlands. Das Auge deutet auf Licht, In=
telligenz, Wissenschaft; das Ohr auf Ton, Empfindung
und Kunst. Ich weiß nicht, Herr Dammers, ob Sie
von Chladni gehört haben, der in neuester Zeit die
interessanten Forschungen über Ton und Schall gemacht

hat. Wir wissen nun, daß wie die Farbe der Oberfläche der Dinge angehört, der Ton den inneren Zusammenhang verräth. So scheint mir auch das Ohr dem Gemüthe, wie das Auge dem Geiste zu dienen. Wieviel ließe sich über Auge und Ohr mit Bezug auf unsere Bildung, über Glanz und Tiefe des Lebens und der Menschen nachdenken und träumen!"

Dem Hofrath entging die zufriedene Stimmung nicht, mit der Walther seine Erwartungen laut werden ließ. Er fand sich dadurch zum Widerspruch aufgeregt. — — „Ja, ja, es wird Dir nichts schaden, auch einmal nach Wien hinzuhorchen," sagte er mit etwas gesuchtem Scherze. „Von Deinem Auge Berlin weißt Du nun, daß es nicht selten sehr kurzsichtig, oft auch wieder übersichtig ist, und daß es seiner schielenden Politik an Sand für die Augen der Welt nicht fehlt, so wenig als an Hochmuth."

„Darin haben Sie Recht, Oheim, — der Hochmuth sitzt im Auge, denn er bezieht sich meist auf den Schein, auf die Außendinge. Ich nehme dagegen den Stolz für das Ohr in Anspruch, indem er sich auf den innern Werth auf Gehalt und Verdienst gründet."

„Nun, dann hast Du in Wien die beste Gelegenheit, Walther, in der Nähe zu sehen, ob's die Habsburger Politik, wie man sagt, wirklich — „„hinter den Ohren hat."" Und bei dieser Politik fällt mir auch noch ein hierher gehörendes Sprüchwort ein. Wenn man sich in Wien, taub gegen allen Zuruf der Zeit, fortwährend wider den Fortschritt setzt, so könnte es zum Propheten= worte werden: „„Wer nicht hört, muß fühlen."" Sie sollen schon ihre Schläge bekommen, wenn sie sich nicht auf die Beine machen. Der kleine Korporal Buonaparte führt auch eine „„Laxenburger Spargel,"" die —

Walther und Dammers fielen ihm herzlich lachend in das Wort, das so verdrießlich gemeint war, als es scherzhaft klang.

„Laß Du Dir nicht bange machen, Walther!" sagte Dammers, „Du wirst in Wien ein großes, herrliches Leben finden, und bist eben in den Jahren es mitzu= machen. O, der Freuden die ich dort genossen! Die Erinnerung allein könnte mich noch einmal jung machen."

Walther schwieg, indem er, nicht ohne Verlegenheit, des Oheims Auge so durchbringend auf dem armen Alten ruhen sah, als ob es die Stelle für den nächsten Aderlaß zur Hebung eines neuen Schlaganfalles suche.

————   ————   ————   ————

In dieser augenblicklichen Stille hörte man den Wagen anfahren, der Frau Henrietten aus der Kirche zurück= brachte. Da wendete Walther sich rasch mit den leisen Worten an den Banquier:

„Da ich meine Abreise nicht ohne Abschied von Madame Dammers antrete, so werde ich ihr die An=

gelegenheit als ein altes in's Stocken gerathenes Geschäft bezeichnen. Nicht wahr, Herr Dammers? Die
Tochter lassen wir eben noch wo sie ist, — in der
Verborgenheit. Es hat Zeit mit ihr bis wir sie gefunden haben." —

„So?" erwiderte er. „Nun ja, wenn ihr glaubt —
Doctor? Ganz recht! Ich will zwar meiner guten Henriette nichts verheimlichen; aber —

„Kommt Zeit, kommt Rath, Martin!" entschied der
Hofrath. „Jede Offenbarung verlangt ihre Vorläufer."

Henriette trat ein, betroffen, als sie auch Walthern
erblickte. Man hatte ihr unten nur den Doctor genannt.
— „Ist Dir etwas, lieber Martin?" fragte sie ängstlich,
indem sie sich neben ihn setzte.

Dammers lachte. — „Aha, weil der Doctor so früh
da ist, meinst Du? Nein, Töchterchen," antwortete er,
„Du hast die gesternabendliche Briefbescherung vergessen:
die haben wir eben abgemacht."

„Ja, denken Sie, Frau Dammers," fiel Walther ein,
„mein gestriges Scherzwort ist über Nacht wahr geworden. Ich habe übernommen, eine altverwickelte Angelegenheit unseres geehrten Herrn Dammers in meine
Hand zu nehmen, und reise auf kurze Zeit nach Wien.
Sehen Sie, das hat der dicke Brief beschert!"

Im ersten Augenblicke war sie betroffen. Sie war
schon mit einer gewissen Spannung gekommen, und

blickte Walthern an, als ob sie eine versteckte Absicht vermuthe; dann sagte sie:

„Es thut mir leid, Herr von Osthoff, daß wir Sie gerade so Mitte Winters entbehren sollen. Ach, unsere schönen Leseabende! Und was werden unsere Freunde dazu sagen? Freilich — — auf dem rechten Wege soll man nicht fragen, was die Menschen meinen und sagen; denn am liebsten meinen sie Schlimmes!"

Betroffen von der Hast ihrer letzten, offenbar bezüglichen Worte, trat sie beiseit, sich ihres Hutes und Mantels zu entledigen. Walther eilte ihr behülflich zu sein.

„Sie wollen doch nicht augenblicklich schon Abschied nehmen?" fragte sie aufathmend.

„Sie können denken, meine verehrte Freundin," sagte der Doctor, „wie schwer es ihm wird zu gehen, da auch ich ihn sehr ungern verliere. Doch so im Galopp geht es nicht. Erst müssen noch der Reisepaß, Geschäftsvollmacht und dergleichen in Ordnung gebracht werden."

„Bei alledem, lieber Onkel: je früher fort, desto eher zurück!" erwiderte Walther. Worauf Henriette mit Lebhaftigkeit versetzte:

„Sie haben Recht, lieber Herr Walther. Wissen Sie was Schiller sagt? Verzeihung!"

Sie eilte in's anstoßende Schlafzimmer ihres Mannes, und brachte ein schön gebundenes Album herbei. „Sehen

Sie," sprach sie weiter, „gestern Abend wollte ich meinem Manne, während er sich zur Ruhe begab, etwas auf unser Gespräch Bezügliches aus meinem Album vorlesen. Unter dem Blättern haftete mein Blick, wie gebannt, auf einem schon früher aufgenommenen Ausspruche Schillers. Ist es nicht merkwürdig? Hören Sie?"

Sie las mit etwas bebender Stimme:

„„Die ganze Weisheit des Menschen sollte allein darin bestehen, jeden Augenblick mit voller Kraft zu ergreifen, ihn so zu benutzen, als wäre es der einzige letzte. Es ist besser mit gutem Willen etwas thun, als unthätig bleiben.""

„Nun wird mir's klar," sprach sie weiter, „warum mir der Spruch so auffiel: er war die Antwort auf Ihren Scherz, der auch über Nacht Ernst geworden ist, daß Sie nämlich wieder einmal fort müßten. Meinen Sie nicht?"

Walther, der vorhin noch seine Abreise für eine sittliche Nothwendigkeit erklärt hatte, fand sich nun doch, durch die leichte Ergebung der lieben Frau in seine Entfernung, an seiner Eigenliebe heimlich gekränkt, und antwortete nicht ohne Empfindlichkeit:

„O gewiß, Frau Dammers! Und dieser Ausspruch, gerade in Ihrer guten Anwendung, erleichtert mir meine Abreise sehr."

Henriette aber, die Worte im ehrlichen Sinn nehmend, wendete sich an ihren Mann:

„Wie kannst Du es denn aber dem Freunde nur vergelten, Väterchen," sagte sie, „daß er die kaum gefundene friedliche Einsamkeit um Deiner Geschäfte willen aufgiebt? Bei seinem ersten Hamburger Geschäfte fand er doch als Belohnung den glänzenden Hof des Prinzen Louis!"

„Nun, Herzchen," lächelte Dammers, „das hab' ich ihm ja damals auch nicht gegeben. Wer weiß, was der Himmel jetzt wieder für ihn thut! Vielleicht bringt er zum Lohn seiner Herzensgüte eine recht liebe Frau mit zurück, die dann hier den Einsiedler mit ihm macht. Zwei zu einem Einsiedler, weißt Du, das ist so — wie zwei Kerne in einer Mandel, was dann ein sogenanntes Vielliebchen gibt."

Henriette schwieg verlegen und Walther erwiderte mit etwas gehobener Stimmung:

„O bester Herr Dammers, rechnen Sie mir nicht zu hoch an, wobei ich für mich selbst das Beste hoffe. Man muß das Leben nur etwas höher fassen, als man es gewöhnlich thut, wenn es irgend etwas werth sein soll. Für sich selbst zu sorgen, hat ja kein Verdienst, — habe ich irgendwo gelesen, Andern aber beizustehen, behülflich zu sein, wohl zu thun und dadurch die Summe der Zufriedenheit zu vermehren, die das reinste Glück der

Welt ausmacht, das ist nicht blos das Ziel an dem all'
unsere sittlichen Pflichten zusammen laufen: es ist zugleich
das einträglichste Lebensgeschäft, in welchem man von
der Errungenschaft der allgemeinen Wohlfahrt die höchste
Dividende eignen Glücks gewinnt."

Im Innersten bewegt reichte ihm Henriette die Hand,
indem sie mit glänzendem Blicke lächelnd sagte:

„Ich sehe Sie also noch, Herr Walther!"

So verließ sie das Zimmer. Sie floh wie vor einem
Verräther, den sie im eignen Busen trug. —

Elftes Kapitel.

In ganz andrer Stimmung, als sie das Zimmer
ihres Mannes verlassen hatte, betrat Henriette das ihre
und ließ sich im Sessel am Ofen nieder. Die Empfin=
dungen schlugen nun wieder vor, mit denen sie schon
aus der Kirche gekommen war.

Basen und Freundinnen nämlich, die zum Hochamte
sich gewöhnlich in demselben Kirchenstuhle einfanden, —
es waren jene die sie sonst mit in's Theater zu nehmen
pflegte, — hatten ihr zweideutige Stadtgerüchte über
Walthern zugetragen.

Diese Neuigkeiten waren so unbestimmt gehalten und
so wohlmeinend beigebracht, daß sie um so beängstigender
und anzüglicher erschienen.

Henriette überredete sich nun selbst, sie habe sich
Walthern zu nahe gestellt, sich ihm und öffentlich mit
ihm zu vertraulich gezeigt, und sie müsse sich zurück
ziehen. Gerade mit diesem bekümmerten Entschlusse hatte

sie jene Worte Schillers aufgefaßt, zuerst als Mahnung für sich selbst und dann um so beruhigter, als sie solche auf Walther beziehen konnte. Nur Eines machte ihr noch Sorge, — der Zweifel, ob nicht auch er schon diese übeln Nachreden gehört, und sich vielleicht darum, aus Zartgefühl für sie, zur Reise nach Wien entschlossen habe.

So erhebend dieser Gedanke zuerst für sie gewesen, so daß sie den Freund selbst in seinem Vorhaben be=stärkte, so leidvoller empfand sie nun dies Opfer, das er brachte, und das ihr Herz mit so leidiger Entbehrung und vielleicht mit bleibendem Verlust bedrohte, — doppelt kummervoll, da sie sich nicht einmal mit ihm darüber verständigen durfte.

Dieser Stimmungswechsel und innere Kampf, wie er in Henriettens Aussehen und Benehmen unter Walthers Augen vorging, blieb ihm selbst nicht unbemerkt, nur daß er, unbekannt mit jenen Stadtgerüchten, ihre Aeußerungen mißverstand. Dazu fand er sich durch des Oheims Heirathsproject in seinem Verhalten gegen die liebe Frau beengt, ja moralisch beängstigt; denn dieser Gedanke oder Traum behielt doch, wie es schien, für seine Phantasie so viel Reiz, als sein Herz ihn mißbilligen mußte.

Alles dies trieb den jungen Freund an, die über=nommene Reise zu beeilen.

Während daher auf seine Anregung der Oheim die nöthigen Papiere, Reisepaß und Empfehlungsbriefe be=

sorgte, trug er selbst alles zusammen, was er auf ein längeres Ausbleiben mitzunehmen dachte, und fing an es zu packen. Auch das kleine Bild wurde nicht vergessen, und er nahm es eines Abends mit zum Oheim. — —

„Ehe ich das Bildchen, schon als Andenken an den Maler, zu den Schriften und Büchern einpacke, die ich mitnehmen will," sagte er, „bin ich Ihnen, lieber Oheim, noch ein Herzensbekenntniß über die Person schuldig, die es vorstellt. Hören Sie daher meine Beichte!

„Zu einigen jener Bekanntschaften in Berlin, die ich mir anfangs vom Leibe hielt, und hernach doch zu Herzen nahm, gehörte auch ein sonderbarer Mensch von besserem Kern, als seine Schale zuerst vermuthen ließ. Es war der Maler Darbes, den ich Ihnen aber erst portrai-tiren muß.

„Denken Sie sich einen kleinen, blonden beweglichen Mann, gespreizt auf dünnen Beinen, mit vorgestrecktem Bäuchlein und zurückgelehntem, ziemlich kahlen Kopfe. So tritt er mit feierlicher Miene auf, schneidet aber Grimassen, keck umherblickend, als ob er den Eindruck beobachten wolle, den er machte. In der Gesellschaft ließ er nicht leicht Jemand zu Worte kommen, sobald er selbst gestimmt war zu sprechen oder gute Ermahnungen von sich zu geben. Da er mit lebhaften Geberden und nicht ohne Humor sprach, so fehlte es ihm nicht leicht an Zuhörern, besonders an neckischen, lachlustigen; denn er hatte etwas gegen sich selbst herausfoberndes in seiner Art sich zu geben. Daß er bei dieser Vorbringlichkeit doch nicht gerade lästig wurde, lag nicht an seiner Klugheit, sondern darin, daß er sich selten machte, indem eine natürliche Schwermuth ihn öfter auf sein Zimmer bannte oder auf einsamen Spaziergängen umhertrieb. Es war, als ob sein besseres Wesen ihn von Zeit zu Zeit nöthige, Buße dafür zu thun, daß er sich so leicht vergaß, ja man konnte sagen — sich wegwarf. Denn da er die Schwachheit hatte, sich um vornehmen Umgang zu bemühen, so glaubte er, wenn es ihm damit gelungen war, mit allerhand Possen seinen Einstand zu entrichten, womit er gar oft zu weit ging.

„Nun hätte er um alles auch gern beim Prinzen Louis Zutritt gehabt; der Prinz erklärte aber, er brauche keinen Aesop. — Wie Schade, sagte ich scherzend, daß wir ihn neben Eurer Hoheit nicht einmal noch häßlicher sehen können, als er schon ist.

„Oder, daß ihr euch nicht neben ihm in guten Manieren gefallen könnt? entgegnete der Prinz.

„Doch wir versicherten ihm, daß Darbes in Petersburg und Riga sehr gute Manieren, ein schickliches Betragen und elegantes Französch angenommen habe, und sobald er ernsthaft gestimmt sei, oder den Ueberdruß an seinen Possen bemerke, ganz verwandelt erscheine.

„So war es mir endlich gelungen, ihm Aufnahme

und zuweilen eine Einladung beim Prinzen zuwege zu
bringen, und er glaubte mir Dank schuldig zu sein.
Gewiß nur aus dieser Gesinnung kam er eines Morgens
zu mir mit ernster, geheimnißvoller Miene. In solcher
Stimmung ward er unterm Sprechen leicht weichmüthig,
und wenn er es dann zurückhalten wollte, schnitt er
wider alle Absicht die wunderlichsten Grimassen.

„„Ich habe gar wohl bemerkt, mein Freund und Gönner,
hob er an, daß es Ihnen doch zuweilen nicht ganz wohl
im prinzlichen Kreise zu Muthe wird, und daß besonders
die Liebesgeschichten dieser Herrn nicht immer in dem
saubern Style gelebt sind, worin Ihr nobles Wesen
abgefaßt ist. Nun hören Sie, mit welcher Hochschätzung
ich Ihrer gedacht habe!““

„Er brachte feierlich, wie aus einem Reliquienkästchen,
dies kleine Bild hervor, — noch nicht so fertig, wie es
hier ist, doch fehlte nur der letzte Pinsel und der Firniß,
worin es jetzt glänzt. — Ei, rief ich, ist das nicht die
jugendliche Sängerin Rosalie Blaschek aus Böhmen?"

Was, Sie kennen sie schon? fragte er. Doch nur
von der Bühne her, nicht wahr?

„Ja, und zwar von einmaligem Sehen. Es ist eine
ganz eigne, ich möchte sagen — aparte Erscheinung. Sie
gefällt aber nicht, wie ich höre."

Nein, antwortete er, ihre schöne und edle Stimme
ist noch nicht entwickelt für den großen Raum, ihr zauber=

volles Gesicht fernt nicht, ihre feine Gestalt verduftet zwischen den Lampen. Sie sollten sie aber außerhalb der Bühne sehen: da ist sie erst — wie Sie richtig sagen — apart, auch in dem Sinne: „für sich".

„Und — für die Maler? erwiderte ich lächelnd.

„O Herr von Osthoff! rief er abwehrend. Honny soit qui mal y pense! Ja doch, Rosalie hat mir gesessen: sie wohnt mit ihrer — Tante in demselben Hause mit mir. Diese bestellte ein lebensgroßes Brustbild, angeblich für einen Prälaten, dem die Familie viel zu danken habe. Natürlich besprach sie einen billigen Preis, und ich verstand mich zu dem billigsten einer Kunstgefälligkeit, da mich der schöne Gegenstand für den Pinsel und — meinethalben auch — wegen des Prälaten — ein wenig Neugierde reizte.

„Während der Aufnahme und Ausführung des Bildes, wobei die Tante nicht immer gegenwärtig sein konnte, hatte ich Gelegenheit, ein von Sinn und Seele sehr begabtes Mädchen kennen zu lernen, das mich bei so — kindlichem Aussehen mit seinem Verstand und Herzen oft genug überraschte. Freilich ist es auch älter, als es erscheint, — eine verspätete Knospe, die an Duft und Farbe das Herrlichste erwarten läßt. Ich merkte ihr bald an, daß sie in einer Bedrängniß Rath und Beistand suchte; und da mag ich ihr denn alt und häßlich genug geschienen haben, sich mir zu eröffnen. Hören Sie nun!

„Die Tante hat nämlich auf einträglichere Gastvor=
stellungen Rosaliens gerechnet und findet sich nun ge=
täuscht. Dies allein ist schon drückend genug für Rosa=
lien: wenn sie aber wenigstens nur schnell nach Prag
zurückreisen könnte. Da hat nun aber die Tante eine
dicke Freundschaft mit einer reichen Seidenhändlersfrau
geschlossen, und der Seidenhändler scheint eigentlich das
Dicke von dieser Freundschaft zu sein. Sie will daher
nicht fort, ist wie man ihr gleich ansieht ziemlich genuß=
süchtig, und bei jener Freundschaft soll es hoch hergehen,
täglich etwas pour la bonne bouche zu finden sein.
Sich nun dort mit herum zu treiben, ist Rosalien in
tiefster Seele zuwider; allein abzureisen wagt sie nicht,
und gibt die Tante nicht zu, sich aber von dieser unter=
halten zu lassen, wird ihr mit jedem Tage peinlicher.
Rosalie wünscht daher, um auch nicht den langen Sommer=
tag so allein im Hause und jedem Anspruch ausgesetzt
zu sein, in einige Familien eingeführt zu werden, wo
sie vielleicht auch als Kammersängerin mehr Glück machen
würde, als auf der Bühne. Wir können uns denken,
was sie mit darunter versteht.

„Da hab' ich nun Ihrer gedacht, mein edler Freund.
Sie haben hier ansehnliche Bekanntschaften, in den besten
Häusern sind Sie geschätzt, und man wird Ihnen gern
etwas zu Gefallen thun. Sie verstehen mich, und mehr
brauche ich nicht zu sagen.

„Und Sie bedenken gar nicht, Darbes, erwidert ich scherzend, in welche Gefahr Sie mein Herz verlocken?

„Ja, das hab' ich bedacht, rief er aus, und habe deshalb keinen andern Beschützer für Rosalien gewählt, als Sie, von dem ich weiß, daß er sein Herz am besten gegen ein reizendes Geschöpf durch Wohlthaten schützt, die er demselben erweist. Andere sind gefällig gegen Frauen, um sie gefällig zu machen; Sie nicht. Je mehr Sie geben, desto weniger werden Sie verlangen. Ich weiß das, — von solchem Schlage sind Sie. Ich wär's auch, mein edler Freund, wenn ich nicht überhaupt an Schrot und Korn so schlecht ausgemünzt wäre, daß ich bei Frauen gar keinen Cours habe.

„Er schwieg einige Augenblicke innerlich bewegt, dann stand er auf mit den Worten:

„Ich werfe das Loos! Hier liegt mein Bild: nehmen Sie es an sich, so heißt das Ja; schieben Sie mir's zurück, so heißt das Nein, und — ich gehe!

„Er wendete sich ab, sein zuckendes Gesicht zu ver= bergen. Dies währte gerade lange genug, daß mir ein glücklicher Gedanke kam, den ich in meiner, oft gar aber= gläubigen Weise für eine Eingebung ansah. Wie er sich umwendete, hielt ich das Bild an meine Brust gedrückt; Darbes stürzte auf mich zu, umarmte mich und eilte fort, als ob er fürchte, ich könnte mich eines Andern be= sinnen. Ich rief ihm nach, daß ich zu ihm kommen würde.

„Das Bedenkliche bei der Sache, lieber Oheim, war nämlich das falsche Licht, das ich auf Rosalien werfen und in das ich mich selber stellen würde, wenn ich eine junge, hübsche Sängerin bei angesehenen Familien einführen wollte. Das einzige Haus, wo ich nicht mißverstanden würde, und das zugleich die wirksamste Vermittlung erwarten ließ, war bei der kleinen Levy, wie man Rahel Levin nannte, von der ich Ihnen schon viel erzählt habe. In ihrem Salon versammelte sich alles von Geburt, Rang und Talenten Ausgezeichnete. Durch ihr Alter von 35 Jahren, sowie durch ihre Verbindungen in der Stadt besaß sie ganz das Ansehen und den Einfluß, um als Beschützerin eines Mädchens, wie Rosalie, aufzutreten. Auch wußte ich voraus, daß ich ihr keine Zumuthung machen würde, da sie mit ihrem thätigen, theilnehmenden und wirksamen Geiste in ganz andere Herzensangelegenheiten edler und leichtfertiger Art eingeweiht war. Denn wundersamer Weise hatte sie bei aller Reinheit im eignen Denken und Thun eine besondere Schwäche für Schwachheiten des Herzens. Ich selbst handelte mit freiem Herzen und konnte ihr ein Mädchen, mit dem ich noch kein Wort gewechselt, nur auf Gerathewohl empfehlen. Sie mißverstand mich auch keinen Augenblick, ging auf meinen Antrag ein, und versprach das Beste.

„Ich machte nun mit dem Maler Besuch bei der

Tante, und brachte, nach Verabredung mit ihm, die Sache als ein Anliegen, als einen Wunsch von Fräulein Levin vor. Sie übersah rasch die Vortheile, die sich an diese Bekanntschaften knüpften, und gab auf's Artigste ihre Zustimmung. Sie war, soweit ich sie bei meinen jeweiligen Besuchen kennen lernte, eine ganz angenehme Frau, noch von gutem Aussehen, ohne gerade schön zu sein, lebhaft, gesprächig, von gefälligen Manieren, musikverständig. Ein in Anstand gekleideter Lebensgenuß schien ihr die Bestimmung des Menschen zu sein. Sie besaß jene Gutmüthigkeit, die es mit Annehmen und Hingeben leicht nimmt, ohne scharf zu berechnen, auf welche Seite der Ueberschuß fällt, oder wen die Einbuße trifft.

„Rosalien brachte ich nun zu Rahel, und diese nahm sich ihrer mit aller Beflissenheit an. Sie zog sie in ihren Salon, gab ihr Winke und Zurechtweisung, ließ sie vor größerer Gesellschaft singen, verschaffte ihr besuchte Konzerte, und brachte es eine Zeit lang in den Ton vornehmer Häuser, die reizende Fremde zu Gesangabenden einzuladen, was ihr denn auch artige Geschenke eintrug.

„Was soll ich Ihnen aber von Rosalien selbst sagen? Sehen Sie das Gesichtchen an und errathen Sie daraus Herz und Phantasie des wunderbaren Geschöpfes. Das Herz, sanft und edel, war so reich an eingehenden Empfindungen, als die Phantasie an gaukelnden, zerstreuen=

ben Bildern. Beide, wundersam in einander spielend, brachten eines das andere um den Gewinn, den jedes für sich allein hätte machen können, — die Phantasie so entfernt von Gefallsucht, als das Herz von Eigennutz. Nur in ihrem äußerlichen Benehmen war Rosalie unsicher und wechselnd, nach Laune anziehend oder abstoßend.

„So erschien sie mir, als ich sie kennen lernte, — das Seelenwesen, viel versprechend, noch in der Knospe, während die Kelchblätter der körperlichen Entwicklung sich bereits auseinander schlugen. Ich habe, wie ich damals so recht in's Philosophiren versunken war, über das eigenthümliche Räthsel dieser Persönlichkeit vielfach nachgedacht, und das Verlangen es zu lösen, war das einzige, das ich einer so reizenden, aber noch etwas kindlichen Jugend gegenüber empfand.

„Doch in dem Lebenskreise, in den ich sie bei Rahel einführte, ging bald und rasch eine neue Entwicklung unter meinen Augen vor. Rosalie hatte ein Auge für feines und anständiges Betragen und in ihre Seele fiel kein ausgesprochener Gedanke, kein laut gewordenes Gefühl bedeutender Menschen, ohne darin fruchtbar zu werden. Und mit dieser Ausbildung ihres Geistes und Herzens verschwand unvermerkt auch alles Launenhafte, Abspringende ihres Benehmens. Vielleicht war es nur die natürliche Abwehr einer schreckhaften Mädchenseele gewesen, und verlor sich von selbst mit dem zunehmenden Selbstgefühl."

"Aha!" fiel hier, als Walther einige Augenblicke verstummte, der Hofrath ein, — "ich merke schon: jetzt trat der räthselnde Philosoph zurück, und der werbende Liebhaber warf sich in die Brust!"

"So ist es, theurer Oheim!" erwiderte Walther lächelnd, aber nicht ohne Empfindung. "Ich faßte mit Rosaliens wachsendem Vertrauen zu mir eine zunehmende Neigung für sie. In ihrer so schön begabten, innigen und empfänglichen Persönlichkeit ging mir zum ersten Mal die Idee einer Liebe auf, die nicht blos jene natürliche Liebe war, die ich aus den berliner vornehmen Kreisen kannte, sich aber auch nicht auf die süßliche Empfindsamkeit des Herzens beschränkte, wie solche wohl auch bei manchen, besonders bei jenen Frauen vorkam, die für Jean Paul, von dessen berliner Besuche her, schwärmten; sondern einer Liebe, die sich über beide, als die Macht sittlicher Erneuerung, geistiger Vollendung erhob, — die natürlichen Regungen adelnd, die Empfindungen des Herzens erweiternd.

"Was nun aber den bewerbenden Liebhaber betrifft, vor dem Sie bangen, Oheim: so lag ihm ein schweres Bedenken im Wege, — das Räthsel von Rosaliens Herkunft und Familie. Sie selbst machte ein Geheimniß daraus, und hatte gegen Freund Tarbes jedes Forschen, jede Annäherung an dasselbe mit Entschiedenheit abgewehrt. Auch gegen mich blieb sie, bei all' ihrem sonstigen Vertrauen, sehr zurückhaltend, so oft ich ihr meine Theilnahme an ihrer Vergangenheit und für ihre Zukunft nahe legte. Doch sah ich ihr dabei eine mit sich selbst kämpfende Unruhe an. Gerade dies aber machte mir ihr Geheimniß bedenklicher oder ihre Entschiedenheit für mich zweifelhafter. Wie hätte ich da an eine Bewerbung denken können, die keine Verlobung in Aussicht ließ, Oheim? — Sonst, gestehe ich Ihnen, wäre ich, blos ihre Persönlichkeit im Auge, entschieden gewesen, den Bund für's Leben mit ihr zu schließen. —— Hören Sie daher nur noch den Schluß des kleinen Romans!"

„Einen wirklichen Schluß, Walther? Abschluß? Finis Poloniae? Aber ehrlich!" rief der Hofrath.

„Ganz ehrlich!" fuhr Walther fort. — „So kam der Juli vorigen Jahres heran. Bei Hofe wurden Anstalten zum abermaligen Badebesuche der Königin Luise in Pyrmont getroffen. Ihr zu folgen rüsteten sich einige Familien ihres näheren Vertrauens; andere gingen in die böhmischen Bäder oder suchten ihre Sommerfrische in der Umgebung von Berlin und Potsdam. Die Geselligkeit versiegte und hiermit auch die Quellen der Gunst für Rosalien. Doch würde sie, wie ich wohl bemerkte, um meinetwillen noch gern geblieben sein, hätte nicht ihre Tante einen Anlaß zum Aufbruche gefunden.

„Der Seidenhändler und seine Frau wurden von dem Arzte nach Karlsbad gewiesen und überredeten die Freundin, sie zu begleiten. Natürlich konnte Rosalie nicht zurübleiben, und die Tante stellte ihr einträgliche Konzerte in Aussicht. Es wurde rasch gepackt. Den Tag nach Johannis sollte gereist werden. Gegen Abend dieses katholischen Feiertags nahm Rosalie Abschied bei Rahel. Es war stille, ausgewählte Gesellschaft, und die kleine Levy führte hauptsächlich das Wort. Feierlicher, festtäglicher hatte ich sie nie reden hören. Rosalie, ohnehin vom Abschied und von Dankbarkeit weich gestimmt, hing mit glänzenden Augen an Rahels Munde. Ich erinnere mich noch heut' einiger ihrer Aussprüche, von denen Rosalie sichtlich bewegt war. Sie nannte die Persönlichkeit des Menschen den Grund und die Bedingung unseres Bewußtseins. Durch Persönlichkeit allein werde Sittlichkeit möglich, und diese sei hier auf Erden unser höchstes, unser einzig sicheres Schaffen. —

„Rosalie mochte dabei an sich und ihre Herkunft denken; sie sah befangen vor sich hin. — Dann rief Rahel feierlich aus: „Daß uns der größte, mithin gütigste Geist diese Persönlichkeit unter so harten Bedingungen ver=

lieben hat, ist sein Geheimniß; die Ergebung in dies Geheimniß ist meine Religion, meine Demuth, mein Frieden!" — —

„Ein Gewitter war im Anzug, und Rosalie nahm von der Erwähnung desselben Anlaß, sich rasch zu erheben. Sie warf sich in Rahels Arme und dankte ihr mit Thränen für alle die Wohlthaten, die sie von ihr empfangen. — „Sie haben vorhin so herrlich über Persönlichkeit gesprochen," sagte sie. „Es beruhigt mich nicht ganz, daß ich, so wie ich bin, mich Ihnen offen gezeigt habe: ich hätte mich auch über meine Herkunft und Familie erklären sollen, da Sie so viel Antheil an meinem Schicksal gezeigt haben. — Sobald mich die Frau, die mich als Tante begleitet, glücklich nach Hause gebracht hat, werde ich es von dort aus brieflich zu thun im Stande sein. Denken Sie darum nicht schlimm von mir! Und Sie auch nicht, mein edler, lieber Freund!"

„Sie reichte mir bei diesen Worten die Hand und machte sich von Rahel los. Diese erwiderte:

„„O nein, mein Kind! Sie sind ja mit den Ihrigen noch zu sehr verbunden, um die Rücksichten bei Seite zu setzen, die ihre Familie in Anspruch nimmt. Und überhaupt wissen wir ja und erfahren hier in der Welt so Manches nicht, und können es nicht wissen. Vielleicht ist das ganze Erdenleben nur eine Art von Unschuld, auf die ein höherer Zustand mit weiterm Aufschlusse des Daseins folgt. Ueberlassen Sie sich dieser Unschuld mit Bewußtsein, und genießen Sie solche freudig. Gott behüte Sie, — wenn möglich, auch vor Schmerz! denn Schmerz ist Gottes Geheimniß und wir verstehen es nicht."

„Wir eilten fort, — ich selbst sehr befriedigt von Rahels Ansicht über Rosaliens Rückhaltung über sich selbst. Das rollende Wetter brach über uns mit Sturmwind und zuckenden Blitzen aus. Rosalie schmiegte sich an mich — angstvoll, ich glaube mehr vor dem Scheiden als vor dem Gewitter. Ich kehrte mit ihr ein, um der Tante Lebewohl zu sagen. Diese war aber noch nicht von ihren dicken Freunden zurück. — — —

„Unter dem Nachrieseln des Regengusses kam ich — später als es gut war — nach Hause, und ließ die balsamische Luft in das verschloss'ne schwüle Zimmer. Das Gewölk vertheilte sich, der Mond trat heiter hervor, aber kein Schlaf kehrte in dieser kürzesten Sommernacht bei mir ein. — — Sehen Sie, Oheim, hier auf dem Rücken des Bildes habe ich den mir unvergeßlichen Johannistag aufgezeichnet. — — Ich sage nichts weiter!

„Am andern Morgen waren sie in der Frühe nach Karlsbad abgereist." — — —

Walther stand auf. Nach einer Weile sagte der Oheim:

„Und wann kamen Rosaliens Nachrichten von Hause?"

„Es sind keine gekommen, Oheim!" war die Antwort, „weder bis zum Auszuge der preußischen Armee, noch bis ich dem Prinzen nachreisen konnte. Was in den Monaten Juli und August bis in den September nicht erfolgte, wird wohl auch später nicht etwa zwischen dem Kriegssturm verloren gegangen sein. Wissen Sie, wie ich mir's erkläre? Wahrscheinlich ist der Prälat von dem Rosalie abzuhangen scheint, wenig zufrieden mit ihren berliner protestantischen Bekanntschaften gewesen, besonders wenn er sie in ihrer so schön entfalteten Geistesbildung erkannt hat. Und da sie ohne Zweifel sich mit ihrer Mutter von ihm jetzt um so abhängiger findet, als ihr erster Versuch sich selbständig zu machen, fehlgeschlagen ist: so hat sie sich — wer weiß mit welchem Schmerz! — in Schweigen und Dulden ergeben müssen, und beruhigt sich hoffentlich mit Rahels Troste beim Scheiden, daß Schmerz das Geheimniß Gottes sei, das nur er versteche."

Walther schwieg und ging mit verschränkten Armen im Zimmer hin und wieder. Eine Stille trat ein. Der Hofrath unterdrückte aus Achtung vor Walthers Empfindungen, die er aus dessen bebender Stimme erkannt

hatte, eine verletzende Bemerkung über den ihm selbst
viel wahrscheinlicheren Leichtsinn fahrender junger Sän=
gerinnen unter dem Geleit vorgeblicher Tanten und
Freundinnen von Seidenhändlern.

Er kam lieber auf Henrietten und auf sein Lebens=
pläuchen für den lieben Jungen zurück. • So ist es
gottlob! noch gut ausgegangen, dachte er bei sich, und
so steigen denn meine Absichten für ihn und für mich
in ihrem Werth und befestigen meine Hoffnungen.

Der Hofrath war über den guten Ausgang der ihm
ängstlichen Geschichte so seelenvergnügt, daß er sich gegen
den nachdenklich schweigsamen Walther immer tiefer und
in eine wahre Rührung hineinplauderte, indem er auf
sein eignes Leben, auf seine Jugend zu reden kam, der
Täuschungen gedachte, die er erfahren, der Erwartungen,
um die er gekommen, und mit den Träumen schloß, die
er bei Walthers Rückkehr sich für den anbrechenden
Abend seines Lebens gebildet habe.

Walther war von dieser ungewöhnlichen Gemüth=
lichkeit des Oheims bewegt, und erneuerte die Zusage,
mit ihm, für ihn zu leben. — „Aber Sie sehen ein,
bester Oheim," sagte er, „daß dennoch meine Reise, daß
eine zeitweilige Entfernung von hier, unser künftiges
Glück nur fester begründen kann. Die Revolution, in
der wir leben, hat in Napoleon ihren Dämon der Selbst=

sucht, den um seinetwillen zerstörenden Geist, hervorgerufen. Er hat und erfüllt jetzt seine stürmische
Mission. Wir Andern aber dürfen, in dem friedlichen
Bestand unseres Daseins, uns nicht beigehen lassen, die
sittlichen, die ewigen Verhältnisse des menschlichen und
bürgerlichen Lebens anzutasten. Diese bleiben, selbst
wenn wir uns denken wollen, daß Dasjenige, was Napoleon an den verrotteten Staatsverhältnissen und ver-
kommenen Dynastien zerstört, der Zukunft unseres Vaterlandes zu einem unberechneten, einem von der Vorsehung
verhängten Segen gereichen werde. Die sittlichen Verhältnisse sind unwandelbar. Und so ist Henriette noch
die Gattin ihres Mannes, meines Gönners und Ihres
Freundes, Oheim. Sie haben durch Ihre Mittheilung
den Gegenstand meiner Verehrung, Henrietten, den
Wünschen meines Herzens nahe gerückt und mich in
Fragen und Empfindungen verwickelt, die mich in einen
Kampf mit mir selbst setzen, worin ich leicht das Glück
verwirken könnte, das — wenn es mir vorbestimmt
wäre, eben nur dadurch verdient werden kann, daß ich
es durch höhere Fügung abwarte. Darum, lieber
Oheim, müssen Sie mir auch versprechen, daß ich meine
Reise beeilen darf, und Sie mich begleiten wollen, wenn
ich Henrietten Lebewohl sage. Der Augenblick des Schei-
dens darf kein Verräther unserer Herzen, oder gar unserer
Gedanken werden. Ich kenne jetzt die Gefahren der Ab-

schiedsstunde zweier Liebenden, und wie leicht die Flügel
gerade unserer erhabensten Empfindungen schmelzen und
uns in die Arme der Natur fallen lassen. Nicht wahr,
Sie versprechen mir Das?"

Er reichte seine Rechte hin. Der Hofrath legte die
seine hinein, und von Rührung ergriffen zog er den
Neffen an seine Brust.

Zweites Buch.

Erstes Kapitel.

Nach allem Eifer, womit Walther seine Abreise betrieben hatte, kam er doch erst mit Anfang April in Wien an; so daß er sich im Scherze fragte, ob der Zufall ihn nicht etwa „in den April schicke." Er hatte nämlich seinen Weg über Mannheim und Karlsruhe genommen, um einem alten Verlangen zu genügen, das ihn antrieb, durch ein Verständniß mit den Blutsverwandten die Eltern noch über ihren Gräbern zu versöhnen.

Ein so stattlicher Vetter, der sich zugleich so vornehm und liebenswürdig einführte, erschien als eine friedliche Bescheerung in jener kriegerischen Zeit, und wurde auf alle Weise gefeiert. Man hätte ihn gern für immer festgehalten, wozu es an reizenden Töchtern und an Aussichten zu einer Anstellung bei Hofe nicht fehlte.

Beide Lockungen verfingen bei Walther nicht. Angenehmer kam ihm die Bekanntschaft verschiedener Männer

von Ansehen, die mit den wiener Hof= und Staats=
verhältnissen vertraut, ihn über die dortige Lage der
Dinge orientirten und mit Empfehlungen an einfluß=
reiche Personen versahen.

Endlich machte er die Dringlichkeit seines vorgeblich
kaufmännischen Geschäftes geltend, und reiste in derselben
Weise ab, wie er gekommen war, — nach den Umständen
nämlich mit Post oder mit einem Hauderer. Absichtlich
hatte er keinen eignen Wagen genommen, was damals
auch noch vornehmer aussah, als heute. Am liebsten
wäre er geritten, wäre der Weg nicht so weit und die
Besorgniß nicht gewesen, seinen prächtigen Trakehner in
die Gefahren der kriegerischen Bewegungen zu bringen.

Die letzten Reisetage, die ihn durch reizende Gegenden
brachten, erheiterten ihn durch den Anblick zunehmender
Wohlhabenheit und Wohllebens. Dörfer und Schlösser
schmückten sich mit dem lachenden Grün des Frühlings.
Und so fuhr er denn eines Nachmittags mit den heitersten
Erwartungen durch die beliebten Straßen der großen
Residenz.

Die Gasthöfe waren überfüllt. Der Krieg in Nord=
osten des Reiches hatte für den Winter viel reiche Leute
mit dem Gefühl, daß dermal nichts sicher sei als der
Augenblick, nach Wien getrieben, das jetzt unter einem
Frieden lag, der vielleicht auch mehr dem Augenblick, als
der Zukunft trauen durfte.

Walther fand erst im Römischen Kaiser ein eben frei gewordenes artiges Zimmer mit Schlafkabinet. — So hungrig er war, mußte er sich zwischen Mittag- und Abendtische mit Kaffee und Zuthaten begnügen. Es fiel ihm auf, denn er hatte sich Wien stets hinter dem Schiller'schen Verse gedacht:

> „Immer ist's Sonntag, es dreht immer am Herd sich
> der Spieß."

Ist Wien anders geworden? fragte er sich, oder zehrt sich der „Römische Kaiser" so leicht auf, seitdem vorigen Sommers Kaiser Franz dem römisch-deutschen Reich entsagt hat? — —

Als Walther sich ausgeruht, und ein wenig eingerichtet hatte, ging er nach dem Burgtheater, wo diesen Abend Gluck's Iphigenie gegeben wurde. Das Theater kam ihm für große Decorationen und Aufzüge etwas eng vor. Doch wie erweiterte sich ihm alles umher, als Iphigenie erschien, — diese heroische Gestalt mit großer Action, und mit der herrlichen, immer voll und rein tönenden Stimme! — — Ja, das ist die Milder, von der man ihm schon erzählt hatte. Das ist tragische Haltung, tragischer Schritt! — —

Der Eindruck dieser Persönlichkeit war so mächtig auf ihn, daß sie ihm unvergleichlich erschien, bis er beim Abendtische, in der Unterhaltung mit seinen gereisten Nachbarn, doch zugeben mußte, daß die bewunderte Schick, die er in Berlin sehr hoch gehalten hatte, in der Declamation. und im Vortrag des Recitativs die Milder an Geist und Feuer übertreffe.

Beide Sängerinnen beschäftigten ihn den ganzen Abend durch, und obgleich das Entfernte und Erlebte sonst einen mächtigen Zauber auf die Phantasie übt: so traten doch diesmal die Erinnerungen an die Schick hinter die Anschauung der hohen Persönlichkeit der Milder zurück. Er fragte sich, ob er ihr wohl einmal außerhalb des Theaters begegnen werde.

Es war das erste Mal, daß er einen Wunsch der Art faßte, und er dachte dabei an seine verlorne Rosalie. Denn außer ihr hatte er in Berlin, wie früher, auch als Enthusiast für die Bühne, doch jede persönliche Bekanntschaft mit den Künstlern absichtlich vermieden, um durch nichts in dem reinen Genusse dessen gestört zu werden, was sie im magischen Lichte des Theaters vorstellten.

Am nächsten, nüchternen Morgen sah er freilich ein, daß er um einer ganz andern Person willen gekommen sei, und seinen nächsten Zweck nicht aus dem Auge verlieren dürfe, zumal er sich auf der Reise verspätet habe.

Er überlegte seinen Tag. Vor allem wollte er auf dem Comptoir des von Arnstein'schen Hauses den Correspondenten in seiner Angelegenheit, den alten Buchhalter Seidler, aufsuchen, um sich mit ihm zu berathen. Er wählte dazu eine Stunde, in der er sich dann gleich auch bei der Familie des Banquiers schicklicherweise könnte einführen lassen.

Das berühmte Banquierhaus lag am hohen Markt. Als Walther im Comptoir nach dem Buchhalter Seibler fragte, trat ein junger, angenehmer Mann hervor, ihn zu ·bescheiden, daß Herr Seibler mit dem neuen Jahr aus dem Geschäfte getreten sei. — Der alte Herr, sagte er, hat am Christvorabend hier an seinem Pulte einen — Krankheitsanfall gehabt, — einen Schlaganfall, der es ihm nach dem Rathe des Arztes wünschenswerth machte, sich von Geschäften zurückzuziehen. Er ist übrigens, wenn Sie eine persönliche Angelegenheit mit ·ihm haben, soweit hergestellt, daß Sie ihn, besonders nachmittags, sehr wohl sprechen können.

Ein gutmüthiges Lächeln des jungen Mannes bei den letzten Worten fiel Walthern auf, wie es ihn denn auch nachdenklich machte, daß der Alte, als Jugendfreund des Herrn Dammers in gleichen Jahren mit ihm auch einen ähnlichen Anfall gehabt hatte. Es fiel ihm ein, daß im Briefe schon von Schwindelanfällen die Rede war. Er ließ sich die Wohnung Seiblers bezeichnen, und indem er sich nun zu erkennen gab, fragte er, ob seine Sachen angekommen seien, die er sich erlaubt habe, an das Banquierhaus zu adressiren.

Sie waren angekommen, und der junge Mann beeiferte

sich nun vollends mit Höflichkeit, indem er sich zuletzt auch
erbot, Walthern nach den Wohnzimmern der Familie zu
führen und ihn anzumelden.

Eine Dame in vorgerückten Jahren, von hoher Gestalt und vornehmer Haltung, empfing ihn bei einer weiblichen Arbeit in einfach, aber geschmackvoll eingerichteter
Umgebung. — Eine frühere Schönheit ließ sich nicht
verkennen, und die Anmuth ihres Benehmens erinnerte
noch an jene Zeit und hatte sich nur den höheren Jahren
anbequemt. Sie sprach nicht wie eine Wienerin, wiewohl
auch nicht scharf im Dialekt ihrer Berliner Herkunft,
lebhaft und gewählt im Ausdruck. Ihrer ganzen Erscheinung nach hätte man sie eher von altadlichem Hause,
als für eine Tochter des Berliner Banquiers Itzig gehalten.
Nur ihr treffender Verstand und Witz verrieth vielleicht
etwas von jüdischer Abkunft, was aber in ihrer leichten,
liebenswürdigen Unterhaltung seine Schärfe verlor.

Von Ihrer bereits brieflich verhandelten Angelegenheit
habe ich im Allgemeinen gehört, sagte sie. Sie werden
sich damit am beßten an meinen Schwager Eskeles wenden,
wenn Sie einer besondern Mitwirkung bedürfen. Es
freut mich, daß Ihr alter Herr von Dammers wieder
hergestellt ist, wie Sie mir sagen. So ein leichter Schlaganfall ist manchmal eine besondre Gunst von oben, —
wie uns ein besonnener Freund auf die Schulter klopft,
um uns an etwas Vergeff'nes zu erinnern. Ich habe

ihn ja ganz gut gekannt. Er galt für einen hübschen Mann und der sich als solchen gern auch geltend machte. Dies freilich auf eignen Wegen. Er war bei uns eingeführt, und obgleich er hier die interessanteste Gesellschaft gefunden hätte, zerstreute er sich doch lieber nach andern Seiten, wo man in Wien sich auch leicht selbst verliert.

„Das hat er freilich auch, Frau Baronin!“ erwiderte Walther lächelnd, und ich komme ja gerade um ein Stück seines Selbst wieder aufzufinden. Nehmen Sie Dies aber als einen Beweis, daß es ihm doch nicht an einem guten, wohlwollenden Herzen fehlt.“

„Ach das gute, wohlwollende Herz!“ rief Frau von Arnstein aus. „Man glaubt oft damit das Höchste und Beste an einem Menschen zu bezeichnen, und man verräth nur seine Charakterschwäche. Allzugutmüthig, sagt man nicht mit Unrecht, sei der Anfang zur Nichtsnutzigkeit. Wenn nur solch' ein gutes Herz nicht auch allzuwohlwollend gegen sich selbst wäre! Es kann aber gewöhnlich sich selbst so wenig versagen, als Andern etwas abschlagen; es mißbraucht sich, und wird mißbraucht. Und hangt solch' ein Herz vollends in einem Herzbeutel vielen Geldes: so wird es oft eine Strafe für sich selbst und ein Verderben für Andre. Für sich selbst, sage ich: denn es verwöhnt und verdirbt die Menschen, die nichts leichter vergessen, als Aufmerksamkeit und Dank. Wohlwollen, wissen Sie ja, ist noch lang kein Wohlthun. Das glatte

Schenken ist die wohlfeilste Freude, die man sich selbst machen kann: sie kostet keine Anstrengung, entzieht sich aller Verantwortlichkeit, und findet sich doch stets von dem beschenkten Augenblick angelacht. Wahres Wohlwollen, segenbringendes, fodert manch' Entsagen gegen sich selbst, sorgfältiges Eingehen in die Lage Anderer, und wandelt nur an der Hand der Einsicht und edeln Willens den rechten Weg."

Walther hatte so viel von der unbegrenzten Wohlthätigkeit der Baronin, von den Erweisen ihres mitleidigen Herzens, ihrer freundlichen Hülfsbereitwilligkeit gehört, und war daher nicht wenig von ihrer Ereiferung gegen das sogenannte „gute Herz" der Menschen überrascht. Sie stand im Rufe, mit ihren reichen Mitteln vielen Menschen ein dauerndes Glück bereitet — andern die Wege zur Wohlhabenheit eröffnet zu haben. Walther faßte eine hohe Meinung von der Einsicht und Thätigkeit der edeln Frau, die es mit dem Wohlthun schwer zu nehmen, die Wohlthätigkeit mit Arbeit und Fürsorge als ein Schaffen zu betreiben schien.

Inzwischen war ein Wagen angefahren, und eine reizende junge Frau kam hinter drei vorauseilenden Knaben herein. Die prächtigen Buben rissen sich um die „Großmutter", und so errieth Walther, noch ehe er vorgestellt war, daß er an der kleinen, feinen Frau die Tochter des Hauses, die Frau von Pereira, zu begrüßen habe.

„Denke Dir, liebe Mutter," rief sie nach dieser Begrüßung, „was ich für ein Mißgeschick mit meiner morgenden Gesellschaft habe!"

Walther, der sich erhoben hatte, wollte sich verabschieden; die Baronin aber winkte ihm, nicht so zu eilen. — „Gehen Sie ja in Wien dem „„Unglück"" nicht aus dem Wege!" sagte sie lachend. „Hören Sie nur erst von meiner Tochter, was man hier nicht alles erleben kann! Nun, Alwine?"

„Du wirst gleich hören, daß es wirklich kein Spaß ist, liebe Mama," erwiderte Frau von Pereira. „Herr Graumann ist ernstlich erkrankt: was soll nun aus unserer einstudirten Sonate werden?"

„Mein Himmel!" antwortete die Mutter, „da nehmt Ihr ein anderes Musikstück ohne Cello-Begleitung."

„Ein andres?" entgegnete lebhaft die kleine Frau. „Du weißt doch, beßte Mutter, wie sorgfältig wir gerade dies Musikstück zum Mittelpunkt unseres festlichen Abends ausgesucht haben, um dem Grafen von Götzen, zu Ehren seiner Mission und als Zeichen unserer Gesinnung, eben diese Lieblingssonate des Prinzen Louis. —

Sie erschrak verstummend, sah abwechselnd Walthern und die Baronin an, und erröthete.

Lächelnd versetzte Frau von Arnstein, der Tochter zunickend:

„Da siehst Du, Alwine: kein Unglück kommt allein:

hier bringt es gleich einen Verrath mit sich. Nun aber gilt es Ihnen, Herr von Osthoff! Gestehen Sie uns auf Ehre: Sind Sie ein Preußenfeind oder ein Franzosenfreund?"

„Keines von beiden, gnädige Frau, auf Ehre!" erwiderte er. Doch bei umgekehrter Vertheilung von Freund und Feind stehe ich zu allen Diensten."

„Also denn, mein Kind, wollen wir Herrn von Osthoff in Pflichten nehmen, und ihm Dein Unglück begreiflich machen," fuhr die Baronin fort. „Graf Götzen aus Schlesien ist incognito hier und mein Schwiegersohn hat ihn morgen Abend als Ehrengast in einer vertraulichen Gesellschaft. Sehen Sie, lieber Herr von Osthoff, der Fall des Prinzen Louis bei Saalfeld hat hier in Wien in gewissen Kreisen eine lebhafte Sympathie für das Unglück Preußens erregt. Dies dem Grafen auszudrücken hat meine Tochter zum Mittelpunkte des Abends — wie sie es nennt — die große Sonate von der Composition des Prinzen mit der Cello-Begleitung des erkrankten Graumann einstudirt. Sehen Sie, da stehen nun — die Musikanten am Berg!"

Walther, heiter angeregt, erwiderte:

„Ihr Vertrauen, gnädige Baronin, ist mir außerordentlich schmeichelhaft, und ich bin erfreut, daß ich es erwidern, und Ihnen ein Pfand meiner Verpflichtung geben kann. Ich habe in Berlin gelebt, und längere

Zeit, — bis zum Auszuge des Prinzen gen Saalfeld, das Glück gehabt zu seinen musikalischen Hausfreunden zu gehören. Die Cello-Begleitung der großen Sonate ist mir nicht fremd: der Prinz liebte mein Instrument zu seinem Flügel. Wenn mich Frau von Pereira in Graumanns Anzug stecken und einschmuggeln wollte, so wäre das Unglück einigermaßen verbessert. Nur Eins ist dabei bedenklich: ich kenne nämlich den Grafen Götzen, der einigemal aus Schlesien zum Prinzen kam, und er könnte vielleicht den falschen Graumann erkennen."

Die erste Ueberraschung beider Frauen hatte unter Walthers lächelnder Auseinandersetzung die vergnügteste Miene angenommen. Besonders konnte Frau von Pereira nicht lebhaft genug ihr Entzücken aussprechen. — — „Jetzt erst gewinnt unser Fest den rechten Sinn und Glanz!" rief sie. „Wie wird man es nur begreifen und fassen, daß ich nicht allein die Sonate des Prinzen, sondern auch einen lebenden Zeugen seines Spiels, einen Begleiter seines Flügels, vorführen kann! Ich möchte jubeln, Mamachen!"

Sie umarmte die Mutter und reichte dann Walthern die Hand mit den Worten:

„Ich darf Sie also zu unserm kleinen Fest einladen? Nicht als Graumann, nein als Ehrengast, als ein wahrer Goldmann!"

Walther küßte auf echtwienerisch die Hand, und sie fragte, etwas befangen, „ob sie nicht vorher eine Probe mit ihm haben müßte." „Gewiß, gnädige Frau!" antwortete er. „Sie müssen ja wissen, ob Sie mit dem Stümper fortkommen können, und wie sein Instrument beschaffen ist. Dies liegt bereits mit andern Sachen unten im Magazin. Geben Sie Befehl, es behutsam aus dem Verschlage zu nehmen und in Ihr Haus zu schaffen. Ich komme dann, Herrn Pereira meine Aufwartung zu machen, und bin zu Ihrem Befehl für die Probe."

„O das ist prächtig!" sagte Frau Alwine. „Ich lerne von Ihnen zugleich, in welcher Weise der Prinz seine Composition gespielt hat, und sein Geist soll uns dann umschweben!"

„Möge er es nicht bloß über der Tastatur Deines Flügels," fiel die Baronin ein, „sondern auch mit dem Schwert über dem Schlachtfeld, auf welchem — Gott gebe es bald! — östreichische Batterien gegen diesen Napoleon spielen."

Eine kurze, feierliche Stille trat ein, dann sagte Frau von Pereira:

„Sie sind vielleicht frei, Herr von Osthoff, und könnten mit mir nach Hause fahren, meinen Mann zu sehen?"

Walther verneigte sich, und griff nach seinem Hute. Als er sich der Baronin empfahl, lud sie ihn aufs

Verbindlichste ein, sich als stets willkommnen Gast ihres Hauses zu betrachten. — „Kommen Sie bald wieder," sagte sie. „Ich habe noch die Berliner Gewohnheit einer Theestunde, und Sie können mich dann mit Ihren Berliner Erzählungen erfreuen. Sie bringen so den Berliner Zwieback mit!"

Zweites Kapitel.

—

Das in seiner politischen Bedeutung vertrauliche Fest und die unerwarteten Verbindungen, in die Walther sogleich gerieth, rückten ihm zwar den eigentlichen Zweck seiner Reise nicht gänzlich aus den Augen, aber doch weiter hinaus, als er es sich gedacht hatte.

An Herrn Pereira fand er einen Mann von ernster Höflichkeit, in seinem Benehmen, wie in seiner Statur, gesetzt, von etwas blaßgrauer Gesichtsfarbe unter dichtem Haar, das eine kurze, breite Stirn beschattete. An Verschwiegenheit in seinen weitreichenden Geschäften gewöhnt, schien er sich auch in geselligem Verkehr vorsichtig zu halten. So bildete er körperlich und geistig einen dunkeln Grund, auf welchem sich das heitere, fröhliche Wesen seiner Gemahlin um so reizender ausnahm.

Diese kam nun nicht sobald zur beabsichtigten Probe. Das Cello blieb länger aus und war nicht gleich im Stande; auch fand die lebhafte Frau immer noch etwas für morgen anzuordnen. Walther mußte über Tische bleiben. Man speiste in diesem Geschäftshause um drei Uhr, — eine Stunde später, als die sonst gewöhnliche Tischzeit, und erst nach einem plaudernden Ruhestündchen ging's zur Probe an den Flügel.

So ungemein gewandt Frau Pereira spielte, war sie doch heut' nie zufrieden mit sich, und wollte die Sonate durchaus so einüben, wie Walther ihr bei einigen Passagen den Vortrag des Prinzen angedeutet hatte. Sie verlangte eine zweite Probe auf nächsten Vormittag, und da auch diese wieder sich verspätete, kam Walther etwas ver= drießlich und zu ermüdet nach Hause, um vor dem Fest= abende noch einen so bedenklichen Besuch, als den beim alten Seidler vorzunehmen. Er ruhte sich aus, und kleidete sich zum festlichen Abende.

Die Dame des Hauses empfing ihn mit Auszeich= nung, und da sie wahrnahm, wie der hübsche, aber un= gekannte junge Mann die vertraut Anwesenden befremdete, führte sie ihn stracks dem Grafen Götzen zu, so daß er gleich als eingeweiht und gerechtfertigt erschien. Sie selbst ging umher, um ihn der Gesellschaft namhaft zu machen und so zu bezeichnen, wie sie es bei einer förm= lichen Vorstellung, ihm zu Gehör, nicht wohl hätte thun können.

Der Graf erkannte Walthern nicht gleich wieder, ließ sich aber an einen seiner Besuche beim Prinzen Louis erinnern, an einen Abend, der ihm freilich unvergeßlich geblieben war. An jenem Sommerabende hatte der Prinz bei Tische sich über einige Vorfälle in Berlin gegen die Haugwitz'sche Politik und selbst gegen die Friedensliebe des Königs mit einer solchen Heftigkeit geäußert, daß der Graf von Tische aufgestanden war, sich zu entfernen. Der Prinz hatte jedoch eingelenkt, um Verzeihung gebeten, und die ärgerliche Politik war unter Musik und Champagner begraben worden.

Jetzt erinnerte sich Götzen des Violoncellisten wieder, und die Art, so wie die Empfindung, womit Walther von dem Prinzen sprach, gewann ihm rasch das Vertrauen des Grafen. Dieser lud ihn auf den andern Morgen zu sich ein, um einiges Vertrauliche mit ihm zu besprechen. — „Ich wohne im Gasthofe zum Erzherzoge Karl," sagte er, „fragen Sie aber nicht nach dem Grafen Götzen, der insgeheim, — incognito hier ist, sondern nach dem ungarischen Grafen Kubinyi. Sie verstehen mich schon!"

Der Hausherr kam heran, um Walthern zur Begleitung der Sonate abzuholen.

Diese erregte eine durch die Bedeutung des Abends wahrhaft feierliche Theilnahme der Zuhörer. Selbst Frau Pereira schien von dieser Stimmung ergriffen. Sie spielte meisterlich mit eben so zartem Ausdruck, als voll-

endeter Durchführung, und ließ an Reinheit und Deut=
lichkeit nichts zu wünschen übrig.

Dem ruhig umherschweifenden Auge Walthers ent=
ging aber auch der Antheil von Aufmerksamkeit nicht,
der ihm selbst galt.

Nach beendigtem Spiel und empfangnen Beifall
gab sich Frau Pereira bis zur Ausgelassenheit vergnügt.
Sie umarmte die herangetretene Mutter, küßte sie und
flüsterte:

„Ich bin ganz selig, Mamachen! Das ist aber ge=
lungen, nicht wahr? Ich möchte Alles umarmen. Jetzt
verstehe ich Schillers: „Diesen Kuß der ganzen Welt!“ “

Die Baronin klopfte ihr die Wange und trat zu
Walthern. — „Sie haben meine Tochter sehr glücklich
gemacht,“ sagte sie. „Alwine möchte der ganzen Welt
einen Freudenkuß geben. Da würde aber, wenn auch
die erste, Dankesportion für Sie doch zu klein ausfallen.
Nehmen Sie dafür lieber den Händedruck der Mutter,
die von den Tönen Ihres Bogenstriches tief bewegt war.
Kommen Sie mit mir, man setzt sich schon an die
Tischchen!“

Sie machte ihn mit der kleinen Gesellschaft bekannt,
die den besondern Tisch einnahmen, — Männer und
Frauen. Ton und Benehmen dieser, den höhern Ständen
angehörigen Personen beschäftigten seine Beobachtung.
Manches Eigenthümliche davon muthete ihn sehr an. Man

sprach durchaus deutsch, vorherrschend in wienerischem Dialekt. Die Sitte, sich unter guten Bekannten zu duzen, und mit den Vornamen zu nennen, ja dritte Personen mit ihrem Vornamen zu berufen, hatte für ihn etwas Herzliches, Gemüthliches, womit auch die gegen ihn selbst gewendete unbefangene und zutrauliche Begegnung gar wohl übereinstimmte, und ihm wie die Einweihung in's Wiener Leben erschien.

Graf Götzen brachte den Minister Grafen Stadion, der sich nach seiner Eigenart durch eine Seitenthür ein= geschlichen hatte, zur Begrüßung der Baronin Arnstein heran, und stellte ihm, wie gelegentlich, Walthern vor.

Stadion sagte diesem einiges Freundliche über sein Spiel, und sprach vom Prinzen Louis, den er als öster= reichischer Gesandter in Berlin oft gesehen hatte.

„Wie mag es in der Seele des Prinzen gestürmt haben, als endlich des Königs Kriegserklärung ergangen war!" sagte Götzen, und zog für Stadion Stühle heran. Es lag hierin eine Aufforderung zum Erzählen für Walther.

„Davon war ich allerdings Zeuge, nahm dieser das Wort, besonders nachdem die Bestimmung des Prinzen für eine Heeresabtheilung erfolgt war. Da gab es zu schreiben und zu rechnen, und ich wurde mit meinen geringen Comptoir=Kenntnissen und etwas Geschäfts= fertigkeit in Anspruch genommen. Ganz Berlin war in

kriegerischer Aufregung und wir im Palais kamen zu
keiner Ruhe. Die Nächte hindurch, nach dem arbeits-
vollen Tage, wurde musicirt und gezecht; wir gönnten
uns kaum den unentbehrlichsten Schlaf in Armsesseln,
auf Teppichen, oder wo wir ihn eben fanden, oder er
uns. Nie aber habe ich den unvergeßlichen Prinzen
genialer, — edler von Seele, umfassender von Geiste
gesehen. Zu bestimmten Stunden wurden ihm seine
Kinder gebracht: er herzte sie, spielte mit ihnen, beschenkte
sie. Den älteren Knaben auf dem Arme, durchstürmte
er mit gezogenen Degen die Reihe der Gemächer, die
Gänge des Hauses. Oder der Kleine mußte trommelnd
vor ihm her marschiren und rufen: „Nieder mit den
Franzosen! Preußen hoch!" — — Dann warf er sich
auch wieder einmal, schmerzlich bewegt, in einen Sessel
und seufzte, die feuchten Augen auf das Kind gerichtet:
„O der arme Waisenknabe!"

Aus ähnlichem, heut kann man leider! sagen —
Vorgefühle rief er mir einmal zu:

„Nun, sind wir bald fertig, lieber Osthoff, mit dem
Testamente der Monarchie? Wir müssen es auch mit
dem meinigen werden, ehe Generalmarsch geschlagen
wird."

„Dies fiel nun am Ende mir zu, als der Prinz in's
Feld rückte. Der Kassirer, in seiner Bedrängniß, war
erkrankt, und ich mußte die Forderungen seiner Gläubiger

und die noch unbezahlten Posten liquidiren und fest=
stellen. Ich wäre dem Prinzen lieber in's Feld gefolgt.

Von den nächsten Tischchen hatten sich noch Zuhörer
um den Erzähler versammelt, und gaben, als Walther
schwieg, eine lebhafte Theilnahme zu erkennen. Die mit
fragendem Tone gestellte Bemerkung einer Dame über
die entsetzliche Schuldenmasse, die man dem Prinzen nach=
sage, ließ Walther unbeantwortet. Frau von Pereira
rief dagegen mit Nachdruck aus:

„Wie reich hat er diesen Abend uns alle beschenkt!"

Auf diese feine Zurechtweisung war eine augenblick=
liche Stille entstanden, und man erhob sich. Walther
trat zu Frau von Pereira, verneigte sich zum Abschied,
und sagte mit Empfindung:

„Ja, meine gnädige Frau, er hat uns Alle be=
schenkt, der edle Prinz, aber welch' ein kostbares Ver=
mächtniß von Gunst und Wohlwollen hat er mir selbst
hinterlassen, und auf die liebenswürdige Frau von Pereira
angewiesen!"

Sie reichte ihm die Hand mit den lächelnden
Worten:

„Nun, dann kommen Sie recht oft, damit ich es
Ihnen nach und nach abtragen kann." — —

Mit lebhafter Befriedigung von so viel Auszeichnung,
als er empfangen hatte, kam Walther nach Hause. Was
er der schönen Frau mit Artigkeit ausgesprochen, be=

schäftigte ihn am andern Morgen als ernste Betrach=
tung. Wie folgenreich die Verbindung mit einem hoch=
gestellten, hochbegabten Manne für das ganze Leben
eines Menschen werden könne, mußte er sich eingestehen.
Eine neue Zukunft ging ihm aus dem Zusammensturze
der preußischen Monarchie auf, und die Lichtgestalt des
gefallenen Prinzen, des genialsten Fürstensohnes, begleitete
ihn auf seinen Wegen.

Mit Rührung hing Walther der Erinnerung an sein
Leben in Berlin nach, und gedachte seines Abschieds von
Rosalien. — — „Wohin wird sie sich — vielleicht ver=
loren haben?" rief er aus. „Und wäre ich selbst dann
ohne Schuld? — Ach es gibt Augenblicke im Leben, die
den absichtlosen Menschen wie mit einem Verhängniß
überraschen und fortreißen. — — Verloren? Sei sie
denn immerhin für mich, nur nicht für sich selbst ver=
loren! O möchte ich doch zur Sühne jener Abschieds=
stunde ein andres verlaß'nes Geschöpf, das arme Kind
meines Gönners, finden und retten!"

Nun durfte er aber noch immer - - wenigstens diesen
Vormittag noch nicht daran denken, nach Theres oder
Rosa Cornari zu fragen. Er hatte sich dem Grafen
Götzen zugesagt. Es machte ihn begierig zu erfahren,
wozu ihn derselbe erwarte.

Der Apriltag hatte sich heiter angelassen und Walther,
den das fröhliche Straßenleben der Stadt anzog, fragte

sich zu Fuße nach dem Gasthofe zum Erzherzog Karl zurecht, und ließ sich nach den Zimmern des Grafen — Kubinyi führen.

Götzen empfing ihn freundlich, ja mit einer gewissen Vertraulichkeit. Nur ganz flüchtig, wie man einen unvermeidlichen Zoll entrichtet, gedachte er des gestrigen schönen Abends und der liebenswürdigen Wirthin. Er zog die Schelle und ein artiges Gabelfrühstück wurde gebracht und von dem Grafen mit einfacher Höflichkeit angeboten. Er brachte die Unterhaltung dabei auf Berlin und auf Walthers dortige Verbindungen.

Die Offenheit, die Innigkeit, womit Walther, im Nachgefühl seiner Morgenbetrachtung, sich mittheilte, fand offenbar das Wohlgefallen des Grafen. Er ließ sich dann mit Einsicht über die Lage Preußens und des Königs aus, und Walther konnte an den eingeschalteten Fragen und Aussprüchen des Grafen gar wohl bemerken, daß es demselben darum galt, die politischen Ansichten und Gesinnungen seines Gastes zu erforschen. Walther ließ ihn darüber nicht im Zweifel, und Götzen schien sehr befriedigt davon. Er fand es auch natürlich, daß der junge Freund, wie er Walthern nannte, sich nach so entsetzlichen Ereignissen in die Einsamkeit und auf Studien zurückgezogen habe, die eben wohl — „an Berlin geknüpft seien". — „Dabei dürfen Sie aber nicht verharren," sagte er, „ein Mann von Ihren Jahren, von Ihrer Begabung darf sich dem Vaterlande nicht versagen. Und hat das öffentliche Unglück, das alle Welt entmuthigte, Sie in die Stille des Hauses verscheucht, so rufen nun Glück und Hoffnung Sie wieder hervor in den Kampf um die Rettung und Ehre Preußens und Deutschlands. Wir kennen jetzt das Umständliche der Schlacht bei Preußisch-Eylau. Das große Ereigniß eines Sieges über Napoleon ist ein Wahrzeichen unseres rückkehrenden Glückes. Die Lügen-Bülletins Napoleons haben selbst an der Börse in Paris einen schmählichen Widerspruch gefunden. Mit den gefallenen Staatspapieren haben des Kaisers Kriegsberichte ihren Credit verloren. In dieser fürchterlichen Schlacht, wo unter dem wildesten Schneegestöber des Februar Freund und Feind, geblendet und vermengt nicht sowohl um den Ruhm des Sieges, als um die Niederlage des Gegners fochten, hat sich unser kleines preußisches Heer vor den verbündeten Russen hervor gethan. Gottlob! unsere Leute fangen an, den Unmuth, die Unentschlossenheit, durch welche leider! ihre Führer das Verhängniß des Staats verschuldet haben, zu überwinden; sie fühlen, daß der übermüthige Feind zu besiegen, und jeder Einzelmann dem einzelnen Franzosen überlegen ist. Und dann betrachten Sie, wie nach der schmählichen Uebergabe so mancher unserer elenden Festungscommandanten, jetzt unter Gneisenau um Colberg gekämpft wird, wie sich Graudenz unter dem Commando des greisen Courbière gegen die Franzosen hält, und unser holländischer Preuße, der so gut französisch schreibt, dem frechen General Savary nur mit deutschen Worten und preußischem Blei antwortet."

"Jetzt gilt es in Deutschland, sich zusammen zu nehmen, vor allem Oesterreich zur Theilnahme am Kampfe gegen Napoleon zu bestimmen. Leider ist hier noch eine überwiegende Friedenspartei. An Sympathien, an gutem Willen für Preußen oder doch an Groll gegen Napoleon fehlt es jetzt in Wien nicht, wohl aber an Muth etwas zu wagen, was eben doch mit dem Versuch aufhören würde gewagt zu sein."

"Sehen Sie, dazu bin ich abermal insgeheim hier, Oesterreich unter die Waffen zu bringen. Aber ich kann nicht bleiben, es abzuwarten. — — Sie sind in einer Familien- oder Geschäftsangelegenheit hier, sagten Sie mir? Ihr Aufenthalt wird unbestimmt sein?"

"Mein Geschäft soll mich hoffentlich nicht lang aufhalten." antwortete Walther. "Habe ich aber einmal die größere Reise gemacht, so möchte ich Wien kennen lernen. Ich denke einige Zeit zu bleiben."

"Daran thun Sie wohl," fiel der Graf beifällig ein. "Sie werden sich vielfach belohnt finden. Sie haben schon mit einem guten Hause angeknüpft, und meine Absicht ist, Sie jetzt dem Minister Stadion zuzuführen, dem Sie gestern Abend sehr gefallen haben.

Wir sind beide, der Minister und ich, über ein geheimes Unternehmen einverstanden, — eine Idee des vortrefflichen Stadion. — — Im engsten Vertrauen auf Ihre — Discretion —?"

Er reichte Walthern seine Rechte hin, und dieser legte die seinige hinein als stummes Gelöbniß der Verschwiegenheit, worauf Götzen fortfuhr:

„Es bereitet sich eine allgemeine Volkserhebung im Rücken der Franzosen vor. — Sie essen mit mir zu Mittag und ich werde Ihnen die Mittel und Wege andeuten, die Ihr Vertrauen zu einem so neuen Unternehmen gewinnen sollen. Zu diesen Mitteln gehören besonders auch die bedeutenden Geldmittel, die uns zur Verwendung stehen. Wir tragen kein Bedenken, Englische Subsidien anzunehmen. Wenn wir Kopf und Herz, ja das Leben einsetzen, so werden die Londoner Krämer und Händler sich schon mit den realen Vortheilen der Niederlage Napoleons bezahlt machen, und es bleibt doch immer das edelste Unternehmen, das jetzt in Deutschland zu machen ist. Es erfordert die besten Söhne des Vaterlandes zu seiner Durchführung. Und dazu rufe ich Sie bei dem Namen unseres genialen Prinzen Louis auf, der unser Anführer sein würde, wenn er es erlebt hätte. Glauben Sie mir: Sie werden in dieser bedrängten Zeit keine dauernde Befriedigung, vielleicht nicht einmal bleibende Stimmung zu Ihren einsamen Studien finden. Und fehlt es uns denn etwa auch an Gelehrten, an Professoren und Philosophen in Deutschland? Gerade an diesen Letzteren, — was haben wir denn an ihnen? Wozu haben sich denn diese Sonderlinge eine so absonderliche Sprache geschaffen, als um damit, wie in einem von der Menge angestaunten Luftballon — „transscendental" zu werden, heißt das über die Wolken hinaus zu schweben, und die Noth des Vaterlandes aus den Augen zu verlieren. Nur Ihren Lehrer Fichte will ich etwa ausnehmen, der — wie ich mir habe sagen lassen — ganz darnach aussehen soll, von seinem vertrackten oder abstrakten Ich zu einem handfesten Nicht-Ich überzugehen. — — Nicht wahr, ich irre mich nicht in Ihnen, Herr von Osthoff?"

„In meiner Gesinnung nicht, Herr Graf!" erwiderte Walther. „Was Sie mir da mittheilen, — es ist groß, erhaben und erhebend; es setzt mich in Staunen, überströmt mein Herz mit Muth und Hoffnung. Aber es macht mich auch ängstlich, wenn Sie es auf mich beziehen, wenn ich mich zu dem großen Unternehmen in ein Verhältniß setzen soll. Gönnen Sie mir Zeit, mich auf ein solches zu besinnen!"

„O glauben Sie nicht," unterbrach ihn der Graf, „daß ich Ihnen ein Schwert aufdringen will. An bewaffneten Armen soll es uns nicht fehlen, wenn diese an die Reihe kommen, denn sie machen den Anfang nicht: sie müssen nur im wahren Sinne des Wortes — den Ausschlag geben. Alles Große, wissen Sie ja, bereitet sich im Geheimniß der Seele vor, und so brauchen wir vor allem Menschen, die Kopf und Herz haben für eine so vielseitige That, als wir vorhaben, — die schmachvolle Fremdherrschaft zu brechen und die Freiheit unserer Nation, diese verlorne Tochter unseres von schweren Schlägen getroffenen Vaterlandes wieder heimzuführen."

Bei diesem überraschenden Vergleich fuhr Walther, wie von einer neckenden Anspielung betroffen, auf, und Götzen fragte, was es sei.

„Nichts, Herr Graf, Verzeihung!" lächelte Walther, „Ihr bildlicher Vergleich der Freiheit mit einer verlornen Tochter fiel mir nur auf. Er erinnert mich an mein eigentliches Geschäft, das die Ausstattung einer Tochter betrifft."

„Und dem Sie vor allem Ihre volle Aufmerksamkeit zuwenden müssen, versteht sich!" fiel der Graf ein. „Ich dränge Sie nicht, mein Freund, nicht einmal zu einer Entschließung. Unser Unternehmen ist ohnehin erst im Werden begriffen und will in der Stille an der Zeit — zeitig werden. Je wärmer Sie Ihre Familienangelegenheit in's Herz fassen, desto inniger werden Sie wahrnehmen, wie nothwendig der Sturz der Fremdherrschaft ist, die unser Familienleben vergiftet, unser einheimisches

Glück zerstört. Ich will Sie jetzt nur auf eine Stelle bringen, wo Sie den öffentlichen Zustand unseres Vaterlandes übersehen und sich den Antheil wählen können, den Sie demnächst an unseren vaterländischen Bestrebungen nehmen mögen. Dort wird Ihr Blick sich an größere Dimensionen gewöhnen, Ihre Brust sich erweitern, indem Sie die stürmische Luft der Zeit athmen. Wie kurz auch Ihre Zurückgezogenheit war, haben Sie doch schon sich ein wenig — soll ich sagen verinnerlicht: ich will Sie daher — erlauben Sie mir den Scherz! — zum Minister des Aeußern führen."

Er sah nach der Uhr und fand, es sei jetzt die Stunde. — „Graf Stadion hat die Gewohnheit, Niemanden, wer es auch sei, vor der Mittagstunde zu empfangen," lächelte er. „Der Fürst Kaunitz, der, wie Sie wissen, voller Wunderlichkeiten war, scheint doch manches davon bei seinem Portefeuille zurückgelassen zu haben. — — Sonst ist aber Stadion ein vortrefflicher, ein ungewöhnlicher Mensch — wie ausgeprägt, möcht' ich sagen, für die gegenwärtige Zeit, nicht als legirte Nothmünze, sondern zugleich als Denk- und Ehrenmünze. Nun ja, Sie kennen ihn gewiß nach seinem Werth als Mann und nach seiner Bedeutung als österreichischer Minister. Was mir aber für meine preußische Angelegenheit ein besonderes Vertrauen zu ihm gibt, liegt gerade darin, daß er selbst kein Oesterreicher ist. Die alte

Familie stammt aus dem Prettigau, war nach Schwaben übergesiedelt und gewann ihren vollen Glanz im Kurstaate Mainz. Ueber Oesterreich und Preußen steht dem Grafen Deutschland, das deutsche Reich. Der Bruch desselben ist sein großes Herzeleid, und man darf wohl sagen, daß all' seine großen Ideen und heimlich treibenden Absichten — Gedanken dieses leidenden Herzens sind."

Sie hatten das Zimmer verlassen, und fanden vor dem Gasthofe den Fiaker.

Was Götzen unterwegs noch über Stadion mittheilte, ergänzte nur das Bild dieses bedeutenden Mannes, das Walther aus Karlsruher Mittheilungen in sich trug. Es nahm ihn im voraus für alles ein, was ihm bei diesem Besuche begegnen konnte. Wir versuchen, es in flüchtigen Zügen nachzuzeichnen.

Philipp Stadion hatte mit seinem ältern Bruder Fritz von Mainz aus die Universität Göttingen bezogen. Karl von Dalberg, der nachmalige Großherzog von Frankfurt, der sich ihrer Bildung annahm, hatte ihnen als Hofmeister den Abbé Colborn mitgegeben. Beide Brüder waren zugleich die innigsten Freunde, unter denen alles gemeinsam war. Friedrich, von schwärmerischem Gemüth und den Blick auf die ersten deutschen Hochstifter gerichtet, trat sogar sein Erstgeburtsrecht an den jüngern Bruder ab, der mit vorherrschendem Verstande sich dem Staatsdienste widmete. Fertig mit ihrer

Vorbereitung kamen sie nach Wien. Sie suchten da, in ihrer Begeisterung für das deutsche Reich, den deutschen Kaiser auf, den Vertreter der alten großen Erinnerungen, den Verfechter deutscher Ehre gegen das Ausland.

Mit solchem Enthusiasmus für Vaterland und Ehre erregten sie bei den öden Staatsmännern des mißtrauischen Schlendrians nur ein Lächeln. Friedrich Stadion bekam einen Schauer vor diesem Wien, und machte sich fort. Philipp blieb; er gefiel in der Gesellschaft durch liebenswürdige Bildung und durch eine auffallende Aehnlichkeit mit dem regierenden Kaiser Joseph. Auch der alte Fürst Kaunitz fand Wohlgefallen an ihm, und schickte den erst 24jährigen jungen Mann als bevollmächtigten Minister nach Stockholm, in Angelegenheiten, die gegen den aufgestachelten Ehrgeiz Gustavs III. die größte Klugheit erforderten, um für das russische Interesse gegen Schweden zu wirken.

Nach seiner Rückkehr erhielt Stadion den Gesandtschaftsposten in London. Die vierthalb Jahre seines dortigen Aufenthalts gehörten zu seinen erhebendsten Erinnerungen. Hier gewann er denn auch die Kenntniß der großen europäischen Verhältnisse und die Einsicht in die Interessen des Handels und der Schifffahrt.

Indeß war Baron Thugut an die Stelle des Fürsten Kaunitz gekommen. Er und Stadion gefielen einander

nicht. Der Minister übertrug die wichtigsten Angelegenheiten in der damals entbrannten Revolution dem Botschafter in Paris auch für London. Stadion nahm seinen
Abschied und zog sich auf seine Güter zurück, oder lebte
in Regensburg fast sieben stille Jahre. Er sah oft seinen
Bruder und heirathete eine Muhme, Gräfin Marianne
Stadion, von der Tannhäuser Linie.

Thugut trat das Ministerium an den Grafen Traut-
mannsdorf ab; Stadion wurde nach Wien berufen und
erst nach Berlin und im Jahre 1805 nach Petersburg
abgeordnet.

Bald darauf, als man nach dem unglücklichen Feldzuge von 1805 in Wien die Nothwendigkeit erkannte,
fortan mit andern Männern und Maximen zu regieren,
als bisher, wurden die unzulänglichen Minister entlassen, und Stadion mit der auswärtigen Politik betraut.
Oesterreich athmete seitdem auf. Am Platz eines ängstlich überwachenden Regiments hob ein neu schaffendes
an. Man versuchte es durch Kultur des Geistes und
Pflege vaterländischer Industrie neue Staatskräfte zu
wecken, und regte die Thätigkeiten an, die man sonst
niedergehalten hatte. Seitdem wandelte sich der allgemeine
Mißmuth, der unter jenem Druck entstanden war, in
eine begeisterte Volksstimmung; die gemeine Aengstlichkeit
der Seelen nahm einen patriotischen Aufschwung.

Walther dachte dabei an den bittern Scherz seines Oheims, — „wer nicht hören wolle, müsse fühlen." Ihn selbst hatte bereits in Wien der ganze Ernst der großen Umwandlung erfaßt: Oesterreich hatte in der That die harten Schläge gefühlt und der Mahnung der Zeit Gehör geschenkt.

Drittes Kapitel.

Auf der Treppe zum Minister begegnete beiden Ankommenden ein Mann mit spanischem Rohr in der gewöhnlichen grauen Hoflivree. Auch Stadion empfing die Angemeldeten in vollem Hofkleide. Er erwiderte auf Götzens Vorstellung Walthers mit lächelnder Artigkeit:

„Sehen Sie, wie huldreich es Sr. Majestät des Kaisers mit mir meint! Ich war zur Tafel befohlen und werde im Augenblicke, da mir ein so angenehmer Besuch bevorstand, auf eine Stunde später beschieden. Nehmen wir also in aller Ruhe Platz!"

„So wird der Aufschub einer kaiserlichen Gunst für uns ein Glücksgewinn!" versetzte Götzen.

Walther vertiefte sich in die Persönlichkeit Stadions. Der Graf war ein hübscher Mann in Mitte der Vierziger, mithin auf der Höhe des männlichen Alters. Eine heitre Anmuth umgab ihn, wie eine Atmosphäre in der jeder Annahende leichter athmet. Ein wohlwollender Blick, eine gefällige Sicherheit des Benehmens milderte die aristokratischen Formen einer vornehmen Haltung, — jene Formen, die noch aus der Zeit herrührten, da sie als ausschließendes Eigenthum bevorzugter Geschlechter eine unwillkürliche Anerkennung fanden. Diese natürliche Heiterkeit des in Mainz gebornen Rheinländers und die ihm eigne schöne Sinnlichkeit hatten aber noch eine tiefere Quelle in einer leichtbegeisterten Seele und humanen Stimmung des Gemüths. Sie ruhten zugleich auf dem Bewußtsein verdienstvoller Jahre und erworbener Welterfahrung.

Walther, während er dem Bedauern Götzens, daß er abermal ohne bestimmte Zusagen für seinen König abreise, nur mit halbem Ohre zuhörte, empfand mit einer gewissen Feierlichkeit, wie er durch wundersame Fügung jetzt dem Manne gegenüber sitze, auf welchem alle Kämpfe für die Umwandlung in Oesterreich, alle Hoffnung auf die neue Macht und Zukunft der so tief gekränkten Monarchie ruhten, und der sich bei alledem mit so gegenwärtiger Anmuth bewegte.

Stadion suchte Götzen zu beruhigen. — „Ich habe Ihnen schon früher die Aeußerung meines Kaisers nach der Schlacht bei Eylau mitgetheilt," sagte er. „Schlagt die Franzosen noch zweimal, und ich erkläre mich!" sprach Sr. Majestät. Inzwischen müssen Sie in Anschlag bringen, welche Vortheile wir der Sache Ihres Königs jetzt schon, durch unsere Haltung gegen Napoleon, bringen. Indem wir alle seine Anträge, uns mit ihm gegen Preußen und Rußland zu verbinden, unbedingt abweisen, halten wir ihn schon einigermaßen im Schach durch Mißtrauen gegen uns, wodurch seine Aufmerksamkeit getheilt, seine Action verzagter wird. Leider ist uns noch Vorsicht und Zurückhaltung auferlegt. Nach den Schlägen von 1805 müssen wir Zeit zur Sammlung unserer Kräfte gewinnen. Wenn wir abermal den Degen ziehen, muß er nothwendig den Sieg zur Quaste haben. Aus Besorgniß vor diesem Schritt läßt uns Napoleon seinen Ehlauer Mißmuth schon oft genug empfinden. Sie kennen ihn ja! Und schwerlich hat sein Mißtrauen gegen uns schon alle Artig= keiten erschöpft, deren sein leidenschaftliches Herz und der Geschmack seiner Herkunft fähig sind. Und mich vor allen hat er im Auge. Sie sollten nur sehen, mit welcher diplomatischen Kunst sein hiesiger Stellvertreter, Graf Andreossy Gesichter gegen mich schneidet, ohne Zweifel um mir mit verzognen Mienen die gespannten Verhält= nisse seines Gebieters mit Oesterreich zu versinnbildlichen."

Er begleitete diesen Scherz mit leichtem Lächeln, indem er fortfuhr:

„Diese politische Mimik flößt uns wohl keinen Schreck ein; mögen auch die Diplomaten der Rheinbundsfürsten sie so eifrig studiren, wie unsere Schauspieler die „„Ideen zu einer Mimik"" von dem seligen „„Engel,"" dem

Erzieher Ihres Königs. Auch hoffe ich, daß ein bevor=
stehendes Ereigniß den Entschluß meines gnädigen Kaisers
beschleunigen wird. Die Kaiserin geht ihrer Niederkunft
entgegen, und bis dahin steht der besorgte Familien=
vater dem kriegerischen Monarchen ein wenig im Wege.
Eine neue Freude gibt aber neuen Muth und ein junger
Erzherzog erinnert wieder an die Krone. Inzwischen
können Sie selbst, Herr Graf, unsere Entschließung vor=
bereiten. Als neu ernannter Gouverneur von Schlesien
werden Sie die so tüchtigen Elemente dieser Provinz
beleben. Sie werden einen rechten Anhaltspunkt für
unsern Plan zur Befreiung Deutschlands abgeben, da
Sie die ausgedehntesten Verbindungen mit patriotisch
gesinnten Männern des Reiches haben."

„Jedenfalls habe ich den Kampf in Schlesien an
einem deutschen Zipfel," erwiderte Götzen mit Bitter=
keit, — „an diesen vereinigten Baiern und Würtembergern
unter dem Commando Jerômes Napoleon."

„Commando!" lachte Stadion auf. „O ja, Sie
werden es mit einem sehr entschloßnen Feldherrn zu thun
haben, mit einem Manne, der den Degen mit derselben
Zuversicht des Siegens führt, mit welcher er früher —
in Baltimore Kattun, Seidenbänder, Taffet an der Elle
gemessen hat. Die schönen Breslauerinnen sollen sich nur
vorsehen, daß er ihnen nicht statt Gros de Naples —. Ver=
zeihung! Ich hätte bald' was Unschickliches —. — — Aber,

lieber Herr von Osthoff, vergeben Sie! Wir verhandeln da unsere Sachen, und lassen Sie — unbeachtet darf ich nicht sagen, denn ich schloß Sie im Namen des Prinzen Louis mit ein."

„Darf ich es so nehmen, Excellenz?" rief Walther mit Wärme. „Dann lassen Sie mich immerhin mit eingeschlossen bleiben."

„Sieh' da!" lächelte Götzen vergnügt. „So führt ein Umweg zuweilen am kürzesten zum Ziele. Ew. Excellenz gestehen mir Verbindungen mit patriotisch-gesinnten Männern zu; Sie schließen unsern jungen Freund in die Verhandlungen ein, und er selbst verlangt eingeschlossen zu bleiben: wohlan, so braucht es weiter keine Explicationen, wenn ich ihn Eurer Excellenz zuführe, und zur Verwendung empfehle. Herr von Osthoff verweilt in Wien, er kennt Berlin, weiß durch mich von unsern großen Absichten und ist dafür begeistert. Weder Oesterreicher noch Preuße steht er mit Geist und Gesinnung auf der rechten Neutralität für ein deutsches Unternehmen. Er ist aus dem „„Reich,"" wie Ew. Excellenz."

Stadion, überrascht, maß mit lächelnder Ueberlegung Walthern und den Grafen, nicht ohne Mißtrauen gegen preußische Absichten. Was konnte er aber im Augenblicke anderes thun, als daß er Walthern ohne weitere Erklärung die Hand reichte. Und Walther, von der Persönlichkeit des Ministers eingenommen, legte die seinige

hinein. Es war eine beiderseitige Erklärung der Artig=
keit, ohne eigentlichen Inhalt und mit Voraussetzung
wechselseitiger Ehrenhaftigkeit.

„Herr von Osthoff war auf dem Wege zu verein=
samen," nahm Graf Götzen wieder das Wort. „Sein
Gemüth war erschüttert von dem miterlebten Verhängnisse,
das den Prinzen zuerst und ganz Preußen mit betroffen
hat. Er sehnte sich nach Einsamkeit. Aber das Unglück
verpflichtet auch Männer von Ihren Gaben, mein
Freund, und Sie erkennen, daß der Sohn einer freien
Reichsstadt heut berufen ist, sich der Sache einer Be=
freiung Deutschlands zu widmen."

„Ich habe gestern Abend Ihrer Begleitung der herr=
lichen Sonate des Prinzen angefühlt, was Sie bei solcher
Erinnerung empfunden," sagte Stadion. „Ich begreife,
daß man auch in so guten Jahren seines Lebens, unter
Begegnissen, wie Sie gehabt haben, sich nach Einsamkeit
sehnen kann. Selbst im Völkerleben zeigt sich das Be=
dürfniß ähnlicher Wechselstimmung. So ist es mir jüngst
einmal aufgefallen, und paßt als Curiosität hierher, daß
unser Philosoph Fichte, für den ich mich interessire, gerade
im vorigen Jahre vor den Kämpfen, die in Norddeutsch=
land zerstörend hereingebrochen sind, seine „„Anweisung
zum seligen Leben"" herausgegeben hat."

„Welche ansprechende Wahrnehmung, Excellenz!" rief
Walther aus. „Was aber das Verlangen nach Einsamkeit

betrifft, so gilt es damit, wie mir scheint, nicht bloß um persönliche Beruhigung nach schmerzlichen Erlebnissen, nicht um einen Abschluß mit der forttreibenden Welt: es hat vielmehr eine höhere, neu belebende Bedeutung. Es tritt da der betrachtenden Seele das Schöne, Gute, Edle, was alles in der Menschheit ruht, und nur im Einzelnen hervorbricht und oft zerstört wird, mehr, als im Tumulte des Tages entgegen. Der Einsame erlebt in gewissem Sinne, was einst den Eremiten in der Wüste beschieden war, daß sie von höheren Wesen besucht wurden. So, wenn wir uns im Treiben der Welt von den einzelnen Menschen abgestoßen, von den Masken des Menschheitlichen angewidert finden, erscheint uns in der Zurückgezogenheit der Betrachtung das Menschen- und Völkerleben im Ganzen, in seinem Sinn und Ziel, aus der Entfernung verklärt, wie ein von sanfter Bläue umzognes Gebirge. Und wie wir nach ausgeruhter Ermüdung neuen Muth fassen, jene rauhen, felsigen Steigen wieder zu betreten, so kehrt man dann auch wieder unter die Menschen zurück. Man ruht also nicht bloß aus in der Einsamkeit, sondern die Seele erweitert, veredelt sich auch für neue Wagnisse."

„So seien Sie uns denn mit diesem neuen Muthe willkommen!" rief Stadion lächelnd aus. — „Sie sehen, lieber Graf, daß unser junger Freund Ihr philosophisches Berlin noch mit sich trägt! — Wollten Sie aber, Herr von Osthoff, sich der großen Angelegenheit Deutschlands widmen: so könnten Sie keinen bedeutenderen Zeitpunkt erwarten. Unsere Lage ist so verhängnißvoll, als sie wundersam aussieht. Ost und West, Frankreich und Rußland, stoßen über unserm bedrängten Vaterlande zusammen. Werden sie es zerstören, zerreißen, oder werden wir uns erheben, erweitern? Von der Hülfe, dem Beistande Rußlands verspreche ich mir so wenig, als ich die Furcht unserer Kabinette vor dieser barbarischen Macht theile. Man muß sie nur in der Nähe betrachtet haben. Wenn wir in Oesterreich wohl auch einmal die russische Zudringlichkeit zu benutzen suchen, so geschieht es doch nicht mit dem Herzensdrange des preußischen Kabinets. Möchten wir nur schlagfertig sein, ehe der Zeitpunkt eintritt, daß Rußland seinem Bundesgenossen wieder abfällt, und mit einem Stücke von Preußen in der Tasche nach Hause kehrt. So fürchte ich es von der moskowitischen Politik! — Doch, ich höre meinen Wagen vorfahren, und werde nicht sowohl an das Bedürfniß des Mittagtisches, als an den Zwang der Einladung erinnert. — Sie, Herr Graf, sehe ich noch vor Ihrer Abreise. Und Sie, Herr von Osthoff, tauschen auf eine Weile gegen das philosophische Berlin unser philharmonisches Wien ein, und überlegen Sie sich das Räthsel, ob unter diesem Philomelenhaine, unter diesen Wachtelnestern vielleicht — Pulverminen liegen. Lassen Sie

mich dann gelegentlich hören, was Sie darüber philo=
sophirt haben!"

Graf Götzen und Walther empfahlen sich.

Ein Wohlgefallen, das Graf Stadion an Walthern
genommen hatte, war nicht zu verkennen. Die heitre
Stimmung des Ministers brachte es mit sich, daß er
in gemüthlicher Unterhaltung den Staatsmann gern bei
Seite setzte, wenn er dabei auch seiner vornehmen Haltung
nichts vergab. Der zuweilen noch etwas jugendliche
Schwung, mit welchem Walther, bei sonst so männlichem
Aussehen, sich in einer Weise ausdrückte, die mehr
Beischmack von gelehrter Schule, als von weltläufigem
Umgang verrieth, schien dem Minister des Aeußern nicht
befremdend. War er doch selbst einst mit einer Portion
Schwärmerei für hohe Ideen nach Wien gekommen.

Graf Götzen, der ihn von dieser gemüthlichen Seite
wenig kannte, und selbst mehr von trocknem Verstande
beherrscht war, irrte darin, daß er Stadion's lächelndes
Eingehen in Walthers Reflexionen für schalkhafte Ironie
nahm. Es war wirkliches Interesse, nur mehr aus
Vorliebe, als aus Vorbildung für solche, in philo=
sophische Gedanken gefaßte Lebensanschauung.

In Göttingen nämlich, woher einst Heyne's klassisch
geschriebene Programme über die interessantesten Gegen=

stände des Alterthums, verlockend in alle Welt aus=
gingen, und wohin besonders auch der Mainzer katholische
Adel, unter der Regierung des letzten frei= und leicht=
sinnigen Kurfürsten Erthal, seine Söhne zu schicken
pflegte, hatte es dem jungen Stadion vor allem angelegen,
Schlözern über Staatsrecht und Politik, so wie den
berühmten, in höhern Kreisen viel umhergekommenen
Pütter über Reichsgeschichte und Reichsprozeß zu hören.
Runde's Vorträge über bürgerliches Recht und Gatterers
Geschichtsstunden schlossen sich daran. Und wenn auch
der Naturforscher Blumenbach und der geistvolle Lichten=
berg mit seiner Experimentalphysik dem künftigen Staats=
manne entfernter standen: so waren doch gerade sie sehr
anziehende Persönlichkeiten, und hatten durch ihre An=
schauungen der Natur und des Menschenlebens Stadions
freies Nachdenken geweckt. So verließ er jene hohe Schule,
die für speculative Philosophie keine berühmten Lehrstühle
wie Jena hatte, wenigstens nicht ohne Empfänglichkeit
für die neuen großen Ideen, die zu jener Zeit die geistige
Atmosphäre Deutschlands erfüllten, und alles wissen=
schaftliche Forschen bewegten.

Er hielt Walthern, der in Berlin gelebt hatte, für
viel eingeweihter in die höhere Wissenschaft, als es der=
selbe wirklich war, und suchte mit dem vornehmen Lächeln,
das Götzen für ironisch genommen hatte, nur die eigne
schwächere Seite zu decken.

Gerade die Achtung die er neben der gewinnenden Persönlichkeit Walthers für dessen höhere Bildung gefaßt hatte, versöhnte ihn im Stillen damit, daß Götzen ihm auf so barsche Weise einen ungeprüften jungen Mann für geheime Zwecke aufgedrungen hatte.

Dieser Umstand fiel dem Minister wieder ein, als er die Treppe hinab schreitend seinen Wagen bestieg. Die Erwägungen des Staatsmannes, mit einigem Miß= trauen gegen vielleicht rückhaltige Absichten Götzens, stiegen ihm auf. Daß der junge Mann mit seinem offnen, etwas schwärmerischem Wesen für preußische Ab= sichten — er selbst nicht einmal ein Preuße — sich so schnell habe gewinnen lassen, kam ihm nicht wahrscheinlich vor. Zu dem Zweck aber, für welchen der Graf ihn empfohlen hatte, schien er wie ausgewählt.

Dieser Zweck wár zugleich Stadions eigner Gedanke und Lieblings=Idee: — eine allgemeine Erhebung in Deutschland gegen die Fremdherrschaft der Franzosen. Dies hohe, patriotische Unternehmen wurde bereits an verschiedenen Plätzen angeknüpft. Es durch brieflichen Verkehr zwischen denselben zu unterhalten und weiter zu führen, war bei der Wachsamkeit der französischen Polizei und ihrer unzähligen Spione höchst gefährlich: man bedurfte kluger Agenten, vertrauter Sendlinge, gleichsam als Weberschiffchen, um das angezettelte Unternehmen mit den Fäden des Einschlags zu durchschießen.

Wie ausgezeichnet dafür wäre nicht dieser begeiste=
rungsfähige Philosoph, wenn er sich gewinnen ließe!
bedachte der Minister. Ein mit dem unverdächtigsten
Reisepasse seines Bassetto fahrender Virtuose adlichen
Namens und vornehmen Aussehens, ein hübscher Mann
von guten Manieren — wahrlich einem solchen Musikanten
öffneten sich die Salons, die Cabinette, die Boudoirs, —
lauter deutsche Räume mit französischen Namen unter
französischer Thrannei! Vor allem aber müßte er Wien
lieb gewinnen. Und wird er das nicht — schon durch
die Musik? — — „O wüßtest Du, wie's Fischlein ist,
so wohlig auf dem Grund!"

Mit diesem lächelnden Einfalle fuhr der Minister in
die kaiserliche Burg.

Viertes Kapitel.

Erst am andern Morgen fand sich Walther frei, sein eigentliches Vorhaben zu überlegen. Da fiel ihm der Wink des jungen Mannes auf dem Arnsteinschen Comptoir ein, den alten Buchhalter lieber Nachmittags aufzusuchen. Er konnte sich den Grund davon nicht denken. War es körperliche Schwäche, die vor Allem eines guten Mittagmahles bedurfte? Oder bezog sich das Lächeln des jungen Mannes auf eine wunderliche Lebensgewohnheit des kranken Seibler, — vielleicht die Angewöhnung bei seiner Geschäftslosigkeit bis zu Tisch im Bette zu bleiben? Was war dann aber mit einem so kranken oder gar verwirrten Manne in einer so verwickelten Angelegenheit anzufangen?

Jedenfalls mußte Walther den Versuch machen. Er nahm ein Visitenkärtchen hervor und schrieb unter seinen Namen die Worte: „Kommt in Angelegenheiten des Herrn Banquier Dammers zu Besuch und Besprechung."

Außer der neuen Unruhe trieb Walthern auch ein unverschieblicher Ausgang, der ihn tiefer in die Stadt führte, zu seinem vormittägigen Besuche. Er mußte nämlich nach der Wiener Polizeiordnung zur Abholung einer Aufenthaltskarte und seines abgelieferten Reisepasses sich in Person bei dem Oberpolizei=Director vorstellen. Er machte bei diesem ihm unangenehmen Besuche an Herrn von Schiler die Erfahrung, daß die überall unsichtbare Polizei doch auch ungemein artig und zuvorkommend zu erscheinen verstand.

Zu Seiblern nahm Walther einen Fiaker. Die Adresse lautete hinsichtlich der Wohnung auf das „Bürgerhospital," und diese Bezeichnung vergesellschaftete sich mit der Vorstellung von dem körperlichen Zustande des Bewohners, so daß Walther erst bei der Anfahrt an der einen Hauptfaçade des großen, weitläufigen Gebäudes seines Irrthums inne ward. Es war nämlich kein wirkliches Spital, sondern ein für viele, sowohl ansehnliche als kleinere Familien eingerichteter Bau und seiner Lage wie seiner innern luftigen Höfe wegen zu Wohnungen sehr gesucht. Diese Höfe bildeten Durchgänge nach den Seitenstraßen des erstaunlichen Hauses, so wie zu den Läden, den Kaffee= und Bierwirthschaften in den unteren Räumen.

Nicht ohne Mühe fand sich daher Walther zu den Zimmern des Buchhalters zurecht.

Als er endlich an der richtigen Thüre die Klingel zog, öffnete eine saubere Weibsperson gesetzten Alters, bestätigte die Richtigkeit der Wohnung, machte aber Umstände ihn vorzulassen. Ob er nicht später am Tag wiederkommen wolle?

Walther fand also den Wink bestätigt. Er scheute sich aber zu fragen, was den alten Herrn abhalte ihn jetzt zu empfangen, und wünschte doch angenommen zu werden. Er übergab also sein Kärtchen der Köchin, um anzufragen, zu welcher Stunde es ihrem Herrn am angenehmsten wäre, ihn zu empfangen.

Kaum konnte aber das Blatt abgegeben sein, als Walther hinter der zurückkehrenden Magd eine wunderliche Gestalt heran kommen sah und schelten hörte, daß man den Herrn nicht gleich vorgelassen.

Es war offenbar Seibler selbst, aber in welchem Aufzug! Ein Mann über Mittelgröße, hager von Gestalt, welk von Angesicht, in einer Kontusche, die kaum über die Waden reichte, und lose Strümpfe in Pantoffeln sehen ließ, eine weiße Küchenschürze vorgebunden, ein bräunlich rothes Halstuch über die Brust nach dem Rücken gezogen und den grauen Kopf in eine weite Backenhaube mit dunkelrothen Bändern gesteckt. — — „Willkommen," rief das Mannweib mit weiblichem Knix und männlicher Handbietung zugleich, „willkommen Herr von Walther! Wundern S' sich nur nicht über meinen Anzug!

Es ist nicht, daß ich mein Spaßettel mit den Leuten treiben will: nein i bin halter Mann und Frau zusammen, seit der Tod meiner guten Marie Theres, — meiner vortrefflichen Kaiserin. Aber — treten S' näher! Bärbel, sperr's warme Zimmer auf!"

Er faßte Walthern unter'm Arm und führte ihn nach der geöffneten, sanft durchwärmten Stube neben der Küche. Hier übergab er der Magd den Schlüsselhaken und einige Anweisungen für den Herd.

Es war ein nach dem Geschmacke der Zeit heiter eingerichtetes Zimmer, das auf einen gebildeten Bewohner hinwies, und jetzt von einem kindischen Manne besessen schien. Dafür mußte ihn Walther, wenigstens bei seinem Empfang nehmen. Sobald aber der Alte das Zimmer betreten und seinen Besuch auf das Kanapee gebracht hatte, sah er, wenigstens in seinem Benehmen, wie verwandelt aus. Er hatte den Wiener Ton abgelegt, sprach ernst und besonnen, und nur wenn er in Rührung fiel, nahm sich das alte, welke Gesicht in der geputzten Haube zum Lachen aus. Mehr und mehr fiel er aber in hastiges Reden, wobei dann auch seine Hände zitterten und seine Gedanken sich verwirrten; so daß er aus dem Concepte kam, das rechte Wort nicht fand und einigemal ein unrichtiges, ähnlich klingendes gebrauchte. Es fiel Walthern auf, daß er sich auf den flüchtig erwähnten Gegenstand seines Besuches nicht weiter einließ; wahrscheinlich weil

er vor allem in dem wunderlichen Zustande, der ohnehin
sein Gemüth einnahm, sich verstanden sehen wollte. Er
sprach daher viel von seiner „Marie Theres," ohne er=
rathen zu lassen, ob sie seine Frau oder seine Wirth=
schafterin gewesen, beklagte ihren Verlust und daß er
sich nur noch glücklich fühle, wenn er in ihrem häus=
lichen Anzuge, besonders in der Küche, walte und schaffe.
— — „Ach wie abhängig wird unsere Seele im Alter!"
rief er aus. „Meine Phantasie ist ganz lahm geworden:
nur wenn ich so, wie Sie mich sehen, vor den Spiegel
trete und mich anlächle steht das Ebenbild meiner un=
vergeßlichen „Kaiserin" vor mir. Und sollten Sie es
begreifen, Herr von Walther, ich empfinde nur ihr liebe=
volles Wesen, wenn ich mir nach ihren Recepten koche; ich
schmecke dann gleichsam alle ihre Tugenden. Sonderbar
— nicht wahr? Aber wissen Sie, die Magnetisirten
lesen ja auch auf der Magengegend. Nun hören Sie
weiter! Sie hatte eben einen Barbarazweig in's Wasser
gestellt, — wissen Sie was das ist? Es sind gewisse
zarte Baumreiser, die auf Barbaratag in's Wasser ge=
stellt und täglich damit aufgefrischt, zu Christtag in's
Blühen kommen, — als sie, wollt' ich sagen eine An=
wandlung bekam, die sie in's Bett nöthigte aus dem sie
nicht wieder erstand. Die Zweige trieben im Lauf der
Wochen Knospen, aber meine Marie Theres welkte ab,
und erst als sie begraben war, brachen sie mit weißen

Blüthchen auf. Und mich traf kurz darauf die schwere Ohnmacht. Ja, ich habe eine rechtschaffene Ohnmacht gehabt. Doctor Kern nannte es einen Schlaganfall: allein der Kern ist ein eitler Mann, ein Prahler, der immer in's Große hinaus will, und das Maul voll nimmt. Eine Ohnmacht ist ihm nicht der Mühe werth. Es war allerdings eine lange Ohnmacht, und zwar — wissen Sie, Herr von Walther, — es gibt Ohnmachten aus dem Magen, und die haben nichts zu bedeuten, aber die Ohnmachten aus dem Blute, ja die sind gefährlich. Meine Ohnmacht war eine aus dem Magen und — —"

Es entstand eine Verwirrung seiner Gedanken, die Walthern besorgt machte, genaue Aufschlüsse in Betreff seiner Angelegenheit zu erhalten. Er suchte daher den alten Herrn wieder auf diesen Gegenstand zu bringen. Dies gelang ihm auch; nur war es schwer, die Mittheilungen Seiblers auf dem Gegenwärtigen fest zu halten. Er fiel immer auf die frühere Zeit zurück, — auf seine Bekanntschaft mit dem damals jungen Herrn Dammers, auf ihr Leben und Treiben im lustigen Wien, auf die liebenswürdige Sängerin Cornari, und als Walther ihn bei dieser und ihrer Tochter festhalten wollte, erinnerte der Alte sich doch wieder nur des allerliebsten Kindes, und wie Röschen so schön herangewachsen sei.

„Gottlob, daß es enblich herangewachsen ist!“ lächelte Walther, „und daß es sich hoffentlich wieder eingefunben hat. Sie schrieben uns zuletzt, die Tante Korn wolle nichts mehr von ihrer Nichte wissen. Ich nehme das in dem Sinne, es sei bloß ein Vorgeben, eine Unwahrheit, daß sie von Rosa Cornari nichts wisse. Jetzt, ba ich ein ganz hübsches väterliches Vermächtniß anbiete, wird sich die verlorne Tochter ohne Zweifel einfinden. Erinnern Sie sich Ihrer letzten Nachrichten?“

Seibler sah ihn wunberlich lächelnb an. — „Meine letzten Nachrichten —“ sagte er, „sinb zuverlässig; aber — sehen Sie, mein Kopf ist manchmal wie bankerott, unb meine Erinnerungen sinb wie seine Gläubiger, bie zum Klassenurtheil erscheinen: bie ältesten stellen sich wohlgemuth ein, unb sinb ihrer Sache gewiß, bie jüngern aber treten etwas blöbe unb zweifelhaft auf, als ob sie mit ihrer zweiten ober britten Hypothek nicht viel zu erwarten hätten. — — Nun ja, bas Beste wirb sein, wir fahren hin unb überraschen die alte Demoiselle Korn, bie vielleicht bei ihren frühern Aussagen nur noch einmal in „Kabale unb Liebe“ hat auftreten wollen. Jetzt, wo Sie als ber Neffe bes Vaters unserer Rosa Cornari erscheinen, bekommt die Hacke einen Stiel. Das waren Pflaumen, nichts als Pflaumen mit ber verlornen Tochter. Ich glaub’s!“

Seibler wollte wahrscheinlich Flausen sagen, unb

vergriff sich im Wort, wie es ihm oft noch auffallender
geschah. Er schien ermüdet und blickte Walthern, der
die Bezeichnung als Neffe von sich ablehnte, mit offnem
Munde an, als verstehe er ihn nicht.

Dieser Zustand des alten Herrn fing an Walthern
sehr zu beunruhigen. Er fürchtete eine eintretende Unfähigkeit desselben für seine Angelegenheit, und ließ daher
vor allem das Mißverständniß in Betreff seines Namens
und seiner Neffenschaft hingestellt sein, indem er nur
rasch das Erbieten Seiblers annahm und fragte, wann-
eher sie fahren könnten.

„Gleich nach Tische, denk' ich,“ war die Antwort,
„Sie bleiben gleich da und nehmen bei mir vorlieb,
dann fahren wir.“

Walther lehnte nur mit der Höflichkeit ab, die sich
zureden läßt. Den Tisch, die Küche hätte er gern fahren
lassen, aber den Wirth wollte er festhalten, der zugleich
die Köchin war.

„Keine Umstände, lieber Herr von Walther!“ erklärte
Seibler. „Sie müssen vorlieb nehmen. Was hat man
jetzt? Es ist eine magere Saison. Sie bekommen eine
gute Suppe, etwas Lachs und ein Birkhuhn. Kiebitzen-
eier sind kaum noch zu haben. Die Spargeln sind zart,
und ein Glas Ungarnwein wird Ihnen wohl bekommen.
Jetzt lassen Sie mich nur einige Küchenanordnung geben
und die Marie Theresia ausziehen.“

Die unruhigen Gedanken, in denen der Alte seinen Gast zurückließ, verkürzten diesem die Warteweile eben nicht. Er hoffte nur, daß derselbe im Stande bleiben werde, ihn an die Quelle der zu schöpfenden Nachrichten zu bringen. Den Ausdruck, — die Maria Theresia ausziehen, verstand Walther erst, als Seibler, des weiblichen Anzugs entkleidet, im Frack zurückkehrte und seinen Gast in's anstoßende kleine Zimmer führte, wo für Zwei gedeckt war.

Bei Tische wurde Seibler wieder neu belebt; er machte den gefälligen Wirth und guten Kenner von Leckerbissen. Er selber aß stark und sprach eben so dem säuerlich-süßen Ofener Weine zu, den Walther für sich zu mächtig fand.

Der Kaffee wurde gleich zum Nachtische gebracht, und der Fiaker sollte gerufen werden. Walther bestand aber darauf, daß Seibler ein wenig der Ruhe pflege. Er besorgte nämlich, die Aufgeregtheit des Alten könnte in Abspannung und Gedankenverwirrung umschlagen.

Seibler ließ es sich gefallen, und kaum hatte er die Sofaecke eingenommen, als er entschlummerte.

———

Um dieselbe Zeit, als Seibler im Anzug einer Köchin seinen Besuch empfing, war Demoiselle Therese Korn, ohne Ahnung des ihr bevorstehenden Zuspruches, zwischen der Küche und einem lieben Gaste sehr geschäftig.

Während sie heut' ein besseres Mahl zubereitete, sollte sie doch auch erzählen und erklären, und Manches blieb so schwer mitzutheilen.

Ein lieber Oheim, Bruder ihrer früh verstorbenen Mutter, war aus vieljähriger Klosterverbannung nach dem südlichen Italien gestern Abend zurückgekehrt, hatte im Kloster übernachtet, und diesen Morgen die Nichte mit seinem Besuch überrascht. Der schwierige und daher immer spärlichere Briefverkehr war längst gänzlich unterblieben, dies zumal seit dem Tode der andern Schwester, die in ihrer Stellung beim Abbate Rossi zuweilen noch Nachrichten vom Oheim gegeben hatte.

Die Tochter dieser seiner unglücklichen Lieblingsnichte kannte der Mönch noch gar nicht, und saß im Großvaterstuhle, tief bewegt, daß dem lieben Kinde, von dem er früherhin so viel Schönes gehört hatte, dasselbe Unglück der Mutter begegnet war. — —

Wie wundersam doch in Glück und Mißgeschick, die Verhängnisse der Familien sich wiederholen! Diesem Gedanken hing er nach, als Therese mit Thränen das Gemach verlassen hatte. —

Schon in ihrer früheren Stellung beim Theater war sie für häusliche Beschäftigung nicht zu genial oder auch nur zu eingebildet und bequem gewesen, sondern hatte sich vielmehr neben ihrer begabteren Schwester, der Sängerin, durch Sinn und Verstand für das Wirthschaftliche und für das Zusammenhalten ihres kleinen Besizthums hervorgethan. Mit dieser Bethätigung hielt sie stets jenes saubere, anständige Behagen der Häuslichkeit aufrecht, worin einst der junge Dammers der anmuthigen Abende seines Besuches und des vorübergerauschten Beifalls, den die Geliebte von der Bühne mitbrachte, ohne Anstoß für seine häuslichen Gewohnheiten so froh geworden war.

Seitdem nun Demoiselle Korn das Theater verlassen und sich mit dem Vermächtniß einer reichen Pathe noch bequemer eingerichtet hatte, war das Wirthschaftliche ihre Lebensrolle geworden, für welche ihr die alten Stichworte geläufig waren. Heut aber that sie noch ein Uebriges für einen so theuern, unerwarteten Gast.

Es war ein alter Kapuziner, groß und hager, mit einem schneeweißen Barte im bräunlichen Gesicht und einem tiefen dunkeln Auge. Wangen und Schläfen waren eingesunken, und über der hohen, gedankenvollen Stirne stand die Tonsur mit dichten noch dunkeln Haaren, als Abzeichen der unvergänglichen Priesterweihe.

Es war still in der Stube, und als Therese mit angenommener Heiterkeit aus der Küche wieder zurückkehrte den Tisch zu decken, that sie ganz leise, um den Oheim ein wenig einschlummern zu lassen. Eine alte Katze saß auf dem Fensterbrette, mit beleckter Pfote sich gelassen über die Augen und Nase streichend.

„Bekommen wir denn Besuch, Mieze, daß Du Dich so putzest?" flüsterte die Katzenfreundin. Der Mönch öffnete die Augen und lächelte mit freundlichem Nicken.

„O das trifft oft zu, lieber Oheim," sagte sie, „und ist kein Aberglaube."

„Nein, nein, Theresia," antwortete er mit tiefer, ungemein wohltönender Stimme. „Sieh nur: zwei Personen und Du legst drei Gedecke; meinst Du, eine alte Katze könne nicht drei zählen?"

„O Sie lieber, hochwürdiger Oheim!" rief Therese, indem sie ihn streichelte, und seine Hand küßte.

„Da denkst Du nun, ich solle Dich nicht schelten," fuhr der Mönch ernsthaft fort. „Aber Du hattest Unrecht, das liebe Kind, jung und unerfahren, dieser Madame Campi mit auf Reisen zu geben. Du hast es zu verantworten, was geschehen ist."

„Das erkenne ich, hochwürdiger Oheim, und mein Leben sei der Buße geweiht, meine Unbedachtsamkeit gut zu machen!" sagte Therese und suchte sich zu fassen. Dann fuhr sie fort:

„Bedenken Sie aber, bester Oheim, — Rosa erschien so begabt; ihre Stimme ist so rein, klangvoll und edel, wie einst die Ihrige mit höherer Bestimmung für die Kanzel war. Es ist eine Familiengabe. Rosa's Widerstreben nahm ich für Eigensinn: sie war ein gar eigenwilliges, unbeharrliches Geschöpf. Ich selbst war damals noch nicht so gut gesetzt, wie jetzt durch das Vermächtniß meiner gnädigen, seligen Pathe; Rosa mußte sich einem Erwerbe widmen. Ich hoffte unter fremden Menschen würde sie sich eher zusammen nehmen, und ich wußte sie ja im mütterlichen Schutze der Madame Campi, — einer lebensfrohen, lebenserfahrnen Frau, der man aber nichts Schlimmes nachsagen konnte."

„Mütterlich?" rief der Mönch mißbilligend aus.

„Doch, bester Oheim!" betheuerte Theresia. „Sie hatte schon länger sich der Ausbildung Rosa's angenommen, und um auf der Reise ihre mütterliche Stellung geltend zu machen, nahm sie mit Rosa, als deren Tante, einen gemeinschaftlichen Namen an. Sie hatte wohl noch einen andern Grund; sie wollte nämlich mit ihrer verlornen Stimme nicht an ihren alten Ruf als Madame Campi erinnern, und eben so scheute sich Rosa, den berühmten Namen ihrer Mutter zu entweihen, wie sie sich ausdrückte. Das war vielleicht nur eine Zuflucht ihres Eigensinns; denn gerade mit diesem Namen hätte sie vielleicht mehr Glück in Prag und selbst in Berlin gehabt, oder doch mehr Theilnahme gefunden. Genug, sie hatte dort kein Glück, und Berlin war damals freilich ein schwieriger Platz für eine Anfängerin auf der Bühne."

„Und ist es der Name, den Rosa jetzt noch führt, wie Du mir gesagt?"

„Nein, Oheim! Sie kam mit jenem Namen auf der

Rückreise nur bis Prag. Hier hatte sie schon vor der Berliner Reise die Gunst der reichen Witwe des Barons Czernowitz gewonnen. Bei dieser nahm sie die eben frei gewordne Stelle einer Gesellschafterin und Vorleserin an, und trennte sich von der Campi. Sie begleitete die Baronin nach Ungarn; diese ist eine geborne Ungarin. Als dann Rosa sich ihr nach einigen Monaten entdeckte, schlug ihr die heitre, wohlwollende Frau vor, sich für eine junge Witwe gelten zu lassen. Sie nahm, nicht ohne bittern Kampf den Namen Darbes an, eines Malers der sie in Berlin gemalt hatte. Dies sehr gelungne Brustbild sollte, nach dem Vorschlage der Baronin, als Nachweis von Rosa's Verbindung mit dem Maler dienen."

„O was das für krumme Wege und Winkelzüge sind!" rief, die Hände gefaltet, der Pater. „Armes Kind, unter welche Menschen bist Du gerathen! Und wie bedenklich, Theresia! Könnt Ihr Euch denn auf die Campi verlassen?"

„Die weiß von alle dem nichts, Oheim. Sie kam kränklich von Prag allein zurück, wurde gliederlahm und liegt im Siechenhause. Die hat mit sich selbst zu thun."

„Gut! Und wie gings nun weiter, Theresia?" fragte der Pater, und sie fuhr fort:

„Rosa kam später hierher. Wie gesagt, brachte die Baronin sie mit diesem Namen und in Trauerkleidern für den Winter mit sich nach Wien. Die gnädige Frau lebt sehr zurückgezogen von der vornehmen und großen

Gesellschaft für einen vertrauten Kreis und in auswärtigen Verbindungen. Alles Das kam Rosa zu gut, und sie konnte mich oft besuchen. Um ihretwillen und zu ihrer Bequemlichkeit nahm die Baronin auf zwei Monate draußen vor der Mariahilfer Linie ein stilles Gartenhaus und gab ihr eine geschickte Wärterin. Dort, lieber Oheim, finden wir Rosa gesund und seelenheiter. O Sie glauben nicht, wie gebeugt und menschenscheu sie war."

„Gewiß glaube ich Das!" versetzte der Mönch. „Doch — „„der Menschen Engel ist die Zeit,"" sagt ein Dichter. Und kein lebendes Wesen kommt ohne den Willen Gottes auf die Welt. Es lächelt der Mutter einen neuen, ungekannten Muth in die Seele, und mit diesem Lächeln geht ihr ein neuer Tag des Erscheinens unter den Menschen auf!" —

„Wir wollen ihr aber noch einige Tage Ruhe gönnen, Oheim," sagte Therese. „Ich fahre diesen Abend oder morgen früh hinaus, sie auf Ihren Besuch vorzubereiten. Nicht wahr?"

Der Mönch lächelte mit nachdenklicher Rührung vor sich hin. Im Augenblick, als er noch einige Fragen thun wollte, hörte man die Schelle an der Hausthür. — —
„Unser Gast kommt!" sagte Therese, „ein alter, lieber Freund vom Theater, ein guter, gefälliger Mensch, dem es jetzt, da er von der Bühne entlassen ist, gar kümmerlich

geht. Er kennt das Verhältniß mit Rosa. Sprechen wir jedoch lieber nicht davon!"

Der Eintretende war ein wohlgewachsner Mann, das Gesicht angenehm gebildet, nur sehr fahl, und für seine Jahre faltig. Seine Gestalt und gutes Aussehen hatten ihn einst mehr, als seine Begabung, zum Theater verlockt, wo er sich aber von unzureichendem Talente verlassen fand; so daß er in den Rollen und der Gage mehr und mehr herunter kam. Nur durch seinen Kunstverstand behauptete er sich in einem gewissen Ansehen, wie er denn auch als Mensch ein feines Auge mit sinnigem Auffassen für die Welt besaß. Zu seiner natürlichen Gutmüthigkeit und Freundlichkeit hatte er etwas unterwürfige Manieren angenommen. Gegen seine Freunde war er von rührender Gefälligkeit, Anhänglichkeit und Treue, und glich dadurch das thätige Wohlwollen aus, das er von ihnen empfing.

„Der Freund war mir immer treu und zugethan," sagte Therese, als sie ihn dem Geistlichen vorstellte; „ich werde ihm nie vergessen, wie sehr er sich meiner stets angenommen hat. O Sie kennen die Theater-Cabalen nicht, Oheim!"

„Aber die Klosterränke kenne ich, Theresia," erwiderte der Pater. „Wo immer Menschen mit verschiednen Verrichtungen ein Ganzes bilden, fehlt es nicht an Neid, Mißgunst, Hinterlist und Schadenfreude." — —

Ein gutes Mittagsmahl wurde aufgetragen und in heitrer Unterhaltung eingenommen. Der alte Schauspieler hatte alle Taschen voll guter Anekdoten. Dann sagte Therese:

„Jetzt wollen wir den lieben Oheim ein wenig schlummern lassen. Sie aber, Fichtner, müssen mir den Gefallen thun, einen Spaziergang hinaus zu meiner Nichte zu machen, die noch nichts von der Ankunft des Oheims weiß. Kommen Sie mit, und hören meinen Auftrag!" — — —

Als sie nach einer längern Weile zurückkehrte, nahm sie leise ihren Sitz am Fenster, wo sich auch die gefütterte Katze wieder eingefunden hatte. Sie wollte den Schlummer des Paters abwarten, weckte ihn aber durch den plötzlichen Ausruf:

„Heilige Maria! Ein Fiaker fährt an mit zwei Herren. Das gilt uns. Ich erkenne den Buchhalter Seidler mit einem Fremden. Und nun wissen Sie noch gar nichts von der Sache —!"

Sie rannte hin und her, indem sie dies und das bei Seite räumte. — „Bleiben Sie, Oheim, bat sie, ich ahne, um was es gilt. Sie müssen mir beistehen. Ich muß — eine Nothlüge vorbringen."

„So, so?" lächelte der Pater. „Du meinst also: Praesente medico nil nocet? In Beisein des Beichtvaters schadet eine Lüge nicht?"

„Es betrifft Rosa, — von ihrem Vater, — ich habe Ihnen das noch gar nicht gesagt. — Sie kommen aber schon!"

Therese that einen tiefen Athemzug, warf einen Blick auf den Geistlichen, und ging den Ankommenden die Thür zu öffnen.

Fünftes Kapitel.

Seidler trat, von seinem Mittagessen keuchend, voraus ein, und begrüßte Theresen in leichtem, vertraulichen Tone, den er jedoch beim Anblicke des sich erhebenden Mönches fallen ließ. Unter seinen Verneigungen gegen den Geistlichen vergaß er seines Begleiters, bis ihn Theresia fragte, welchen willkommenen Besuch er mit sich bringe.

„Verzeihung!" rief er, sich umwendend. „Herr von Walther, Neffe des Herrn Dammers! Wir kommen in der Ihnen schon bewußten Angelegenheit, — Sie erinnern sich! Sie konnten mir damals wegen Ihrer Nichte, Demoiselle Cornari, nichts Bestimmtes sagen. Nachher bin ich lange krank gewesen." —

Therese Korn unterbrach seine Verwirrung, indem sie, aus Verlegenheit etwas theatralisch in Geberden, „Herrn von Walther" willkommen hieß. — „Erlauben Sie mir vor allem, Sie meinem hochwürdigen Oheim bekannt zu machen! — — Herr von Walther, lieber

Oheim, Neffe des Herrn von Dammers, den Sie, dem Namen nach, als den Vater unserer lieben Rosa Cornari kennen. Und hier. — aus dem von Arnstein'schen Bankierhause der Buchhalter, Herr Seibler!"

„Gewesen, Mademoiselle! Buchhalter gewesen!" versetzte Seibler lachend, „dermal in Ruhestand und genesen, — heißt das — von meiner Krankheit."

„Und hier, mein hochwürdiger Oheim," fuhr Theresia fort, „Pater Lector Spiridion Greiner!"

„Herr Jesus, ja wohl!" rief Seibler aus. „Hochwürden kamen mir gleich so bekannt vor. Freilich, nach so viel Jahren schaut man verändert aus, wie Sie an mir finden würden, wenn Sie mich gekannt hätten. Ich war aber nur einer der gar vielen, die einst Ihre Predigten nicht versäumten. Erlauben Sie mir. Ihnen noch heut meinen Dank und Verehrung —!"

Er ergriff die Hand des Geistlichen und verneigte sich auf dieselbe.

Darüber hatte Walther den Augenblick versäumt, das ihm beim alten Buchhalter gleichgiltige Mißverständniß seines Namens, das aber nun auf andre Personen übertragen wurde, zu berichtigen. Es war ihm ärgerlich, daß er so was nicht vorausgesehen hatte, und daß er jetzt noch mit Erklärungen umständlich werden und eine Blöße geben sollte. — — Was kam denn aber darauf an! Er ließ es hingestellt sein.

Inzwischen sprach der Pater, der seinen Sitz nicht wieder eingenommen hatte, mit der Bewegung sich zu entfernen:

„Aber, liebe Theresia, Du hast mit den Herren zu verhandeln, und ich will nicht stören."

„Im Gegentheil, hochwürdiger Oheim, bedürfen wir vielleicht Ihres Rathes in der Sache," fiel sie lebhaft ein. „Bitte, bleiben Sie!"

Der Pater setzte sich, die Herren nahmen die angebotnen Stühle, und Therese fuhr fort:

„Mein hochwürdiger Oheim hatte Wien bereits verlassen, als Herr von Dammers die Bekanntschaft meiner seligen Schwester machte. Erst gestern ist er aus dem südlichen Italien zurückgekehrt. Aber er kennt die Geschichte dieser Bekanntschaft, und hat meine Schwester selbst, als sie nach ihrem Unglück wieder in Italien lebte, von Zeit zu Zeit besuchen können. Nur die neueste Kundgebung von väterlicher Gesinnung des Herrn Dammers für meine Nichte habe ich ihm noch nicht mittheilen können, und wegen dieser sind Sie nun wohl hierher gekommen, Herr von Walther?"

„So ist es, Mademoiselle Korn," antwortete Walther. „Lassen Sie uns aber vor allem über die Jahre hinausgehen, in welchen der Vater nicht nach seiner Tochter gefragt, und Sie, als Vertreterin der Mutter, ihm keine Nachricht gegeben haben. Bei seiner früheren Nachforschung waren Sie mit Rosa zur Mutter nach Italien gereist. In letzter Zeit konnte Herr Seibler uns nichts Bestimmtes über Rosa, ihre Lage und ihren Aufenthalt mittheilen, und so habe ich mich entschlossen selbst hierher zu kommen, um den Vater zu beruhigen. Er hatte testamentlich ein ansehnliches Legat für die Tochter bestimmt, es aber nun in ein Geschenk unter Lebenden verwandelt, um Rosa sogleich in den Stand zu setzen, anständig bei Ihnen zu leben, ohne ihr Fortkommen auf Wegen zu suchen, die ein reizendes Mädchen, wie uns Rosa beschrieben worden, nur allzuleicht in Anfechtungen und Gefahren — oder doch in eine abhängige Stellung bringen. Stehen Sie mir nun bei, die edeln Absichten des Vaters auszuführen! Lebt Ihre Nichte bei Ihnen, oder steht sie bei irgend einer Bühne, und entspricht diese Stellung ihren eignen Wünschen und ihrer Begabung? Oder hat sie eine anständige Bekanntschaft, die durch ihres Vaters Mittel zu einem glücklichen Bunde gefördert werden könnte? — Zu alledem erbitte ich mir Ihr Vertrauen. Hier können Sie meine Vollmacht einsehen, und mich persönlich sollen Sie durchaus nicht schwierig, den Wünschen Ihrer Nichte nicht hinderlich finden. Ich freue mich sehr sie kennen zu lernen, und vielleicht machten es die Umstände möglich, sie dem Vater zu bringen."

Er hatte mit diesen Worten sein Papier gegen Theresen

und den Pater hingereicht, unbedacht, daß es auf einen andern Namen lautete, als unter welchem er eben auftrat. Der Pater nahm es ab, hielt es aber für anständig, es nur mit der Miene der Höflichkeit anzusehen, und ungelesen, mit lächelndem Vertrauen, zurück zu geben.

Tante Therese saß wie auf heißen Kohlen. Gerade der weite Spielraum, den ihr Walther zu einer Erfindung und Ausflucht gelassen, beängstigte sie. Auf welche Bühne konnte sie das unglückliche Mädchen versetzen, von der es nicht alsbald hätte abberufen werden können? Am liebsten hätte sie es in seiner jetzigen Lage — verlobt sein lassen: wo blieb aber der Bräutigam, der sogleich auch als Gatte und Vater aufgetreten wäre? — —

Da kam ihr die alte Uebung vom Theater zu Hülfe, und da sie in der That nicht ungerührt von dem Anerbieten und dem Benehmen des jungen Mannes war, so sprach sie vor allem ihre Empfindung aus, und gewann Zeit zum Ueberlegen einer Antwort.

„Welch' ein edler Vater, hochwürdiger Oheim!" rief sie mit gehobenem Ausdruck. Aber so war Herr von Dammers immer. Wie lebhaft kehrt ihr in mein Herz zurück, ihr schönen Stunden der Vergangenheit! O daß es meine herrliche Schwester, daß es die Mutter nicht erlebt hat!

„Fasse Dich, liebe Theresia!" versetzte der Pater mit einem leisen Winke. „Die Art, wie wir solche Großmuth annehmen, wird unsern besten Dank an den Tag legen."

„Sie haben Recht, hochwürdiger Oheim," erwiderte sie, trocknete ihre Augen, und fuhr dann fort:

„Ja, mein Herr von Walther, es würde mir heut eine doppelte Freude gewesen sein, wenn ich Ihnen zugleich mit meinem hochwürdigen Oheim unser Röschen hätte vorführen können. Doppelt, sage ich, denn auch er kennt die Tochter seiner lieben seligen Nichte noch nicht, da er, als ich mit ihr bei der Mutter in Mailand zu Besuche war, schwer erkrankt in einem fernen Kloster zu Neapel lag. Dermal steht Rosa als Gesellschafterin und Vorleserin bei einer verwitweten Baronin im Dienste. Ich hatte sie allerdings auf das Theater gebracht, weil ich mir von ihrer schönen Begabung das Beste versprach. Ihre Abneigung erschien mir als mährchenhafte Aengstlichkeit und Eigensinn. Ich behielt aber Unrecht: ihr Talent zeigte sich wirklich nicht zureichend und — soll ich sagen — nicht bühnenrecht. Nur in den Konzerten fand sie Beifall. Sie kam nach Prag, wo viel Musik ist, wie Sie wohl wissen, und Rosa gefiel sich auch sehr, zog es aber bald doch vor, bei der genannten Baronin in ein freundliches und bildendes Verhältniß zu treten. Auch findet sie da mütterliche Nachsicht und Schonung, die einem mutterlosen Mädchen unter fremden Menschen oft noth thun. Nicht wahr, bester Oheim?"

Der Pater konnte alles Das, dem Worte nach, gar

wohl bestätigen; während er aber, feierlich nickend, seine Zustimmung ausdrückte, setzte Theresia rasch hinzu:

„Diesen Winter verbringt die Gräfin in Italien."

Der Mönch lächelte mit leisem Kopfschütteln dazu, wie die schlaue Nichte seinem bekräftigenden Nicken rasch auch eine Unwahrheit mit unterschob.

Walther, so wenig er mit leichtathmenden Erwartungen gekommen war, fand sich nun doch gerade von diesen Mittheilungen befremdet. Er wußte nicht, was er aus den mißtrauischen Aeußerungen in Seidlers Briefen machen sollte, und was mit seinen eignen schlimmen Vermuthungen gegen Theresia Korn anzufangen wäre. Denn alles um ihn her nahm ein vertrauenerweckendes Gesicht an. Die alte Schauspielerin gab sich, einige Theaterstelzen abgerechnet, als eine ganz vernünftige, wohldenkende Person, und der geistliche Oheim hätte auch die unklarste Familie bis in's vierte Glied mit seinem ehrwürdigen Aussehen gedeckt. — — Verlegen sah er sich nach Seidlern um, und erblickte ihn schläfrig mit einfältiger Miene dasitzen. —

Dies Gesicht löste ihm schon halb und halb seine Zweifel. Und hatte er ihn nicht auch in häuslicher Munterkeit bereits kindisch und unzuverlässig genug gefunden, um auf seine Aussagen weiter keinen Werth zu legen?

„Es thut mir recht leid, Mademoiselle Therese," sagte

er, „daß ich es nicht ganz so finde, wie ich es mir ge= wünscht habe. Ich hoffte Ihre Nichte von Person kennen zu lernen. Und wissen Sie auch nicht, wie lang die Baronin in Italien und — wo denn eigentlich zu ver= weilen denkt?"

„Wir haben lang keine Nachrichten erhalten," ant= wortete sie mit Ueberlegung, und die früheren Briefe kamen aus verschiedenen Städten, in denen die Dame reisend verweilte. Mein hochwürdiger Oheim wußte von alle dem nichts, um etwa auf seiner Heimkehr nach ihnen zu forschen. Ich denke aber, es müssen bald wieder Briefe kommen."

Nach manchem Hin= oder Herreden, an dem der Pater lächelnd keinen Antheil nahm, sprach Walther lebhaft:

„Ich würde Ihnen vorschlagen, unser Fräulein Rosa aus ihrer dienenden Stellung zurück zu nehmen. Es ist ein ganz ansehnliches Kapital, das ihr zugedacht und nach den Umständen bestimmt ist; so daß sie von dessen Zinsen bei Ihnen, mit Ihnen sehr anständig leben könnte. Möglich sogar, daß Herr Dammers, wenn ich ihm über die Tochter aus persönlicher Bekanntschaft gute Nach= richten gegeben hätte, sie zu sich verlangte, und daß es ihr selbst gefiele bei dem Vater zu leben. Alles das kann ich vermitteln; die Summe ist im Hause Arnstein — Eskeles angelegt; ich kann die Auszahlung der Zinsen, ich kann nach Befinden die Aushändigung des Kapitals anweisen. Und wollten Sie etwa von allem dem der Baronin nichts mittheilen: so gibt die Rückkehr des Großoheims Anlaß genug, Rosa zurückzurufen. Was meinen Sie?"

Theresia blickte bei diesem unerwarteten Vorschlage, der zugleich so viel Nebenrücksichten sehen ließ, rathlos, unentschlossen nach dem geistlichen Oheim. Dieser begriff ihren Zustand und versetzte:

„Ich bin von dieser mir ganz neuen Angelegenheit so überrascht und zugleich so ergriffen von diesen Aussichten für meine Großnichte, wie Du, liebe Theresia. Herr von Dammers, der edeldenkende Mann, setzt nun all' der Großmuth, die er Euch vormals erwiesen, die Krone auf. Wenn ich Ihnen, hochgeschätzter Herr von Walther, zum Danke für Ihre persönliche Bemühung dabei die Hand reiche: so geschieht es zugleich mit der Bitte, Ihrem vortrefflichen Herrn Oheim auszusprechen, wie dankbar und innig bewegt von seiner väterlichen Güte Sie uns gefunden haben. Vor allem möchte ich aber um einige Nachsicht für unser so voreingenommenes Herz und um ein paar Tage Frist zur Erklärung bitten, — ich will sagen zur Ueberlegung der Umstände, damit wir bei der so wichtigen Sache auch dem ruhigen Verstande das Wort gönnen. Rosa's Zustand oder Stellung ist doch mit Verhältnissen verknüpft, gegen die wir nicht ganz rücksichtslos sein dürfen, die wir nicht jäh abbrechen können, die — ihren natürlichen Verlauf haben. —"

„Vielleicht treffen inzwischen auch Nachrichten ein, die alles erleichtern," setzte Theresia lebhaft hinzu. — „Die Baronin geht mit dem Frühjahr wahrscheinlich auf ihre Güter und läßt uns Rosa gern zurück. Auch müßten wir ja im Augenblick gar nicht, wohin wir unsere Aufforderung an Rosa richten und adressiren sollten, wie ich schon zu bemerken die Ehre hatte. — —"

Aus diesem Gesichtspunkte wurde die Sache noch näher besprochen und Pater Spiridion bat um Erlaubniß Herrn von Walther zu besuchen.

Dieser, indem ihm jetzt, da er seine Adresse abgeben sollte, plötzlich einfiel, in welche Verwirrung er sich doch durch Anerkennung des ihm aufgebürdeten Namens verstrickt habe, nahm zwar mit aufrichtiger Befriedigung über die Bekanntschaft des Geistlichen dessen Zuvorkommenheit auf, erklärte aber, im Vertrauen auf das Sprüchwort: „Kommt Zeit, kommt Rath," — daß er eben im Begriff stehe, seines längern Aufenthalts wegen, das Gasthaus zu verlassen, und eine Privatwohnung zu nehmen. — „Sobald ich diese gefunden, sagte er, „werde ich Sie durch ein Billet benachrichtigen und mich freuen Sie zu empfangen."

Mit solcher Freundlichkeit schloß der Besuch. Walther

nahm vor der Stubenthür den alten Buchhalter unterm
Arm, ihn die halbdunkle Treppe hinab zu führen.

An der frischen Luft der Straße ermunterte sich Seibler
aus seiner Schläfrigkeit im warmen Zimmer. Er stöhnte
auf, als ob ihm jetzt behaglich werde, und Walther
bemerkte ihm zu lieb, es sei doch auch ein wenig heiß
bei der Demoiselle gewesen.

„Ein wenig?" lachte der Alte schelmisch, und eben,
wenn er lachte, zog sein Mund sich etwas schief, ohne
Zweifel von jener Ohnmacht aus dem Magen her. —
„War's denn nicht doppelt heiß?" sagte er. „Die alte
Komödiantin hatte den Kachelofen — und Sie, Herr
von Walther, hatten der alten Komödiantin eingeheizt.
Ich dachte alle Augenblicke bei mir: Jetzt wird's losgehen
— wegen der versteckten kleinen Cornari nämlich — und
drückte die Augen zu. Denn — nicht wahr, ich habe
Ihnen oder meinem alten Freunde, Bedenkliches darüber
geschrieben? Doch, hören Sie! wenn Pater Spiridion
um alles weiß, so habe ich volles Vertrauen, und wider-
rufe all' meinen Argwohn!"

Walther, der von dem ehrwürdigen Greise den gewin-
nendsten Eindruck empfangen hatte, wünschte Näheres über
ihn zu hören, und da Seiblers Erinnerungen an denselben zu denjenigen einer früheren Zeit gehörten, die —
nach seinem humoristischen Ausdruck, eine erste Hypothek
an sein bankerottes Gedächtniß hatten: so waren die

Mittheilungen, die er gab, seinerseits so klar, als für Walthern interessant.

Pater Spiridion Greiner war unter Kaiser Joseph Lector in seinem Kloster gewesen und durch seine Persönlichkeit, seinen Geist und seine Kenntnisse dem Monarchen aufgefallen, als dieser eines Tages die Gruft seiner Ahnen im Kapuzinerkloster besuchte. Joseph hatte ihn im Auge behalten, mehreremal zu Rathe gezogen, und durch Gunst ausgezeichnet. Seine Kanzel als eines beliebten Fest= und Fastenpredigers hatte damals den ungewöhnlichsten Zulauf gehabt.

Pater Spiridion gehörte seiner Zeit zu den seltenen Predigern, die es verstehen, die Gebildeten zu erheben, und dabei dem gemeinen Manne verständlich zu bleiben; die ihre Zuhörer nicht mit den unbegreiflichen Geheimnisse der Religion abängstigen, sondern auf den verworrenen Pfaden des Lebens zurecht führen; die uns das Ewige, Göttliche in seiner beseligenden Herrlichkeit zeigen, um unser Herz davon einzunehmen, nicht aber die Macht einer einsiedlerischen Phantasie aufwenden, um hinter den Sorgen und Sünden des Lebens her die Flammen der Hölle zu entzünden und zu schüren. Gedankenvoll und zugleich das Gemüth ergreifend, wie seine Vorträge aus einem klangvollen Munde kamen, zogen sie besonders auch das schöne Geschlecht aus den höhern Ständen an. Er war zugleich ein schöner, statt=

licher Mann, und die Spötter unter seinen männlichen
Zuhörern behaupteten, mit jeder Kopfbewegung streiche
der glänzende Bart des begeisterten Predigers leise
Schauer über die Frauenherzen, und sein feuriges
Auge entzünde die Andacht — wenigstens zum heiligen
Spiridion. — Sein Beichtstuhl war an hohen Festen
von seidnen Gewändern umrauscht, und so bestätigte sich
die alte Meinung, daß die leichtfertigen Damen der vor=
nehmen Gesellschaft am liebsten solche Beichtväter wählen,
an deren vertraulichem Ohre sie am tiefsten ihre Sünd=
haftigkeit empfinden, oder sich mit aufgehobenem Schleier
am bereitwilligsten in der Schwachheit ihres Herzens
zeigen.

Aber diese kühnen Gedanken einer neuen Weltweisheit,
diese kirchlich noch weihelosen Bilder einer protestantisch
aufblühenden Poesie, wie solche in Spiridions Reden
laut wurden, entsetzten die Anhänger Roms, die ins=
geheim die Josephinischen Bestrebungen überwachten. Mit
denselben verbündet, faßte auch die weltliche Staatsweisheit
Mißtrauen und Angst um den Einfluß, den der Prediger
mehr und mehr auf die Gemüther der Menge gewann.

Spiridion ließ sich nicht einschüchtern; seine Schwär=
merei, vielleicht mit etwas mönchischem Hochmuthe ge=
steift, überschritt immer wieder unter des Kaisers Gunst
die Schranken, in die man ihn unvermerkt einzwängen
wollte. So nahm er auch in seinen Predigten Partei

für das Toleranz-Edikt, das Joseph zu Gunsten der Protestanten erließ, und das, so geringhaltig es war, einen Sturm des Unwillens im Volk erregte.

Es geht einmal mit den weltlichen Duldungs-erlassen wie mit den päbstlichen Concordaten, daß sie im Widerspruche mit ihrem Namen gebraucht werden, um Unduldsamkeit und Unfrieden hervorzurufen.

Gegen alle Mahnungen und Warnungen aus Rom blieb Joseph ein unfügsamer Sohn der Kirche, der aber den heiligen Vater, als derselbe um den Kaiser zu bekehren in Person nach Wien kam, mit der ausgesuchtesten Zuvorkommenheit behandelte, ohne ihn doch seiner kaiserlichen Machtvollkommenheit zu nahe kommen zu lassen.

Des Kaisers Freimuth ermunterte, wie es schien, den Pater Spiridion zu einem Wagniß. Als Joseph nämlich der hohen Messe, dem sogenannten Pontificalamte, das der Pabst in Person im St. Stephans-Dom hielt, sich unter dem Vorwande von Staatsgeschäften entzogen hatte, hielt der kühne Kapuziner eine Predigt über den Text: „Gebt dem Kaiser was des Kaisers ist.“

Doch dieser Uebermuth lieferte ihn seinen lauernden Widersachern in die Hände. Er war damit, daß er während der Anwesenheit des Pabstes, für den Kaiser die Oberherrlichkeit in seiner Monarchie forderte, zu weit gegangen: selbst Joseph konnte ihn in dem Sturme der von allen Seiten losbrach nicht länger aufrecht halten.

Er entfernte ihn aus Wien, indem er ihm einen Auf=
trag an den Großherzog von Toscana ertheilte, und
ihn durch ein vertrauliches Schreiben unter den Schutz
dieses seines menschenfreundlichen, kenntnißreichen und all=
geliebten Bruders Leopold stellte.

Seitdem vergaß man in Wien des schönen Kapuziners,
mit dem glänzenden Barte, den schwärmerischen Augen
und dem Goldmunde seiner Beredtsamkeit.

Dies war der Inhalt von Seidlers Mittheilungen,
nur daß sie anders in Worte gefaßt waren; indem der
etwas kindische alte Herr, zwischen der Erzählung lachend,
seiner wiener Laune nachgab und sich gern in faselhaften
Bemerkungen gehen ließ.

Als Beide sich in der Nähe des Bürgerhospitals
getrennt hatten, eilte Walther nach seinem Gasthofe, sich
seiner Gewohnheit nach von dem Erlebten zu sammeln
und zu überlegen, was er davon und überhaupt wegen
seines längern Verweilens dem Oheim zu melden habe,
der wohl mit Ungeduld auf die verspäteten Nachrichten
warte.

Sechstes Kapitel.

— —

Inzwischen hatte Therese ihrem geistlichen Oheim die früheren Verhandlungen mit Seibler berichtet. Sie erinnerte sich ihrer damaligen Ueberraschung und Befangenheit gar wohl, und gab zu, daß sie in ihrer Bestürzung durch unsichere Erklärungen über Rosa's Aufenthalt und durch barschen Unmuth Anlaß zu Mißverständnissen gegeben habe.

So erfreulicher schien es ihr nun, daß die Sache darum doch nicht abgebrochen, die Gunst des Vaters nicht zurückgenommen, sondern auf eine so anständige und wohlwollende Weise wieder angeboten war. Aus ihrem leichten Temperamente nahm sie jetzt die Angelegenheit von der heitersten, unbedenklichsten Seite. — Welch' ein Glück für Rosa, rief sie aus, daß ihr bei ihrem Wiedereintritt in die Welt gegen alle Anfechtungen der Menschen eine stille, unabhängige Zukunft entgegen kommt. Ich hätte sie freilich zu mir genommen, und bin ja durch das Vermächtniß meiner gnädigen Pathe in bessern Umständen, als damals, wo ich das gute Kind in die Fremde ziehen und unglücklich werden ließ. Wir hätten auch zusammen unser sparsames Auskommen gehabt: aber so ist es doch besser; doppelter Spagat hält fester. — Sie lachen? „Dies wiener Wort für Bindfaden höre ich nach langen Jahren zum erstenmal wieder,“ antwortete er. „Ich mache ihm meine Reverenz, wie einem Jugendbekannten.“

„Ja, hochwürdiger Oheim, wir müssen bei allem, was wir gefehlt haben, — ich und Röschen, meine ich — doch im Himmel nicht so übel angeschrieben sein, und da unsere Verdienste 'in der Welt sehr mager ausgefallen sind, so spickt sie der liebe Gott mit Vermächtnissen. Und damit wir derselben recht froh werden, führt der Himmel Sie auch noch unerwartet gerade jetzt zu uns zurück, und Sie bringen denn auch die Verdienste mit!“

Sie reichte mit Rührung nach seiner Hand und küßte sie.

„Allerdings, meine gute Theresia,“ erwiderte er, „ist es ein Glücksgeschenk, das uns oder vielmehr, unserm Röschen geboten wird; dennoch bleibt es eine ernste Frage, wie wir es in rechtschaffener Weise annehmen können. Herr von Walther fragt nach Rosa in Person. Wir hätten ihn auf einige Tage vertrösten sollen, und

Röschen hätte dann hervortreten können. Nun hast Du es aber nach Italien versetzt, und es fragt sich, wie lang der freundliche Mann in Wien verweilen und es abwarten kann."

„Man hat Beispiele, hochwürdiger Oheim," lächelte sie, „daß liebe Menschen ganz unvermuthet aus Italien zurückkommen. Nicht wahr?"

„Komödiantin!" drohte der Geistliche lächelnd mit dem Finger. „Bedenke nur aber, wir haben hier keine Lustspielverwicklung vor uns, sondern ein sehr ernstes Stück. Wenn ich Dich auch von einer Nothlüge des überraschenden Augenblickes absolviren will: könntest Du Dir denn aber eine Täuschung des rechtschaffenen, edelmüthigen Vaters über die Lage seiner Tochter erlauben? Nein, Theresia, gewiß nicht! Und glaubst Du alsdann, daß Herr Dammers bei der reichen Ausstattung seiner Tochter — der Neffe sprach ja von einem bedeutenden Kapital — nicht auf ein ganz unbescholtnes Mädchen gerechnet haben wird? Was man so in der Welt unbescholten nennt!"

„Das weiß ich nicht, Oheim," antwortete sie mit einer gewissen Feierlichkeit; „aber ich denke, daß ein Vater, der eben mit seiner Schenkung ein altes Vergehen seiner Jugend sühnen und gut machen will, es mit der Unerfahrenheit eines seinem väterlichen Herzen fern gesetzten Kindes so streng nicht nehmen wird, um

Das zurück zu ziehen, was gerade in der Lage der Tochter ihr zu einer doppelten Wohlthat und ihm selbst zur vollständigen Sühne gereicht."

„Darin hast Du Recht, Theresia," sagte der Pater. „Und nach allem, was Du mir von dem Vater Dammers erzählt hast, dürfen wir eine solche Erkenntniß voraussetzen. Alles wäre freilich leichter und würde sich glätten und klären, wenn wir mit dem Vater selbst unterhandelten. Er schickt aber seinen Neffen zur Vermittlung und Ausgleichung. Herr von Walther zeigte sich nun allerdings als wohlgesinnten, liebenswürdigen Mann. Es fragt sich indeß immer, ob wir ihm das zarteste Geheimniß Röschens offenbaren dürfen. Wir wissen nicht, wie er für seine Person über dergleichen denkt, um ihm die gute Meinung, die er von seiner Cousine hat, preiszugeben. Er, als junger Mann, denkt über dergleichen wohl strenger, als der schuldige Papa; dagegen gibt er die Aussteuer nicht, und kann mithin auch keine Rechtfertigung der Empfängerin fordern, — heißt das keine andere, als daß sie die Tochter seines Oheims sei. Indeß hängt es doch von ihm ab, wie er dem Oheim die Verhältnisse, vielleicht aus einem persönlichen Interesse darstellen mag."

„Ganz recht, aus persönlichem Interesse!" fiel Therese ein. „Hören Sie! Mir ist die absonderliche Art und Weise aufgefallen, wie er nach Rosa fragte: Wissen Sie, auf welche Vermuthung ich gekommen bin? Wie, wenn es nun die Absicht des Vaters wäre, die Tochter mit dem Neffen zu verheirathen?"

„Deine Vermuthung, liebe Theresia, hat allerdings, auch abgesehen von verwandtschaftlichen Empfindungen, für kaufmännische Verhältnisse nichts Befremdendes. Eine solche Absicht läge vielmehr nahe, wenn etwa das Vermögen des Herrn Dammers nicht groß genug wäre, um ein so ansehnliches Vermächtniß aus dem Kapital zu nehmen, auf welchem das Bankgeschäft beruht, das wahrscheinlich dem Neffen zugedacht ist, da Herr Dammers, wie Herr von Walther fallen ließ, aus erster und zweiter Ehe keine Kinder hat."

„Gewiß, Hochwürden!" fiel sie mit Eifer ein. „Warum wäre Herr von Walther auch selbst gekommen, als um Rosa's Bekanntschaft zu machen? Es ist doch kein Spaziergang hierher, und eine bloße Lebensbescheinigung wäre ja kürzer zu erlangen gewesen. Um so mehr müssen wir's überlegen, wie wir's angreifen, um unserm herzigen Röschen keine so ansehnliche Partie —."

„Theresia!" rief lebhaft der Pater. „Gieß' Scheidewasser auf diesen leichtfertigen Gedanken. Geh', schäme Dich! Ich will Das nicht gehört haben. — — — — — Lassen wir's jetzt gut sein! Eine bedenkliche Lage verlangt, daß wir uns bedenken, und es nicht den gewöhnlichen Menschen nachthun, die sich von einer Lebensverwicklung so gepeinigt finden, daß sie keiner Besinnung, keines Abwartens fähig sind. Da machen sie denn, wie es eben dem eignen Herzen zusagt, — der Eine seinen persönlichen Vortheil, der Andre eine vermeintliche Klugheit, jener ein Vorurtheil der Gesellschaft, dieser eine falsche Scham geltend, und folgen ihren ersten Antrieben, verirren sich, oder müssen umwenden, wenn sie es noch können. Nein, wo sich Deine Wege kreuzen, da bleibe stehen und gönne der Seele, die das Rechte will, sich zurecht zu finden. Laß sie sich sammeln und auf sich besinnen: in der dunkeln Tiefe des Ewigen, aus der sie selber stammt, schöpft sie höhere Erkenntniß für ihre Wege. In dieser Weise werde ich mit mir zu Rathe gehen, und sobald ich einig mit mir bin, Herrn von Walther aufsuchen. Vielleicht gelingt es mir, durch vorsichtige Fragen dahinter zu kommen, ob das Vermächtniß unbedingt, oder unter gewissen Voraussetzungen bewilligt ist. Ich werde mit Klugheit zu Werke gehen, soweit Klugheit sich mit Rechtschaffenheit verträgt, und werde nichts aufs Spiel setzen. Gilt es nur darum, daß Rosa noch am Leben sei: so werden wir sie schnell aus Italien — über die Mariahilfer Linie, zurückkehren lassen.“ — —

Der Abend war herangekommen und der Pater rüstete sich in's Kloster zurück zu gehen, wo ihm eine Gastzelle angewiesen war. Vor seiner Abreise aus Italien hatte er bei Männern von Einfluß Schritte zu seiner Verweltlichung gethan. Er wünschte das Klosterleben zu verlassen und bei seiner Nichte zu leben. Auf die guten Zusagen, die man ihm dafür gemacht hatte, rechnete er im Stillen weniger, als auf die ihm bekannte Besorgniß, die man gegen seine wissenschaftliche Bildung hegte, vor deren Einfluß man die Klosterbrüder zu bewahren dachte.

Als Walther nun daran ging, seinen verspäteten Bericht nach Hause zu erstatten, drängte sich ihm unter dem Schreiben die Betrachtung auf, wie sehr doch die einfachen Erlebnisse, die er zu melden hatte, sich mit seiner Gemüthsstimmung verknüpften.

Sein eignes Mißtrauen war gehoben, und er suchte vor allem die Besorgnisse und die nun als irrig erwiesenen Voraussetzungen in Betreff Rosa's dem Oheim zu benehmen, um durch ihn auch den Vater selbst zu beruhigen. Die Tochter war gefunden. Sie hatte auch das bedenkliche Theater verlassen und lebte, wenngleich im dienenden, doch in höchst anständigem Verhältnisse bei einer vornehmen Dame. Diese Stellung als einer Gesellschafterin und Vorleserin setzte guten Ruf, eine gewisse Bildung und schickliches Benehmen voraus.

Auch die Tante hatte sich durchaus nicht als die habsüchtige, auf eine thörichte Heirath bedachte Person finden lassen, wie sie von Seibler in seinem Schreiben verdächtigt war. Was ihrem Benehmen auch Verzwicktes von der Bühne her noch anhaften mochte, erschien sie doch nach Bildung und Denkungsart als die nicht unwürdige Nichte eines Geistlichen von solchem Ruf und Bildung, wie selbst Seibler ihn verehrte.

„Vor ihm ist auch der gute Buchhalter ganz verstummt,“ schrieb Walther. „Der alte Herr mochte wohl schon vor seiner Ohnmacht aus dem Magen in die geistige seiner kindischen Anschauungsweise gefallen sein, aus der sein unglücklicher Brief geschrieben war. Wie hat gegen ihn unser vortrefflicher Herr Dammers sich von den Schlaganfällen, zu denen er auch den richtigen Namen gefunden, rüstig am Geiste wieder hergestellt! Wachen Sie jetzt über ihn, bester Oheim; unter den bedrohlichen Einflüssen des Frühlings, der, wie Sie besser als ich wissen, gar oft, indem er neues Leben in der Natur erweckt, mit den natürlichen Gebrechen der Menschen nicht viel Umstände macht. Ich habe selbst an manchen sonst knorrigen Bäumen, wie z. B. an der Hagebuche, beobachtet, daß die abgedorrten, verschrumpften Blätter, die durch alle Winterstürme hängen geblieben, doch von den neuen, stillen Sprossen des Frühlings abgestoßen werden.“ — —

Bei solchen Erinnerungen nach Hause konnte Walther Henrietten nicht unerwähnt lassen. Ja, in der Maße, als er sich mit Besorgniß für das Leben ihres Gatten aussprach, sah er seinem Herzen alle die zärtlichen Regungen nach, die er gerade in der Entfernung von ihr unter lauter fremden Menschen noch lebhafter empfand.

Von seinen Bekanntschaften und besonders von dem Minister Stadion schrieb Walther mit aller Vorsicht. Er wußte von einem schwarzen Kabinette, in welchem die aus= und einlaufenden Briefe aufgehalten wirden, um von ihrer Eile — ein wenig auszuathmen. Sein ungekanntes Petschaft, fürchtete er, könne Aufmerksamkeit erregen und einer zarten Behandlung unterworfen werden. Er hoffte indeß Mittel und Wege zu finden, um späterhin Vertrauliches über die Grenze zu bringen.

Dieser Obliegenheit erledigt, fühlte Walther sich endlich frei genug, den neuen Frühling weiter draußen vor der Stadt zu athmen. Er hatte den Prater noch nicht gesehen, diesen Tummelplatz der Freude und des Vergnügens. Ueber die Brücke, welche Wien von der Leopoldstadt scheidet, durchwandelte er diese auf einem der Fußsteige der langen Allee, und befand sich am Ende derselben nach einem kleinen Zwischenraume unter den Bäumen des Praters. Heute galt es ihm nur darum, in diesem weiten, von Wegen, Alleen und Fußsteigen durchzognen Raume die Gegend zu finden, wohin er sich aus dem jeweiligen Gewühle der Menschen zu einem beschaulichen

Ausblick in die Natur zurückziehen könnte. Da fand er sich denn besonders an der Stelle gefesselt, wo der Prater, zunächst von der großen Donau umflossen, eine reizende Aussicht auf eine Menge lieblicher Inseln, umkränzt von Erlen und Weiden, darbietet. Fernher von Westen blickt der Leopold= und der Kalenberg, und eine schöne Ebene dehnt sich unübersehbar gegen Norden aus.

In den umherliegenden Garküchen, Schenken und Kellern war an diesem Vormittage noch alles still von Gästen, und nur die Vorbereitungen zum Genusse wurden durch das Aufschlagen und Erweitern des großen Lagers von Sitzen, Tischen, Stühlen, Bänken und ähnlichen Vorkehrungen betrieben. —

Ein nächstes Anliegen Walthers nach seiner Rückkehr in den Gasthof ging auf eine angenehme Privatwohnung aus. So gut er auch im Gasthofe besorgt war, störte ihn doch immer die lärmende Unruhe der Wirthschaft, und bei längerm Aufenthalt der Wechsel lärmender Zimmer= nachbarn.

Der Lohndiener führte ihn nach verschiednen Woh= nungen umher, und ließ ihm zuletzt die Wahl zwischen zweien, der Lage und dem Preise nach wirklich sehr unterschiednen Einrichtungen der Art. Beim sogenannten Stock am Eisen, in der belebtesten Gegend der Stadt, war die eine mit zwei Zimmern für hundert Gulden Papier Monatmiethe nicht zu bekommen. So wenig

Walther gerade auf Oekonomisiren bedacht war, entschloß er sich doch lieber zu der andern in der entfernteren Lage, Eingangs der Sailerstadt, wo in einem ungewöhnlich kleinen Hause ihm die Räumlichkeit des obern Stocks für monatlich dreißig Gulden Papier, damals gleich zehn Thalern in Silber, überlassen wurde.

Die Stille des Hauses und der Lage war ihm als sein künftiges Daheim ganz recht. Er sah auf einen ziemlich freien Platz, wo er den Fürsten Dietrichstein zur Seite, und den Erzherzog Karl gegenüber, zu stillen Nachbarn hatte, und den Stadttheatern nicht sehr entfernt war. Auch den Vortheil schlug er an, im kleinen Hause keinen sogenannten „Hausmeister" zu haben, wie solche in den großen Häusern gehalten wurden, und aus ihrer rauchigen Spelunke im Hofe sich gegen die Miethbewohner unachtsam und gegen die Anfragenden ungefällig, ja unter Umständen grob zu benehmen pflegten. In dem kleinen Hause lagen die vorkommenden Besorgungen einer Dienstmagd ob, und dieser Umstand half ihm denn auch über eine besondere Verlegenheit hinaus.

Er mußte nämlich dem Pater Spiridion Kenntniß von seinem Umzuge geben, und hatte ihm das Mißverständniß über seinen wahren Namen noch nicht erklärt. Dies nun brieflich zu thun, schien ihm zu umständlich und gab der Sache ein zu ernstes Ansehen; es mußte mündlich, mit lächelnder Miene geschehen. Er bezeichnete also nur mit ein paar Zeilen die neue Wohnung und unterschrieb sich als des hochwürdigen Paters bekannter Verehrer Walther.

Mit diesem Billet konnte er der Hausmagd, einer schlichten, unbefangnen Person, unbedenklich die Weisung geben, gute Freunde, die mit seinem bloßen Vornamen „Walther" anfragen würden, ohne weiteres vorzulassen. Er wußte ja, daß der Gebrauch des Vornamens unter guten Freunden in Wien üblich war.

Erst nachher wollte es ihm vorkommen, als ob das Mißverständniß durch das Billet nur noch schwerfälliger geworden sei. Er hatte dasselbe nun dem alten Seidler ab- und doppelt auf sich genommen. Eine nachhinkende Erklärung stellte ihn wohl gar der Vermuthung bloß, er habe sich absichtlich oder aus irgend einem Absehen, als Neffen von Dammers einführen lassen.

„Nun, und wenn denn auch!" rief er aus. „Vielleicht macht diese irrige Voraussetzung die Familie nur desto vertrauender und offener, und ich hätte den erwünschtesten Vortheil davon." —

So wollte er denn das Mißverständniß auf eine schickliche Gelegenheit zur Erklärung hingestellt sein lassen. Er erinnerte sich der damals schon abkommenden Liebhaberei der Zeit, sich nämlich in vertrauten Kreisen, in gewissen Verbrüderungen und in Briefwechseln noch einen beſondern Namen beizulegen, — was vielleicht von der ehemaligen Vorliebe in den höheren Ständen für geheime Ordensverbindungen herrühren mochte. Es lächerte ihn nur, daß ein ſo wunderlicher Zufall ihm noch dieſe abkommende Mode und Maske aufgehängt hatte.

Siebentes Kapitel.

Walthers Brief nach Hause war richtig angekommen und von dem Hofrathe mit Hast erbrochen und gelesen worden.

Der Ausdruck von Walthers Zufriedenheit mit seiner Entdeckung ging um so lebhafter auf den Oheim über, als das warme, ja etwas schwärmerische Andenken, das in den, der verehrten Frau Henriette gewidmeten Zeilen sich aussprach, so unerwartet in die Absichten des Hofraths einstimmte. Er billigte es nun mit lächelndem Nicken, daß er den lieben Jungen nicht zurückgehalten hatte, und indem er mit ironischem Schmunzeln den Hut abnahm, den er — im Ausgehen zu einem Kranken begriffen — unter'm Lesen aufbehalten hatte, rief er mit Verneigung gegen die Fenster des Zimmers:

„Ich sehe, die alte Erfahrung bestätigt sich auch hier. Allen meinen Respekt vor der Erfahrung! Gewiß, ein angestecktes Herz entflammt sich in freier Zugluft. Ja, ja, es ruht für das menschliche Herz ein Zauber in der geographischen Ferne. Besonders wächst das — „Maß= liebchen" oft recht saftig hinter'm Berg, und — kommt dann doppelblüthig um den Berg herum!"

Er steckte den Brief ein und eilte über die Straße, als ob der jugendliche Schritt seiner innern Aufregung der nervenfieberkranken Dame gelte, die er zu besuchen hatte. Indem er aber von weitem Frau Dammers in ein Haus treten sah, lenkte er jetzt vor Allem zu seinem alten Freunde, den er jetzt allein traf, um ihm die Mittheilung wegen der aufgefundenen Tochter zu machen, und die im Briefe des alten Seibler verleumdete Therese Korn zu rechtfertigen.

„Ich habe diesen Beschuldigungen gleich nicht recht getraut," versicherte der vergnügte Alte. „Die Theres, wie wir sie nannten, war immer eine ehrliche, heitere Person, — nicht so schön und reizend wie meine un= vergeßliche Rosa, jedoch gescheit, und hatte an Grütze in den Kopf bekommen, was der jüngern Schwester an Musik in die Brust und Kehle war geschenkt worden. Ich glaube, mein alter Seibler trägt es ihr noch ein wenig nach, daß sie ihn auslachte, wenn er in seinen langen Rockschößen, wie ein alter Hahn mit schlotterigen Flügeln, um sie her trippelte, und seine Couralien machte."

„Oder er hatte schon etwas von seiner Ohnmacht aus

dem Magen bekommen," lachte der Hofrath. „Doch von diesem Spaß — hernach, wenn ich wieder komme. Und lese Dir dann auch vor, was Walther über Dein ganz anderes besseres Aussehen und geistiges Befinden schreibt. Jetzt muß ich zu meiner Patientin!"

Wie er fort war, stand Dammers eine Weile stumm und lächelnd da. Dann wendete er sich seinem Sessel zu und sah zurückgelehnt, mit gefalteten Händen nach dem Fenster, durch welches der sonnige Himmel herein strahlte.

„Also meine Tochter gefunden und wohlgerathen!" sprach er leise vor sich hin. — — — „Ob sie der Mutter wohl gleicht? Und hätte sie denn gar keinen Zug von mir? Ich war doch mit aller Glut der Liebe —! — —"

Er lächelte eine Weile träumerisch, bis er mit einem Seufzer fortfuhr:

„O lieber Gott! wie gewonnen, so zerronnen: was hab' ich nun im Alter von ihr? — — Welche glückliche Stunden würde mir das Kind zurückrufen und selbst gewähren! — — — Ja damals!"

Ein damals beliebtes Lied fiel ihm ein, und er lallte vor sich hin:

> „Das waren mir selige Tage!
> Bewimpeltes Schiffchen, o trage
> Noch einmal mein Liebchen und mich!"

Leicht bewegt, wie er in seinem kränklichen Alter war, überkam ihn auch jetzt eine ungewöhnliche Rührung. Die Erinnerung, im Gewande der Jugend, schüttete ein Füllhorn vergeß'ner Freuden wie frisch erblühend über sein Herz. Seine Empfindungen glühten nicht mehr, wie mit ihrem ersten Entzücken; aber sie schienen reiner, veredelter. Die Rose der Liebe war viel blasser geworden, aber sie entfaltete ihre duftlosen Blättchen zart geordnet, von keinem Gewitterregen zerschlagen. So auch löste sich die ehemalige Inbrunst der Seele in den lauen Tropfen auf, die ihm in's Auge traten.

So sitzend, den verschleierten Blick wie in's eigene Innere gekehrt, ward er von Henrietten bei ihrer Rückkehr von einem Besuche überrascht.

Sie war höchst betroffen, ihn so stumm und seltsam lächelnd sitzen zu sehen. Vorgebeugt, ihre beiden Hände auf seine Schultern gelegt, sagte sie mit unterdrückter Angst: „Lieber Martin —?"

„O meine Henriette! Du triffst mich in einer glücklichen Stunde!" antwortete er, sich aufrichtend und ihre Hände gefaßt.

„Wirklich? Ach, das sei Gott gedankt, Papachen!" rief sie. „Ich fürchtete gerade es sei Dir 'was passirt."

„Es ist mir auch 'was passirt, Jettchen!" lächelte er verlegen und überlegend. „Aber Papachen? Nein, geht nicht mehr an: Papachen ist — Vater geworden."

„Martin —?" rief sie mit einem forschenden Blick, als ob sie ihn für traumbefangen halte.

„Ja, ja," stotterte er scherzenden Tones, „jetzt kommt erst etwas Schmerzliches für Dich; ich weiß das wohl. Keine Rose ohne Dornen! Aber Dein Herz scheut die Dornen nicht, und die Rose kommt nach. Eine wirkliche Rosa, Töchterchen, Rose mit Namen und Amen! Doch, „„Töchterchen"" — das Wort geht nun auch nicht mehr mit Dir, Jettchen, — es geht jetzt auf eine Tochter über."

In höchster Angst um die Klarheit seines Kopfes rief Henriette:

„Bester Martin, — ich verstehe Dich nicht: komm' doch zu Dir, lieber Mann!"

„O ich bin bei mir, Henriette!" entgegnete er, jetzt mit einer Art von Feierlichkeit. „Ich bin bei mir bis in längstvergangene Tage, in denen eine Schuld liegt, die ich Dir nun bekennen muß. Sie liegt weit hinter unserer gemeinschaftlichen Zeit; nur habe ich gefehlt, daß ich sie Dir zu Anfang dieser Zeit verschwiegen habe. Gib mir die Hand, als Vorschuß auf Deine Verzeihung, liebe Henriette! Ich will kurz sein, denn ich ängstige Dich mehr, als —

„Komm', setze Dich hier zu mir! — — —

„Sieh', ich hatte in meiner Wiener Zeit eine Herzens- verbindung mit einer ausgezeichneten Sängerin, die es werth gewesen wäre, meine Gattin zu werden. Mein pedantischer, familienstolzer Vater gab dies aber nicht zu, auch als ich ihm sagte, daß wir uns schon, freilich mit Uebergehung des Priesters, verbunden hätten. Ich mußte nach Hause, und hinter mir ward mir eine Tochter geboren. Ich handelte natürlich als Vater, und das Kind erwuchs schön und begabt; es bildete sich durch meine Mittel bis zu seiner Selbständigkeit. Ausgebreitete Geschäfte und häusliche Verstimmungen nahmen mich dann ein, und ließen mich die Tochter vergessen, bis mich wiederholte Krankheitsfälle nachdenklicher, ängstlicher über meine Vergangenheit machten. Ich bedachte die Tochter in meinem Testamente, und ließ durch Freund Armfeld Schritte thun von ihr zu hören. Sie war in Wien nicht aufzufinden; die Sache schien uns bedenklich, und ich fand nicht eher Beruhigung, bis Walther sich dazu verstand und erbot, selber nach Wien zu reisen, und das Mädchen aufzusuchen. Er hat sie gefunden. Sie lebt, hat das Theater verlassen, und steht in einem respectabeln Verhältniß bei einer hohen Dame. Eben war der Hof= rath hier und hat mir die briefliche Nachricht gebracht. Von allem Dem bewegt hast Du mich eben gefunden. — — — Aber, was hast Du, liebe Frau? Wie un= ruhig siehst Du aus! Bist Du so gekränkt und — kannst mir nicht vergeben —? O liebe, gute Henriette!"

Henriette hatte sich erhoben. Man konnte ihr den

Kampf ansehen, mit dem sie ihrer stürmischen Empfin=
dungen Herrin zu werden suchte. Auf ihres Mannes
wiederholte Bitte, ihm zu vergeben, rief sie endlich sich
sammelnd mit bebender Stimme:

„Dir, Martin? Ja, lieber Mann, Dir, ja! Daß
Du mir Das verschwiegen', als unsere Zeit anhob, das
begreife ich: Du wolltest Dich mir nicht auch noch in
vergangenen Schwachheiten zeigen. Nein, vergib! Das
wollte ich nicht sagen, nein, ich wollte sagen, Du mochtest
Dich mir nicht zeigen, wie Du nicht mehr warst. Auch
hattest Du ja damals — die Sache vergessen, sagtest
Du, mithin ohne Absicht geschwiegen. Da, Martin,
meine Hand darauf! Daß aber auch — — —! Nein,
nichts weiter! Ich wollte sagen, Du siehst ja, daß ich
noch in Hut und Mantel bin, und es ist sehr heiß hier.
Laß mich nur erst —! Aber gib Acht, daß Dir nichts
passirt! So heiß taugt Dir nicht, und bist auch noch
so aufgeregt. Hernach, Martin!"

Sie verließ mit erzwungener Freundlichkeit das
Zimmer. Der Alte sah ihr nach, erhob sich mit bedenk=
lichem Kopfschütteln; dann rieb er beide Hände, indem
er leise sprach:

„Es hat sie doch gekränkt. Sie schien sehr erschüttert.
Ja, sie ist aber eine musterhafte Frau, ein edles liebe=
volles Herz, das alles Schmerzliche auf sich nimmt —
ohne Groll und Vorwurf gegen den Schuldner. Nun,

nun, es gibt sich schon alles wieder. — Ich bin nur froh, daß es heraus ist!"

Was dem so leicht beruhigten Manne — wenn auch nicht Vorwürfe, doch schmerzliche Bemerkungen von Seite Henriettens erspart hatte, lag darin, daß die Entrüstung ihres Herzens gegen Andre noch lebhafter war, als ihre Empfindlichkeit gegen ihn.

Sie fühlte sich nämlich von dem Arzte und noch mehr von Walther, die ihr die Verhandlungen in dieser Angelegenheit verschwiegen und verheimlicht hatten, auf's Tiefste gekränkt. Ungeahnt, wie es sie überraschte, erschien es als absichtliche Täuschung, und setzte ihr Herz und ihre Phantasie in einen noch kaum erlebten Aufruhr. Sie wandelte ungestüm auf und ab, äußerlich wie innerlich bewegt. Es war ein Sturm von Empfindungen und Vorstellungen, dem sie sich hingegeben fand, eine wahre Brandung, auf welcher das schöne Vertrauen, mit dem sie bisher gefahren war, gebrochen, in seinen Trümmern dahin zog.

Noch immer vergaß sie Hut und Mantel abzulegen, oder empfand sich vielleicht damit wie in Helm und Harnisch für ihren innern Kampf. Und wie sie endlich auch alles von sich gethan, was sie in ihrem Zimmer nicht zu tragen pflegte, war sie doch innerlich noch lang nicht gefaßt, als ihr der Arzt zum Besuch angemeldet wurde.

„Ich kann den Herrn Hofrath nicht empfangen!" rief sie hart und heftig.

Die Dienerin selbst erschrak vor diesem Tone.

Ihre ganze Entrüstung lag in diesem Worte, war aber mit demselben auch hinaus geworfen. Ein so herrisches Wort war ihrem freundlichen Herzen so ungewohnt, wie der empörte Groll selbst, und es ging der sanften Frau damit nach Shakspeares Lieblingsausdruck: „Ein Feuer brennt das andre nieder." —

Erschrocken vor sich selbst, stand sie noch, dem Kammermädchen nachblickend, in Erwartung da, als der Hofrath dennoch, mit einer so ruhigen, bescheidnen Miene eintrat, daß sie ordentlich aufathmete, wie seines Ungehorsams froh.

Er verneigte sich aus einiger Ferne unter der sanften Anrede:

„Nur eine Bemerkung erlauben Sie, beste Frau Dammers! Gesetzt, daß Sie mich einmal rufen ließen, um Mitternacht, ich läge in Schweiß, und ließe Ihnen sagen, daß ich nicht kommen könnte: was würden Sie von dem Arzte denken, den Sie eben nöthig hätten? Und Sie wollen mich nicht empfangen im Augenblicke, wo Sie eines Arztes für das Herz, wo Sie eines Freundes bedürfen?"

„Sagen Sie, Herr Hofrath, im Augenblicke, wo ich fühlte, daß ich keinen Freund habe!" erwiderte sie lebhaft.

„Und wenn Sie fanden, ich bedürfe eines Freundes: wie konnte Ihnen, nach Ihrem Benehmen, einfallen, Sie müßten jetzt eintreten?“

„Ja, ich,“ antwortete er, „und kein Besserer! Ich komme von meinem alten Freund herüber, weiß, was er Ihnen mitgetheilt hat, nnd kann mir denken. was Sie dabei empfunden haben. — — — Setzen wir uns aber!“

Er trat freundlich vor, küßte ihr die Hand und führte sie nach dem Sopha, neben welchem er Platz auf einem Stuhle nahm.

„Also, — Sie hätten an mir keinen Freund?“ sprach er weiter. „Nun, sehen Sie, das gäbe ein anziehendes Kapitel, worüber wir rechtschaffen streiten könnten. Ich war nämlich der entgegen gesetzten Meinung, — wir hätten Ihnen die zarteste Freundschaft bethätigt. Bedenken Sie doch, daß die Menschen, wenn sie einander Theilnahme und Aufmerksamkeiten erweisen, dabei nach eignem Gefühl und Geschmack verfahren, und dafür erkannt sein wollen. Sie thun ja damit auch ganz nach der Bibel, wo es heißt: „„Liebe Deinen Nächsten, als wie Dich selbst.““ Sehen Sie, so haben wir die Sache behandelt, die wir nach unserem Herzen für Sie als eben so unangenehm wie überflüssig ansahen. Unsern alten Freund dachten wir zu schonen, indem wir es wie ein Geheimniß behandelten, was eigentlich ein Versäumniß war. Und wozu sollten wir Sie, herzliche Frau, mit einer Verirrung seiner Jugend behelligen, da er Ihnen diese Jugend selbst nicht mehr zugebracht hatte? Ueberliefert man denn einem lieben Menschen die Schulden eines Geschäftes ohne das eben nicht mehr bestehende Geschäft? Mein lieber Walther ging sogar soweit in seinem Zartgefühl für Sie, daß er unsern guten Martin bewog, ein neues Testament zu machen, damit das im früheren Testamente für die Tochter bestimmte Legat Ihnen später keine leidvolle Sorge auferlege, sondern jetzt gleich, als eine Schenkung unter den Lebenden, abgethan werde. Und damit dies desto schneller geschehe, hat er sich selbst zu der Winter=reise erboten. — — — Sehen Sie nun, so haben wir Ihnen mit unserer ehrlichsten Freundschaft dennoch eine schmerzliche Stunde bereitet, nicht wahr?"

„Die schmerzlichste, lieber Armfeld, die ich in dieser Weise noch erfahren!" antwortete sie bewegt.

„Verzeihen Sie mir!" bat er. „Ich habe sie ver=schuldet. Ich war zu Martin geeilt mit Hintansetzung einer schwer Kranken, und vergaß daher, ihn vor Dem zu warnen, was er inzwischen gegen Sie übereilt hat, wie ich eben bei meiner Rückkehr von ihm vernommen. Zu Ihnen trat ich mit einer guten Vorbedeutung ein. Bei meiner Kranken hatte sich nämlich inzwischen eine heilsame Krise ausgebildet, und was ihre Angehörigen, als sie mich dringend rufen ließen, für eine Gefahr angesehen, war eben die Wendung zum Bessern. So hoffte ich, Sie würden, was Sie erst als Kränkung empfunden haben, bald als echte Freundschaft erkennen."

Sie sah ihm gerührt in die hellen, freundlichen Augen, dann versetzte sie mit innerlich vergnügter Empfindung:

„Es wäre Unrecht von mir, treuer Armfeld, wollte ich Ihr gutes Vorzeichen nicht wahr werden lassen."

Sie drückte ihm, anmuthig lächelnd, die Hand.

„Was aber Ihren Schmerz betrifft, verehrte Frau," fuhr der Arzt fort, „so kann man edeln Menschen zu jedem überstandnem Schmerze nur Glück wünschen. Als Arzt und Philosoph darf ich sagen: der Schmerz spielt eine nothwendige Rolle in unserm sinnlichen und geistigen Leben. Keinem Wesen ist es bestimmt, ohne Leiden sein Leben zu entwickeln. Jede Periode unserer körperlichen und Seelenentwicklung hat ihre eignen Wehen. Ja bei ganzen Nationen ist der Schmerz — Geburtshelfer der Freiheit. Der Mensch muß seine eigne Tiefe kennen lernen, und dazu hilft ihm der Schmerz. Hätten Sie wohl ohne Ihre leidvolle Empfindung die Tiefe Ihres Vertrauens zu uns — zu Walther besonders und mir sobald kennen gelernt? Für mich erkennen sie nun dies Vertrauen, nicht wahr?"

Henriette, so gern sie sonst solche höher gefaßte Bemerkungen hörte, war doch im Augenblick von einer neu aufsteigenden Unruhe bewegt, und nahm den Arzt bei seinem Lächeln, indem sie erwiderte:

„Wohl, lieber Hofrath, seien Sie erkenntlich dafür, und sagen mir nun vertraulich, was es mit dieser Tochter für eine Bewandtniß hat. Ich habe meinen Mann noch nicht gefragt, möchte die Sache auch gegen ihn so wenig als möglich berühren, selbst aber auch aus Unwissenheit keinen Anstoß geben. Stehen Sie mir daher bei!"

Armfeld theilte ihr kurzgefaßt mit, was vor und nach jenem aus Wien gekommnen Briefpäckchen verhandelt worden. Was er von der Persönlichkeit des Mädchens und von dessen Berufe für das Theater einfließen ließ, vermehrte Henriettens Unruhe, die dem Hofrathe nicht entging und die er endlich dadurch herausforderte, daß er mit der Miene zu gehen sich erhob.

„Bleiben Sie noch einen Augenblick, Armfeld!" sagte sie lebhaft. „Gestehen Sie mir ehrlich, und — Ihre Hand darauf! — ob nicht mein Mann noch eine geheime Absicht mit dem Mädchen hat?"

„Meinen Sie, ob er es etwa adoptiren wolle?" fragte er.

„Dies vielleicht seinem Vorhaben voraus," erwiderte sie, nicht ohne zögernde Befangenheit; „dann aber —. Nun, Sie erinnern sich doch, daß Martin vor einiger

Zeit Walthern in's Geschäft ziehen, und es ihm neben seinem Neffen abtreten wollte: hatte er dabei nicht in Absicht, Walthern — mit der Tochter zu verheirathen?‘,

„Beste Frau, wie kommen Sie darauf?" rief lächelnd der Doctor.

Erröthend und etwas empfindlich entgegnete sie:

„Nun liegt denn Das so weit ab? Wäre denn damit eine Gunst nicht vielmehr gerechtfertigt, ein Vorzug vor dem Neffen, eine Stellung Walthers, die man sonst in der argwöhnischen Stadt gar nicht begreifen würde?"

„Walther hat ja längst auf diese Gunst verzichtet," antwortete er.

„Damals, ja," versetzte sie; „das Geschäft an sich, der Beruf eines Banquiers, gefiel ihm nicht: aber die Tochter —?"

„Kann ihm wenigstens noch nicht gefallen," unterbrach er Henrietten. „Ich sagte Ihnen ja, daß er sie gefunden, aber noch nicht gesehen hat. Der glückliche Fund ist noch kein gefundnes Glück."

Indem fiel ihm die auf Henrietten bezügliche Stelle des Briefes ein, und er fuhr mit fast anzüglicher Vertraulichkeit fort:

„Ich will Ihnen Walthers ausführlichen Brief da lassen. Sie werden einen Blick in sein Herz — in seine Gesinnung thun, einen Blick, der Sie beruhigen kann."

„Beruhigen!" tadelte sie erröthend. „Wer ist denn beunruhigt? Es ist ja seine Sache. Aber besorgt um einen werthen Freund darf man unter solchen Umständen wohl sein. Sagen Sie selbst, — von einer Mutter der Art geboren, unter solchen Umständen erwachsen, auf so unbekannten Lebenswegen herbei gekommen, — bringt diese Tochter die Bürgschaften des Glückes für ein Herz und Haus, wie Walther es verdient und bedarf, so unbedingt mit sich? Ist es damit gethan, daß Rosa reizend und einnehmend, — liebenswürdig im weltläufigen Sinne sei? Bester Armfeld — seien Sie ehrlich!"

„O wäre ich denn dafür, Frau Dammers, daß Walther sie heirathe?" rief er lachend aus. „Ich halte auch unsern guten Martin keiner so unbedachten Absicht für fähig, obgleich die Väter oft genug für solche Kinder eine ganz absonderliche Schwachheit haben. Nein, nein! Ich bin sogar überzeugt, eine Warnung, eine Hindeutung ist bei Walther, wie ich ihn kenne, ganz überflüssig: doch schaden kann sie ja nicht als Beweis freundschaftlicher Theilnahme. Lesen Sie den Brief, und lassen mich bis morgen, wo ich ihm schreiben werde, wissen, was ich ihm von Ihretwegen bestellen soll. Ein paar Zeilen von Ihnen würden ihm ein rechter Trost sein; denn er klagt über Verlassenheit unter lauter seinem Herzen fremden Menschen."

Henriette, indem sie den Brief an sich nahm, lächelte ohne ja oder nein zu sagen, und Armfeld empfahl sich.

Zu Hause angekommen, trat er, wie er eben war, vor den Spiegel, schüttelte erst den Kopf, und nickte sich wieder schalkhaft und beifällig zu. Dann rasch sich umwendend, rief er: „O pfui, pfui, Memisto!“

Achtes Kapitel.

———

Walther, nach allen Seiten hin auf das Abwarten gesetzt, fand sich nun leichter gestimmt, der angenehmen Bekanntschaften zu pflegen, die er zuerst an Frau von Arnstein und durch ihre Vermittlung gemacht hatte.

Von Naturell und Bildung aus war er kein eigentlicher Visitenläufer, keiner der mit Garnisonshelden gewetteifert hätte, müßigen Damen aufzuwarten, und sie mit schaumgefüllten süßen Redensarten zu füttern oder ihnen Neuigkeiten des Tages zuzutragen. Er kannte sich zwar dafür, daß er in gebildeten Familien durch seine Persönlichkeit und gehaltvolle Conversation stets willkommen war: diesem Bewußtsein hielt aber sein Hang zur Innerlichkeit ein volles Gegengewicht; so daß ihm abwechselnd die Einsamkeit so lieb und ein gleiches Bedürfniß war, wie die Gesellschaft. Dies gab ihm jene Unbefangenheit des Benehmens, jene leichte Hingebung und sichre Haltung, die ihn den Eiteln, Beeiferten, Gefallsüchtigen stets überlegen, und neben den Vornehmsten auf gleicher Linie erscheinen ließ, — den Anflug von Schwärmerei ungerechnet, der ihn besonders für die Frauen so anziehend machte.

Walther hatte sehr bald die Wochentage heraus- gefunden, an denen sich abends um die Baronin von Arnstein ein kleiner, vertrauterer Kreis einzufinden pflegte. Er traute sich zu, gerade an diesen, ihm selbst lieberen Abenden nicht unwillkommen zu sein, und der Empfang der Dame mit einem freundlichen Winke beim Abschied bestätigte ihn darin und ermunterte ihn zur Wiederholung.

An solchen Abenden erschien auch Herr von Arnstein unbefangner, ohne doch mehr als gewöhnlich hervorzu- treten. Er überließ seiner Gemahlin die Herrschaft als bloßer Zeuge und Mitempfänger der Huldigung, die ihr gebracht wurde.

Die Unterhaltung nahm in diesen Stunden auch ernste Gegenstände auf, — Fragen des Lebens und der Zeit. Frau von Arnstein hatte Interesse für alles, auch was ihr erst durch Erklärung und Belehrung zugänglich wurde, und die Originalität ihrer Auffassung rückte dann oft den Gegenstand in ein neues Licht oder in unge- wöhnliche Beziehungen. Sie war ohne Vorurtheile er- zogen, urtheilte selbst nie aus Empfindungen, und suchte nur nach aller auch schmerzlicher Lebenserfahrung sich ihr wohlwollendes Herz zu bewahren.

Von diesem Herzen blieb nur der Kaiser Napoleon

ausgeschlossen, selbst wenn man ihn als den Mann der
Nothwendigkeit für die Zeit geltend machen wollte. Sie
gab es zu, daß Europa einer Wiedergeburt in Staat,
Kirche und Moral bedürftig sei, und besonders, daß
Deutschland aus altem Wust, aus Unordnung, Kleinlich-
keitssinn, aus Jämmerlichkeiten aller Art und gänzlicher
Erstorbenheit nationalen Sinnes nach seiner Erlösung
ächze. Sie wollte aber einen großen Mann als solchen
nach seinen Absichten beurtheilt und gerechtfertigt
wissen. — — „Wenn Herkules den Stall des Augias
reinigte, so war Das sein Zweck," sagte sie. „Was
will denn aber dieser Buonaparte? — Sich selbst will
er, seinen Ruhm, seine Macht und nicht die Wohlfahrt
der Welt. Und sollte dabei durch höhere Fügung der
Stall des deutschen Reiches seines alten Unrathes los
werden: so ist doch Napoleon darum nicht der Herkules,
sondern — der Großknecht eines höhern Herrn. — Wer
bemerkte doch neulich, Buonaparte sei der gewaltige
Zertrümmerer der elenden Staatsgefäße, in denen die
Gottheit das Heil ihrer Völker nicht mehr bereiten könne.
Recht schön! Aber warten wir's erst ab, ob er die zer-
schlagnen Staatsgefäße nicht etwa zu Familienpokalen
umschmelzt, mit einem großen N. auf dem Deckel als
Griff. Nein, ich halte mich an Eure Bibel, wo es
heißt: „„Es ist nothwendig, daß Aergerniß in die Welt
komme, doch wehe dem Menschen, der Aergerniß gibt!"""

Nicht selten fand sich an diesen Abenden auch Graf Stadion ein. Es war eine seiner Eigenheiten, so leise durch eine Seitenthür einzutreten, daß er bei lebhafter Unterhaltung oft eine ganze Weile unbemerkt blieb. Nur dem Auge der Hausfrau entging er gewöhnlich nicht, und sie fand es zuweilen geeignet, ihn durch ihr Guten Abend! bemerklich zu machen. — — „Eure Excellenz," rief sie heut, „lieben es, als Minister des Innern zu erscheinen. Das Aeußere pflegt mit etwas Geräusch auf= zutreten."

„Verzeihung!" erwiderte er lächelnd und mit begrüßen= der Verneigung, — „das Geräusch ist mir voraus ge= kommen. Wurde nicht eben sehr lebhaft verhandelt?"

„Nur Börsenlärm, lieber Graf!" erklärte Frau von Arnstein, „Geräusch der Baisse an der Pariser Börse. Die Eylauer Sieges=Bülletin's des großen Kaisers beben noch immer nach und lassen kein rechtes Vertrauen auf= kommen."

„Sehen Sie, — selbst in Paris kein Glaube mehr!" rief Stadion mit lächelndem Eifer. „Aber nicht bloß die Papiere, — auch Industrie und Luxus finden sich dort sehr niedergeschlagen, und — was noch mehr ist — die Armee ist niedergeschlagen. Begreiflich! Sie schlagen sich dort um einen Boden, auf dem nichts wächst, diese übermüthigen Bataillone, die sich auf ihrem Zuge durch Deutschland in den warmen Quartieren verwöhnt haben, wo ihnen Schwarzbrot und Bier nicht gut genug ist, und denen nun unter nordischem Schneegestöber begreiflich gemacht wird, daß sie auch können geschlagen werden."

Graf Karl von Harrach, der Sonderling, der höchst selten seinen Studien und ärztlichen Bemühungen um arme Kranke ein Stündchen für geselligen Verkehr abgewann, fiel mit leiser, angenehmer Stimme ein:

„Ich halte den Ausgang des Kampfes bei Eylau nicht, wie unsere jubelnden Wiener, für eine eigentliche Niederlage der Franzosen. Es ist aber gut, wenn Napoleon an sich selbst ein wenig irre wird und vielleicht auf den Gedanken kommt, daß der, den alle Welt haßt, auf die Dauer nicht über alle herrschen kann. Ich selbst fühle mich heut weniger gekränkt, als ich es seit Monaten war, so erhebt mich diese Betrachtung."

„Sie haben es errathen, bester Graf," nahm Stadion wieder das Wort. „Napoleon hat einen so gewaltigen Eindruck empfangen, daß er nach der Schlacht seinen Bertram an den König von Preußen nach Memel mit Friedensanträgen geschickt hat. Er will den König in seine Staaten zurückführen, und ihn den ihm gebührenden Rang wieder einnehmen lassen. In der Noth verspricht man. Aber es bestätigt mich, neben anderen Wahrnehmungen, in der Ueberzeugung, daß an eine dauernde Herrschaft der Franzosen über uns nicht zu glauben ist. Der Herrscher hat zu wenig den Sinn eines Königs; alles scheint nur darauf berechnet, einen unsichern Emporkömmling durch Benutzung jedes niedrigen Interesses zu befestigen. Was mir aber augenblicklich noch erfreulicher ist, so wissen wir ja nun gewiß, daß der König von Preußen den Friedensantrag ohne weiteres abgelehnt hat. Es ist auch Zeit, daß Preußen die Welt wieder an Worthalten und Allianztreue gewöhne. Und vielleicht ist das Rechtschaffene, wie wohl meist in der Welt, auch diesmal das Klügste gewesen. Denn es kam gewiß diesem Napoleon nur darauf an, Preußen von seinem russischen Verbündeten zu trennen. Nun mag er es lieber mit dem Kaiser Alexander versuchen, und — hat vielleicht bessere Aussichten dort!"

„Mir ist es nur lieb," wendete Frau von Arnstein mit Lebhaftigkeit ein, „daß er nun wohl seine Vergötterung noch aufschiebt. Denn wie er an sich selbst glaubt, erwartete ich nichts andres, als daß er sich noch würde anbeten lassen als das große Ich der Welt."

„Prächtig, Frau Baronin!" lachte Stadion. „Aber, was fällt mir ein! Wie wunderbar trifft Ihr Welt-Ich mit dem absoluten Ich unseres Philosophen Fichte zusammen — gerade in Berlin? Was sagen Sie dazu, Herr von Osthoff? Wäre Napoleon vielleicht nur gekommen, um mit seiner Weltmacht die Weltlehre des deutschen Philosophen zu bestätigen? Er ist ja absolut genug!"

„Gewiß nicht, Excellenz!" antwortete Walther. „Fichtes Ich will ja die Welt aus sich hervorbringen, jener aber sie verschlingen. Hoffentlich bringt er damit aber alle Nicht-Iche gegen sich auf und geht daran zu Grunde. Glücklicherweise sind auch beide derbe Gestalten, Kaiser und Philosoph, noch nicht zusammengestoßen."

Der Minister gefiel sich darin, gegen Walthern, mit der Miene wissenschaftlicher Vertraulichkeit, ein philosophisches Blättchen auszuspielen. Dazu bot Fichte damals, durch die eigenthümliche Ausdrucksweise seiner Weltanschauung, geistreichen Männern, die ihn mehr beim Wort, als in seinem Tiefsinne nahmen, einen leichten Anlaß zu einem leichten Scherze. Indem Walther artig genug darauf einging und erwiderte, fand die ernste Unterhaltung ein heitres Ende.

Der Graf von Harrach verlor sich zuerst aus der Gesellschaft. Frau von Arnstein winkte Walthern zu sich heran, ihn zu fragen ob er den Grafen kenne. — „Ich habe versäumt," sagte sie, „Ihnen einen so interessanten Mann näher zu bringen. Seiner abweichenden Lebensrichtung halber gilt er unter seinen Standesgenossen für einen Sonderling. Ich möchte ihn lieber, mit Bezug auf seine edle Thätigkeit, einen sonderbaren Heiligen nennen. Er hatte Rechtswissenschaft und Heilkunde studirt. Mit ersterer wurde er Regierungsrath in Prag, legte aber die Stelle nieder und kehrte zur

Medizin zurück. Unter unserm berühmten Arzte Franke und auf Reisen nach Frankreich und England bildete er sich aus, und widmet sich jetzt als Arzt den Armen, den Krüppeln, den Lahmen und den an der Fallsucht Leidenden. Er verschreibt aber nicht bloß Medizin, sondern auch Wohlthaten, spendet Geld, sorgt für Wohnung, Wein und Bekleidung, soweit das Einkommen von sechstausend Gulden eines unverheiratheten und genügsamen Mannes zureicht. Er ist Deutschordens-Comthur; Sie müssen ihn aber gelegentlich über die Vorurtheile des Adels scherzen hören. Als Mann von Verstand und Bildung haben Sie ihn wohl gleich erkannt; doch werden Sie ihn auch in der Literatur zu Hause finden, mit Naturwissenschaften und Philosophie beschäftigt, und um was ich ihn über alles schätze: er hält in unserm genußsüchtigen Wien an höheren Lebensansichten fest."

Walther versprach ihr den Grafen aufzusuchen; dann sagte er lächelnd mit Empfindung:

„Darf ich mich nicht glücklich preisen, gnädige Frau, daß ich auf der Suche nach einem verlornen Mädchen so viel herrliche, vollendete Menschen finde?"

„Noch eine Bekanntschaft bin ich Ihnen schuldig, lieber Osthoff," erwiderte die Baronin: „Sie wünschten unsere vortreffliche Sängerin Milder kennen zu lernen."

„Ach! Sie hätten das vergessen sollen!" rief Walther sichtlich befangen.

„Vergeſſen? Und warum das, Herr von Oſthoff?“

„Könnten Sie nicht von mir denken,“ lächelte er, „ich ſuche nicht bloß die Tochter meines Herrn Dammers, ſondern — möchte wohl auch die Wege verſuchen, auf denen er — einen ſo ſchönen Gewinnſt gemacht hat.“

Worauf die Baronin lachend verſetzte:

„O nein, mein Freund. Dieſe Wege würden Sie ſchon beſſer in Berlin gefunden haben.“

Von der Erinnerung betroffen, die ihm bei dieſem Lachen aufſtieg, ſagte er mit verrätheriſchem Eifer:

„Glauben Sie mir, verehrte Frau, es war nie mein Hang, mit Bühnenkünſtlern überhaupt perſönlichen Um= gang zu haben. Die Illuſionen, die man aus dem Theater mit in ihre Wohnungen bringt, machen da gar ſelten einen vortheilhaften Tauſch an den Erinnerungen, die uns von da wieder vor die Bühne begleiten. Man darf bei ſeiner Hingebung, wenigſtens an die ſchönen und edeln Rollen eines poetiſchen Stückes, ja nicht dahin kommen, daß man die wirkliche Perſon von ihrer idealen zu unterſcheiden weiß: es iſt dies auch ein Apfel vom Baume der Erkenntniß, der uns um das Paradies des Genuſſes bringt, oder es uns doch leicht verkümmert.“

„Wer weiß,“ erwiderte ſie, „ob man nicht gerade dieſes Unterſchieds inne werden muß, wenn man die Kunſt des Schauſpiels genießen will. Sie ſcheinen es im Theater mehr auf die Poesie des Stückes abzusehen. — — — Doch, meine Freunde brechen auf! In einigen Tagen ladet meine Schwester Eskeles die Milder zu einem geselligen Abende. Ich werde meiner Cäcilie sagen, daß man Sie den Abend wissen lasse."

Der Erste, der sich bei der Baronin empfahl, war der Minister. — „Aus Ihren gemüthlichen Abenden, meine Gnädige," sagte er, „nehme ich immer eine Stimmung mit, die mir eben, bei zufälliger Erwähnung Göttingens, klar geworden ist. Sie erinnert mich an die angenehmsten Stunden meiner dortigen Studienzeit. An den Sonntagen im Winter, oder bei schlechter Witterung, baten die Freunde sich schon Nachmittags zum Kaffee. Man scherzte, man schäkerte, man erzählte sich von den Sitten der Heimath, von den Professoren, von den Collegien, und setzte sich dann über eine Menge Dinge durch gemeinschaftliche Ergänzung in's Klare. Sittsame Stille, häusliche Geselligkeit und ein Privatfleiß, der schon in den frühesten Morgenstunden begann, waren der herrschende Charakter des Göttinger Studentenlebens von damals. Sie sehen, die Umstände können nicht verschiedner sein zwischen dort und hier: dennoch —."

„O ich begreife das, lieber Graf," unterbrach sie ihn. „Die Stimmungen unseres Gemüths sind einfacher, als die Wechselfälle des Lebens: unser Gemüth gleicht einem Instrument, einem Streicher'schen Flügel, auf dem

die verschiedensten Hände dieselben Akkorde hervorrufen
können."

„Vortrefflich!" erwiderte er, und indem er sich ver=
neigte, sagte er weggehend:

„Leider wird dieser Krieg sehr störend für Göttingen
werden, jene gemüthlichen Stündchen werden dahin sein,
fürchte ich."

„Und der Kaffee sehr theuer, Excellenz!" rief sie ihm
nach. „Die Studenten werden sich an's Bier gewöhnen."

Neuntes Kapitel.

Eines heitern Mittags nach Tische hatte Walther sich in der Sophaecke niedergelassen und durchblätterte ein Päckchen literarischer Neuigkeiten, das er eben aus der Schaumburg'schen Buchhandlung erhalten hatte.

Er erwartete den Pater Spiridion und vermuthete Nachrichten über Rosa Cornari. Der Geistliche war ihm nämlich begegnet und hatte sich zum Besuch angekündigt.

In einem Makulaturbogen, der zum Umschlage der Bücher gedient hatte, fiel ihm eine Stelle in's Auge und veranlaßte ihn zu Betrachtung der Lage Oesterreichs nach dem Frieden von 1805.

Vielleicht war mit einer Macht über noch 24 Millionen Menschen der erlittene Verlust an Quadratmeilen, Einwohnern und Einkünften noch zu verschmerzen. Das reiche Ungarn, das herrliche Oesterreich, das fruchtbare Galizien und ergiebige Böhmen waren dem Kaiser noch geblieben, und konnten, mit thätiger Klugheit verwaltet,

das Verlorne ersetzen. Nur für Tyrol, den Schlüssel
zu Italien, das Bollwerk für Deutschland, gab es keinen
Ersatz, so wenig als für Venedig und für die festen
Plätze am abriatischen Meere, an die sich der so viel=
versprechende Seehandel Oesterreichs angeknüpft hatte.
In Italien war Macht und Einfluß verloren, in Deutsch=
land nur noch der Kaisertitel geblieben und stand vielleicht
für einen nächsten Krieg auf dem Spiel. Wie zerrüttet
sah es aber um die Finanzen aus, wie gesunken war
der alte Ruhm der Armee! Die Contributionen hatten
das Privatvermögen erschöpft, und welche Aufgabe blieb
es noch für den Minister Stadion die Völker der Mo=
narchie aus dem tiefsten Mißmuthe zur Begeisterung
für das Vaterland zu erheben! — —

Ein anderes Umschlagblatt aus der „National=
Chronik der Teutschen“ — es war vom 26. November
1806 — lenkte Walthers Betrachtung von Oesterreich
auf Deutschland. Die Stelle lautete:

„Es ist unsere politische Einheit unwiederbringlich
untergegangen; wollen wir uns nicht darüber trösten,
indem wir uns auf die fortdauernde Einheit des
Geistes und des Sinnes die Hände reichen? Lassen
wir die Bande fallen, die den äußern Menschen bisher
in Reihe und Glied gehalten haben; es gibt ein unsicht=
bares, heiligeres Gebiet, in dem wir alle wohnen, und
in dem es uns allen wohl sein kann. Jeder arbeite

nach seiner Gabe und in seiner Weise daran, daß unsere Abstammung und unser Name in Ehren bleibe durch intellectuelle und moralische Cultur, und daß man uns alle erkenne an gleichförmigem Streben nach demselben Ziele der Vollkommenheit. Dadurch wird dann der Name des Teutschen in der Geschichte der Menschheit herrlicher glänzen, als durch Waffenruhm und Eroberungen, und die Nachwelt wird die Hoffnung des trefflichen Dichters erfüllt sehen, der in diesen Tagen der erschütternden Gährung am Altare des Vaterlandes gesungen hat:

> „Blick' auf, o Vaterland! in deiner Mitte
> Drängt sich verwirrend ein der Zwietracht Geist;
> Vom Lärm des Krieges schallt Palast und Hütte,
> Der Deutschen Einheit altes Band zerreißt.
> O fremd war längst die vaterländ'sche Sitte,
> Von fremder Thorheit ihre Brust umkreist,
> Längst trauernd um Teutoniens Geschlechte
> Erhob dein Schutzgeist warnend seine Rechte.

> „Doch wenn die Völker sich im Kampf vermengen,
> Und neue Herrschaft aus den Trümmern steigt,
> Die Grenzen hier sich weiten, dort verengen,
> Dem Ruf der Macht das irre Chaos weicht;
> Bleibt doch der Ruhm unsterblichen Gesängen,
> Kein Staub hat ihre Tempel noch erreicht,
> Und deutsche Kunst und Sprache wird man ehren,
> Wenn Zeit und Völker wechselnd sich zerstören!"

Walther schüttelte den Kopf, indem er, das Blatt durchreißend, ausrief:

„Schöne Worte, aber voller Selbsttäuschung! Schlechter Trost durch Ergebung in öffentliche, in nationale Schmach! — — „Deutsche Kunst und Sprache“ — nun ja, wie lang wird man sie denn ehren, wenn wir, abhängig von fremden Völkern, in die Mißachtung oder Gering= schätzung der Welt fallen? Ja, noch bilden große Er= innerungen einen fruchtbaren Boden für geistiges Schaffen: wie bald aber wird er in die Brache fallen, wenn er nicht von politischem Leben erneuert, befruchtet und be= arbeitet wird, und wenn mit dem nationalen Bewußt= sein auch der Stolz und Muth des Genius und der Talente dahin sinkt!“

Er schob mißmuthig das Bücherpack zurück und sank nachdenklich, nachträumerisch in die Kissen des Polster= sitzes.

Ueber eine stille Weile trat leise die Hausmagd herein. Sie erschrak, als sie ihn so bequem, wahr= scheinlich mit geschlossenen Augen, liegen sah.

„O bitt’ um Excüs!“ sagte sie. „Ew. Gnaden wollten gewiß a bißl nahzen?“

„Ich mache kein Mittagschläfchen,“ sagte er kurz. „Was gibt’s?“

„Unten ist Jemand, der mit Ew. Gnaden Vornamen anfragt.“

„Gut! Ich sagte ja, solch’ ein Freund wird gleich

vorgelassen," erwiderte er. — „Es wird Einer mit einem großen, weißen Barte sein."

„Ew. Gnaden Beichtvater, denk' ich, wird's sein. Der Bart ist gewiß im Beichtstuhl so blaß geworden, — vor Schreck!"

Kichernd eilte sie fort, und Walther lächelte über seine Unbeholfenheit gegen den Ton der Wiener Dienstboten, die mit allen Respectausdrücken doch so vertraulich thaten.

Pater Spiridion trat ein, und wurde von Walthern mit beiden Händen empfangen, indem er sagte: „Ich hatte eben recht das Verlangen nach etwas Erfreulichem."

In der That freute sich Walther des Greises, selbst auch ohne den Gedanken an gute Nachrichten, die er ihm brächte. Er führte ihn bequem zu sitzen, und bot ihm Kaffee an. Als dieser abgelehnt wurde, sagte er:

„So trinken wir eine Flasche Wein, hochwürdiger Vater, und plaudern ein Stündchen mit einander."

„Kapuzinerholz?" lächelte der Mönch. „Doch den Ausdruck für Wein verstehen Sie wohl nicht. In unsern Klöstern, wissen Sie, zieht das große Refectorium unter den bewohnten Mönchszellen hin, die ohne Oefen ihre spärliche Erwärmung durch eine kleine Oeffnung im Fußboden aus dem geheizten Saal empfangen. Wir Mönche verschmähen darum kein Glas Wein, womit wir nachzuheizen suchen."

„Brav!" lachte Walther. „Und in Ihren Jahren brauchen Sie des besten Holzes, das rechtschaffenen Brennstoff hat: Brennstoff von Rebenholz. Nun aber, Pater — was wollen wir trinken? Sie haben die Wahl!"

Walther ahnte nicht, wie sehr an seiner Fröhlichkeit das Herz des Greises sich erleichterte.

Spiridion hatte früher manche zweifelhafte Kloster= angelegenheit klug und geschickt zum Ziele geführt: als Diplomat des Herzens aber, wie er heut', wenn auch ehrlich der Absicht nach, doch zweideutig in Worten er= scheinen sollte, — Das lag ihm drückend in der Seele. Lächelnd reichte er Walthern die Hand, indem er mit bewegter Stimme sprach:

„Annehmen, mein wohlwollender Herr, ist der wahre Dank für eine aufrichtige Gabe! Ich habe seit vielen Jahren keinen Rheinwein verkostet. Den Rheinstrom habe ich auch noch nicht gesehen, so sehr ich in meinen besten Jahren mich darnach sehnte. Nun denken auch Sie hier aus der Ferne, gewiß nicht ohne etwas von Heimweh, dorthin — an den Rhein: sehen Sie, da ist wohl Rheinwein indicirt, wie's die Aerzte ausdrücken."

„Ganz offenbar, guter Pater!" rief Walther, „und da ich auch eine gute Apotheke dafür kenne, wo der kost= bare 83r echt gehalten wird: so lassen Sie mich nur gleich ein Recept dafür verschreiben!"

Er warf einige Zeilen auf ein Blättchen, klingelte, und schickte die Aufwärterin damit nach seinem früheren Gasthofe zum Römischen Kaiser, die Flaschen mit zwei grünen Rheinweingläsern eilig zu holen. Dann fuhr er fort:

„Sie sollten aber Ihre alte Sehnsucht nicht für abgethan betrachten, lieber Pater! Oder, was hinderte Sie, den Rhein noch zu besuchen? Dort gibt's noch Klöster und — freundliche Menschen!"

Nach einiger Ueberlegung antwortete der Mönch:

„Bei meinem Aufenthalt in Rom, auf der Hierherreise, habe ich Schritte gethan, mich säcularisiren zu lassen, heißt das, als Weltgeistlicher zu leben. Ich habe Hoffnung, daß es gewährt wird, und dann könnte ich schon leichter an Reisen denken. Was werden Sie aber von einem so alten Manne sagen, der sich die Welt zugänglicher machen will, in Jahren, da er sich noch mehr zurückziehen sollte? Und ich hatte mich auch in solche Vereinsamung längst gefunden. Nach so vielfachen Erwartungen der Jugend und Bestrebungen in männlichen Jahren; nach den Erfahrungen, heut' gefördert, morgen gehemmt, oft auch ganz getäuscht zu sein, war ich zur Beruhigung gekommen, daß unsere Seele den sichersten und dauerndsten Anhalt nicht in der Weite einer bewegten Welt, sondern an der Stelle und Stille finde, wohin sie gesetzt ist, und wo sie bedächtig und beschaulich in der Wärme des Gemüthes die wohl- und wehthuenden Mächte des Lebens ausgleichen und versöhnen kann. Pax vobiscum! wie oft habe ich Das vom Altar in die Gemeinde gerufen, und nun wage ich mich noch einmal selbst in den Kampf der Weltlichkeit?"

„Das ist unter Umständen eine selbst in jüngern Jahren sich gar einschmeichelnde Empfindung, die Sie eben ausgesprochen und die ich vor Kurzem selbst erfahren habe," erwiderte Walther; „doch zu einer Ueberzeugung, zu einem Lebenszwecke darf sie nicht werden. Wir gehören nicht in's Reich der Pflanzen, die nur festgewurzelt gedeihen. Eingeordnet in die bewegte Gemeinschaft mit den geistigen und sinnlichen Gliedern des Weltalls finden wir unsern Werth, unser Glück und unsere Vollendung nur im rechten Einklang und Wechsel unserer Beziehungen zum Innern und zum Aeußern — zur Gedanken- und Sinnenwelt. Der Mensch, auf sein eignes Innere zurückgezogen, verliert sich selbst; denn sein Inneres ist unergründlich, weil es aus dem Ewigen quillt. Schon die abgeschloß'ne Luft, ein ausgeschöpfter Wassertropfen verdirbt außerhalb der Verbindung mit der Atmosphäre und dem bewegten Gewässer. Dagegen wird aber auch alles ausschließende Streben nach dem Aeußern ohne Bezug auf das Innere, Geistige zu einem bloßen Schein, und zerfließt im Glanze des Weltlichen in sein verblassendes Nichts."

„So hab' ich mir freilich die Abwechslung von Einsamkeit und Gesellschaft gern mit dem Wechsel von Nacht und Tag, von Winter und Sommer verglichen," lächelte der Pater.

„Und von Kampf und Frieden," fiel Walther ein. „Jede Beziehung zum Aeußern führt uns in Kämpfe, wären es auch nur Scharmützel, und Frieden finden wir nur in uns selbst durch eine höhere Anschauung der Dinge, oder durch ein höheres Unternehmen, das unsere Entzweiung mit dem Leben löst." — —

Unter so ernsten Verhandlungen brachte die Aufwärterin den Wein, und die Hauswirthin hatte Gucklhopf und Riebieselkuchen beigefügt. Während Walther eine Flasche öffnete, und die runden grünen Gläser füllte, scherzte, seines ängstlichen Vorhabens ganz vergessend, der Pater:

„So hätte ich denn freilich als Mönch eine allzulange Winternacht — wenn auch nicht immer ohne Mondschein des gesellschaftlichen Verkehrs — überstanden, und der Tag, der mir durch meine Verweltlichung anbräche, würde für meine Zukunft nur noch trüb und kurz ausfallen. Mein Bart ist weiß geworden, und erinnert mich an die langen, blassen Kartoffelkeime, die gegen das Frühjahr nach dem Licht der Kellerfenster treiben. Mein Frühling liegt ja dort oben!"

Lachend bot ihm Walther ein gefülltes Glas und stieß
mit ihm an:

>„Bekränzt mit Laub den wonnevollen Becher,
und trinkt ihn fröhlich leer!"«

„Auf die Dauer der wechselnden Zustände von innerlichem
und äußerm Leben, von Kampf und Frieden kommt es
allerdings an," sagte er, „wieviel sie von Segen oder
Unsegen entwickeln. Schon die Uebergänge sind mit
Widerwärtigkeiten verknüpft, wie ja schon die Tag- und
Nachtgleichen des Jahres von Stürmen begleitet werden.
Wieviel hat nicht unser liebes Deutschland während des
längeren Friedens vor der Revolution, inmitten des
anmuthigen, genußreichen Lebens, an höheren Werth-
schaften eingebüßt! Wie ist es gesunken — vorab in
Edelmuth, Gemeinsinn, Vaterlandsliebe und nationalem
Selbstgefühl! Und wenn wir in unserer jetzigen Schmach
und Erniedrigung, unter der Fremd- und Franzosen-
herrschaft, irgend einmal aufathmen wollen, so müssen wir
den Gedanken fassen, es sei der Sturm vor einem neuen
Frühling, um die elenden, saftlosen Auswüchse im Staat,
in der Kirche und in der Gesellschaft zu brechen, und neue
Triebe am großen Stamm der Nation hervorzutreiben."

„Darauf ein volles Glas, edler junger Freund!"
rief der Pater. „Heißt es nicht auch in dem von Ihnen
angestimmten Liede:

>„Am Rhein, am Rhein, da wachsen unsere Reben,
Gesegnet sei der Rhein?"«

Also denn, daß der herrliche Strom bald wieder seiner linken Seite genese, an der ihn ein harter Schlag getroffen hat! Und zugleich darauf, daß es Ihnen wohl und nach Wunsch ergehe, in der schönen Zukunft, die Sie noch vor sich haben — am Rhein, am Rhein!"

Er stieß an Walthers Glas und dieser gab es mit den Worten zurück:

„Und daß Sie, ehrwürdiger Vater, dahin kommen und der Rhein auch Sie leben lasse! Mit diesem harten Gewande werden Sie auch die Klosteransicht ablegen, als ob der vereinsamte, der klösterliche Mensch sich der Gottheit näher und angelegener fühlen dürfe. Nein, in der sittlichen Gliederung des Familienlebens sollen wir alle die bedeutungsvollen Wechselfälle des Daseins bestehen, die nur am Herbaltare die Weihe eines höheren Friedens empfangen. — Und darauf das dritte Glas, Pater, mit den Worten jenes Liedes:

>„„Und wüßten wir, wo Jemand traurig läge,
>wir geben ihm den Wein!""

Betroffen und feierlich erhob sich der Mönch, faltete über der Brust die Hände, und sprach bewegt:

„O ich weiß Jemand!"

Walther war von diesem, obgleich unerwarteten Ausrufe doch weniger betroffen, als der Mönch selbst. Ein Gespräch, wie es sich dem gelehrten Lector lange nicht geboten, und ein Wein, wie er ihn wohl eben so lang nicht gekostet, hatten ihn der Aengstlichkeit überhoben, mit der er gekommen war. Nun plötzlich erinnerte er sich der Großnichte und ihres Zustandes; die Empfindung davon war ihm entschlüpft, und es quälte ihn nun, daß er genöthigt war, dem Manne, der ihm so kostbaren Wein und edle Gesinnung eingeschenkt hatte, mit Rückhalt und Zweideutigkeit zu erwidern.

Walther nahm den Ausruf im Wortsinne, und erbot sich der Demoiselle Korn, wenn sie die Kranke sei, so= gleich eine Flasche des Weines zu schicken.

„Verzeihen Sie, mein lieber junger Freund!" ent= gegnete Spiridion. „So wörtlich war's nicht gemeint. Ich hatte der Absicht meines Besuches gänzlich vergessen, bis Sie der sittlichen Gliederung des Familienlebens gedachten. Jetzt fiel mir meine arme Großnichte, unsere liebe Rosa, ein. Arm sage ich — weil sie entfernt — von ihren Angehörigen ist. Wir haben Nachricht von ihr —."

„Haben Sie?" rief Walther. „Nun?"

„Sie ist von ihres Vaters Andenken und Gunst dankbar gerührt," fuhr der Mönch aufathmend fort. „Sie nimmt es für ein Glück vom Himmel, daß sie sich in Stand gesetzt sieht, die Baronin verlassen zu können, gegen die sie jetzt — ich weiß nicht welche Be= denken gefaßt hat. Obgleich wir ihr nun nicht rathen können, ihre seitherige Gönnerin auf den Stutz zu ver= lassen: so sehen wir uns inzwischen doch nach einer bequemeren Wohnung oder Erweiterung unserer jetzigen um; worin auch ich eine weltliche Zelle fände, sobald ich den Klosteraufenthalt verlasse. Sehen Sie, so träte ich denn auch noch in eine Familiengliederung, Kutte und Bart abgelegt."

Walther sprach seine vergnügte Zustimmung aus. — „Da sind denn gleich erweiterte Einrichtungen zu machen," sagte er, „und ich werde daher anordnen, daß die laufenden Zinsen von dem beim Banquierhause angelegten Kapital einstweilen an Demoiselle Korn, für Rechnung ihrer Nichte Rosa Cornari, ausgezahlt werden. Die Zinsen laufen seit Anfang des Jahres; und so ist gleich ein kleiner Beitrag zur ersten Einrichtung vorräthig."

Der Pater war einigermaßen bestürzt: in der Maße Walthers Anbieten ihm willkommen war, fiel ihm Das schwerer, was er noch auf dem Herzen hatte. — „Was bedenken Sie, guter Vater?" fragte Walther.

„Wahrscheinlich, hoffentlich etwas Ueberflüssiges," lächelte der Mönch verlegen. „Sie müssen mir vor allem auch die Bedingungen, die Voraussetzungen mittheilen, die der allzugütige Herr Dammers etwa —."

„Sie meinen damit —?" fiel Walther ein.

Worauf der Pater, sichtlich befangen, fortfuhr: „Was Herr Dammers vielleicht wegen der Würdigkeit der Beschenkten, —. Mißverstehen Sie mich nicht, edler Freund! Ich habe keine Zweifel über unsere Rosa: doch der Papa kennt sie nicht, und — es sind oft gewisse Vorbehalte an solche Schenkungen geknüpft. Die Väter solcher Töchter, wissen Sie, nehmen es oft mit dem Kind um so strenger, als sie es leicht mit der Mutter genommen haben."

„Sie kennen Herrn Dammers nicht, ehrwürdiger Pater!" versetzte Walther. „Es wird ihn höchst erfreuen zu hören, daß seine Schenkung ein Schmuck der Tugenden seiner Tochter sei; er war jedoch — wie er das Leben und seine eigne Vergangenheit kennt, nicht ohne Besorgniß, daß ein so schön begabtes Wesen, zumal auf der Bühne jugendlich ausgestellt, gar leicht auch in eine Herzensverirrung fallen könnte. Für solches Unglück sollte dann seine Schenkung eine um so dringendere Hülfe, vielleicht eine Rettung sein. Das Kapital freilich wäre dann festgehalten worden, um als Hülfsquelle flüssig zu bleiben. Es mag nun auch beim Banquierhause stehen bleiben, bis Rosa eine gute Verbindung schließt, zu der es ihr dann als Aussteuer überliefert wird."

„Also hat der Vater auch mit der Hand seiner Tochter keine besondern Absichten?" fragte der Mönch.

„Durchaus nicht," antwortete Walther, „Herr Dammers hat ja zu leidige Erfahrungen an des eignen Vaters Absichten gemacht, denen er Rosa's Mutter opfern mußte."

In freudiger Unruhe erhob sich der Mönch, indem er, Walthern die Hand bietend, sprach:

„Mißverstehen Sie mich ja nicht, in meiner vor=
sorglichen Bedächtigkeit! Allerdings kenne ich Herrn
Dammers nicht: ich hätte ihn aber schon nach seinem
vortrefflichen Neffen messen können."

Er schüttelte Walthers Hand, und griff dann nach
den umherliegenden Büchern und Schriften mit den
Worten: „Erlauben Sie dem Lector —!"

Walther überlegte, ob er nicht jetzt doch lieber das
Mißverständniß wegen seines Namens und der vermeint=
lichen Neffenschaft lösen sollte. Ehe er aber zu Worte
kam, rief Pater Spiridion lebhaft aus:

„Mein Gott, welche Schätze haben Sie hier liegen!
Mit welchen hohen Geistern haben Sie sich umgeben,
und halten Gemeinschaft mit ihnen!"

„Ja, guter Vater!" erwiderte Walther mit Empfin=
dung, — „meine Klosterbrüder. Sie bilden die Gesellen
meiner einsamen Stunden. Und es gibt keine besseren.
Sie schweigen, sobald man sie schließt, wie die Carthäuser,
sie reden, wenn man sie öffnet, wie die Missionäre des
Wahren, des Schönen und Guten; es verdrießt sie nicht,
wenn man sie eine Zeitlang bei Seite setzt; sie halten
sich gegenwärtig und wollen doch beschworen sein, bevor
sie sich mittheilen. Sie gehen auch mit Ihnen, Pater,
wenn Sie die Bekanntschaft des einen oder andern machen
wollen, sie gehen mit Ihnen in's Kloster."

Mit dankbarem Lächeln reichte ihm der Pater die Hand, indem er scherzend sagte:

„Sie halten mich also für keinen Groß-Inquisitor? Vielmehr bin ich begierig, wieweit Sie mich noch zu bekehren brauchen, wenn Sie mir ihr Glaubensbekenntniß thun. — — Sie machen mich sehr glücklich, Herr von Walther! Wieviel von den Eroberungen der deutschen Denker und Dichter ist mir in Italien noch unbekannt geblieben!"

Er machte nun seine Wahl, indem er ein um das andre Buch öffnete und die Titel der ihm unbekannten mit fragendem Tone las.

„„Hermann und Dorothea,"" von Goethe? —

„Nehmen Sie Das gleich mit!" rief Walther: „es führt Sie in rheinländisches Leben ein, und hat die Sympathie dieser guten Stunde und der Zukunft."

Freundlich nickend legte der Mönch das Büchlein bei Seite und öffnete: Schelling, „Von der Welt-seele?" „Aha!" rief er, „zum Dichter ein Philosoph! — Welche Festtage bereiten Sie mir, mein edler Freund! — — „Nathan der Weise!" Dies kenne ich schon, und besitze es von früher, — gegen mein Gelübbe! Sehen Sie, Geld und Schmuck darf der Kapuziner nicht besitzen; die drei kostbaren Ringe Nathans aber habe ich mir doch heimlich an's Herz gesteckt, und den einfältigen Klosterbruder zum Hüter darüber gesetzt."

„Gut, daß Sie gleich alle drei genommen haben!" sagte Walther. „Sie haben dann jedenfalls den rechten darunter."

„Den rechten?" lächelte der Pater, und man konnte ihm am Strahle des Auges, an den rosigen Wangen über dem weißen Bart die Aufregung des Weins und Gespräches ansehen. — Den rechten wird doch jeder tiefer forschende Mensch für sich selber schmieden. Jede heilige Ueberzeugung, vor allen der religiöse Glaube, ist ein Einsiedler, der keiner Gemeinde angehört.

Walther, ebenfalls merklich aufgeregt, rief fröhlichen Tones:

„Das sagen Sie? Und fürchten nicht, als keiner Gemeinde angehörig, dereinst ohne Heimathschein hinüber zu kommen?"

Worauf der Mönch mit anmuthigem Lächeln versetzte:

„Dort, denke ich, sind wir ja daheim und gar nicht abzuweisen. Auch ist Alles klar, offen und durchsichtig ohne papierne Verhandlungen. Glauben Sie nicht? Oft fragte ich mich schon, ob wohl die Schreibseligen sich auch selig fühlen werden, wo's keine Gänsekiele mehr gibt? Am Ende werden wohl die guten Deutschen am wenig= sten mit dem Himmel zufrieden sein, besonders die aus Preußen, wo so viel geschrieben wird, wahrscheinlich weil Schwarz auf Weiß die Hof= und Landesfarbe ist."

Lachend setzte Walther hinzu:

„Und die Theologen, — was werden die entbehren, wenn über die Frage der Offenbarung nicht mehr zu streiten ist, weil's dort keine Geheimnisse mehr gibt, und alles offenbar liegt. Und noch eine Legion närrischer Gesellen sehe ich in Gedanken, denen der liebe Gott aus seiner unerschöpflichen Güte ein Schmollwinkelchen lassen wird, wo sie einander leise in's Ohr — „Herr Geheimerath" tituliren werden."

Unter schallendem Gelächter umarmten beide Zecher einander. Ihre Gespräche waren ihr Rausch. Dann schenkte Walther wieder ein.

„Noch ein Glas auf Ihre baldige Verweltlichung!"

„Sie Spötter!" drohte der Pater. „Trinken jetzt noch, wo Sie mich so ungeistlich gesehen, — auf meine Verweltlichung und baldige? Nicht wahr, es ist Zeit, daß ich aus der Kutte komme?"

Er stieß mit Walther an, und fuhr dann, seinen Lendenstrick mit der Linken schüttelnd, fort:

„Ich sprach vorhin von einem Gelübde, dem ich untreu geworden. Kennen Sie die drei hier eingeknüpften Klostergelübde? Zu oberst das der Armuth. Auch Armuth des Geistes mit einbegriffen, indeß ich hier Quellen des Geistes mit mir nehme und ausschöpfe. Ich greife gleich auch noch nach diesem dritten Buche: „Reden über die Religion, an die Gebildeten unter ihren Verächtern?" Eine absonderliche Gemeinde, die der Prediger um sich versammelt. Großer Theolog, dieser Schleiermacher?"

„Und Philosoph!" antwortete Walther.

„Dann wird mir der Name „Schleiermacher" bedenklich," lächelte der Mönch: „ist denn seine Theologie oder seine Philosophie die Nonne? Mir scheint — wenn Theolog und Philosoph Arm in Arm gehen, sind sie nicht immer aufrichtig gegen einander."

„Ich erzähle Ihnen ein andermal von ihm," sagte Walther. „Ich wünschte noch etwas vom zweiten Knoten in Ihrem Strick zu hören. Er bezieht sich auf das Gelübde der Keuschheit, nicht wahr? Hat dies Gelübde auch eine weitere Bedeutung, wie jenes der Armuth?"

„Allerdings," erklärte der Pater, „es schließt auch die Liebe aus. Die Liebe athmet im Banne der Natur, — nicht um ihr zu unterliegen, — darauf zielt das Gelübde — aber auch nicht, um sich von der Natur loszusagen, sondern sie zu sich zu erheben, so daß beide wie versöhnte Schwestern Brust an Brust ruhen. In diesem Bunde sündigt die Liebe nicht, sie erfüllt die göttlichen Absichten in der Welt. Nur gegen die Menschen vergeht sie sich, die der öffentlichen Ordnung wegen Ceremonien zur Anerkennung jenes Bundes eingeführt haben." — —

Ein interessantes Gespräch führte zu naheliegenden Betrachtungen, — wie nämlich auf der einen Seite ein

ceremonienloses Bündniß, wenn auch innerlich durch echte
Liebe geheiligt, doch in der Gesellschaft mit Schmach
belegt werde, und wie andrer Seits die verwerflichste
Vereinigung ohne wahre Liebe durch die bloße Ceremonie
für gerechtfertigt und geweiht gelte.

Das Merkwürdigste dabei war aber, daß beide Männer
in ihrer eifrigen Verhandlung an ein und dasselbe Lebens-
ereigniß dachten, ohne zu ahnen, wie nahe sie einander
auch innerlich standen und das gleiche Interesse verfochten.

Als endlich der Mönch mit seinen Büchern Abschied
nahm, sagte er bewegt:

„Haben Sie Dank für die liebe, glückliche Stunde,
in der ich wieder einmal meiner Kutte vergaß. Ist
mir's doch eben mit dieser Kutte begegnet, wie man in
einem Mittagstündchen des Vorfrühlings die schützende
Decke von einem Treibebeete weghebt, um die zarten
Pflänzchen zu sonnen, die bestimmt sind, in einen andern
Boden versetzt zu werden. In diesem Sinne nehmen
Sie — wenn nicht mit Billigung, doch mit Billigkeit
meine ausgesprochenen Gefühle und Ueberzeugungen auf,
— als bestimmt bald versetzt zu werden. O es ist eine
lange, schwere Zeit, mein edler Freund, in der ich alle
Sprossen des Reinmenschlichen — die keimenden Gedanken, die Triebe des Herzens, die Freuden der Seele
unter dieser Kutte — nur überwintern konnte."

In seiner hohen Stimmung konnte Pater Spiridion sich nicht entschließen, geraden Weges nach dem Kloster zu gehen. Er eilte der Wohnung seiner Nichte zu.

Therese empfing den Lächelnden mit lächelnder Verwunderung. So belebt hatte sie ihn noch nie ankommen sehen. Sie rückte ihm den Sessel hervor, und er sagte, als er sich niedergelassen:

„Du lächelst mich so an, Theresia?"

„Warum soll ich nicht mit Ihnen lächeln?" erwiderte sie. „Was ist Ihnen denn so Angenehmes begegnet?"

„Wir haben alten Rheinwein getrunken," sagte er mit einer gewissen Feierlichkeit, — „just so alt wie ich war, als ich die Priesterweihe empfing. Ich habe einen Spitz, und der hat Dir wunderliche Dinge ausgebellt. Ja, solcher Hochheimer, sage ich Dir, ist ein Befreier der Gedanken, ein Erwecker der Gefühle. Er wurde mir eingeschenkt zur — Vesper, und ich erwachte zur Mette. Wir hatten beide ein Räuschchen und haben uns in's Herz geblickt, uns aus einer höhern Heimath erkannt. — — — O das ist ein vortrefflicher Mensch, der Herr von Walther, — frei und groß in seinem Denken, wohlwollend von Herzen, — nicht aus schlotteriger Gutmüthigkeit, nein mit dem Wohlwollen der Vernunft, die erst recht wohlthätig wird. — — Und nun bring' ich auch Dir einen Freudentrunk aus meiner glücklichen Stunde mit: wegen des väterlichen Vermächtnisses für

Rosa ist alles in Ordnung. Das Kapital liegt bei Banquier von Arnstein und Herr von Walther weist einstweilen die Zinsen an, die Du in Empfang nehmen kannst, laufend von Anfang des Jahres. Das nun schon fällige Quartal sollst Du zur Einrichtung Rosa's bei Dir verwenden. Und es ist gar nichts daran geknüpft, weder von Voraussetzungen für die Vergangenheit, noch von Bedingungen für die Zukunft. Also auch keine Heirath zwischen Vetter und Base."

„Nun ja, Oheim," entgegnete sie, „mein Gedanke hat also nichts Besorgliches mehr für uns: allein er wird durch Alles, was Sie mir von Herrn von Walther sagen, desto reizender als Traum. Sie werden erstaunen, wenn Sie Rosa sehen und sprechen. Jetzt erst entfaltet sich ihre — wie soll ich sagen — etwas zu verknospete Schönheit in voller Anmuth. Und innerlich ist sie eine ganz Andre, — gleichsam eine im Gewittersturm eines Sommertages zeitig gewordne Frucht voll milder Würze."

„Sieh', sieh'!" lächelte der Mönch mit vergnügt gefalteten Händen. „Habt Ihr auch — Hochheimer getrunken?"

„Lachen Sie nicht, Oheim," versetzte sie, „wenn ich berauschte Worte ohne Wein finde. Sie sollen's erleben, daß Sie selbst, wenn Sie demnächst Rosa neben Walthern erblicken, bei sich denken: Welch' ein herrliches Paar wäre das!"

„Warum nicht, wenn's möglich wäre, Theresia —!" antwortete er.

„Nun ja doch," fuhr sie mit einiger Befangenheit fort. „Möglich hat weiten Raum und ist elastisch. Wenn denn Herr von Walther, ein so frei- und hochdenkender Mann ist — — —. Hat denn nicht Mancher schon eine junge Witwe geheirathet, die —."

„Theresia!" fiel ihr der Mönch mit lächelndem Ernst in die Rede, „steure nicht weiter in dieser Richtung. Es ist mit Deinem Compaß nicht ganz in Ordnung und es liegen Klippen und Untiefen da hinaus. Beruhige Dich und laß mich selbst an unserer Rosa keinen Augenblick zweifeln. O gewiß, wenn ich zu ihr sprechen würde: Pamina, wenn Sarastro Dich fragt, was wirst Du antworten? — — „Die Wahrheit, die Wahrheit!" wird sie mir in Mozart's hohen Tönen singen. — — — Du sagtest mir, sie wolle mir ihr Verhältniß beichten? Gut! Sie soll an mir einen vergebenden Priester finden, — nicht unserer Kirche, keinen Kapuziner, meine ich, sondern einen Priester der Menschheit, der sich nicht wird von jenem altrömischen, heidnischen Dichter beschämen lassen, wenn er sagte: „Ich bin ein Mensch und nichts Menschliches lasse ich mir fremd sein!" —

Eben trat der alte Schauspieler herein und berichtete über Theresens Aufträge an Rosa. — „Und doch bringe ich noch keine Antwort auf die Hauptfrage," sagte er.

„Wir hatten uns zu lange um den kleinen Clemens beschäftigt. O es ist ein wahrer Gottesengel! Da wurden
wir gestört."

„Immer muß ich mich bei diesem Namen erinnern,
daß die Baronin Pathe des Kindes ist, und Clementine
heißt," fiel der Pater ein. „Der Name ist in unserer
Familie ganz fremd, ist sehr vornehm zumal für ein
Knäblein, das selbst an die Clemenz, an die Huld und
Milde der Menschen gewiesen ist."

„Als wir endlich zur Sache kamen," fuhr Fichtner
fort, „erschien die Frau Baronin mit einem Fremden.
Sie bemerkte mit ungnädigem Blicke meine Anwesenheit,
und sagte, als ich ihr vorgestellt war:

„Ach ja, ich kenne Sie von den Comödienzetteln her.
Sie kommen wohl ein andermal wieder!" — —

„Also nur vom Zettel her kannte sie mich, nicht von
der Bühne. Nun freilich, Ew. Hochwürden wissen ja,
der alte Fichtner war immerhin für einen Künstler etwas
zu trocken, und mein Name ist nie an die große Glocke
gekommen, obgleich Schiller in seinem herrlichen Liede
von der Glocke gesagt hat: „Nehmet Holz vom Fichten-
stamme, doch recht trocken laßt es sein!" Hören Sie
weiter!"

„Während ich in meiner Verwirrung nach meinem
Hut umher tappe, hörte ich die Baronin französisch
sagen, der Fremde dächte das nachbarliche Gartenhäuschen

zu miethen, das aber verschlossen sei. Sie wolle ihm daher das Ihrige zeigen, das eine ähnliche Einrichtung habe. Rosa möge den Freund artig empfangen." —

„Im Vorgarten begegnete ich ihm. Er wendete sich ab, und verhüllte sich in seinen Mantel; doch bestätigte mir der Hauderer an der Gartenmauer, daß es der französische Gesandte sei, für den ich ihn auch gehalten. Da, — ich weiß nicht, welche Besorgniß mich überfiel."

„Der französische Gesandte — in Verbindung mit der Baronin?" rief der Mönch nachdenklich aus.

„In diesem Monate ist Reichstag in Ofen," erklärte Fichtner, „und man spricht davon, mit welcher Sorgfalt unser Ministerium die Propositionen ausarbeitet, die der Kaiser dem Reichstage vorlegen will. Man scheint Unruhen oder doch Unzufriedenheit in Ungarn zu besorgen. Auch soll man französischen Agenten auf der Spur sein. Läßt sich auch sehr wohl denken, Ew. Hochwürden. Napoleon, wissen Sie ja, ist sehr unzufrieden damit, daß unser Kaiser seine Theilnahme am Feldzuge gegen Preußen und Rußland verweigert, und alle Aufforderungen dazu abgelehnt hat. Er traut unserm stillen Franzl, besonders seit dem bedenklichen Tage bei Eylau, nicht. Und freilich, wenn wir ihm jetzt in den Rücken kämen —! O ja, 's schaut ganz darnach aus, daß er uns in Ungarn z' schaffen machen will."

Der Mönch war nachdenklich geworden. Er erinnerte

sich, daß Therese ihm die Baronin genannt und als
eine geborne Ungarin bezeichnet hatte. „Wissen Sie
nicht, aus welcher Familie?" fragte er den alten Schau=
spieler.

„Was weiß und wen kennt ein Comödiant nicht, der
sich überall umher treibt!" neckte Therese den Freund.

„Sie haben Recht, liebe Therese," erwiderte Fichtner.
„Wir sind wie die Bienen, die überall Honig für sich
suchen, und so den Blumenstaub der Neuigkeiten ihren
Freundinnen zutragen. — Allerdings ist mir schon früher
einmal die Baronin im Prater gezeigt worden, wo sie
mit einer ungar'schen Familie an einem aparten Tischchen
saß. Irre ich nicht, so wurde sie eine geborne Gräfin
Sigrai genannt."

„Mein Gott!" rief betroffen der Pater aus. „Wäre
sie es, die mit dem Abte Martinovich in vertrautem
Verhältniß gestanden, und in dessen aufrührerische Unter=
nehmung verwickelt war? Schon unter Franz dem Ersten
bestand nämlich in Ungarn eine geheime Gesellschaft zur
Untergrabung des Zustandes des Reiches, und als Kaiser
Joseph nach manchen Machteingriffen auch die Comitats=
verhältnisse in Ungarn änderte, erregte es einen Aufruhr,
der mit blutiger Gewalt unterdrückt wurde. An der
Spitze desselben stand der Abt Martinovich, früher Franzis=
kaner, nachher Weltpriester und Professor in Lemberg.
Er war ein beredter, kenntnißreicher und einschmeichelnder

Mann, Verfasser revolutionärer Katechismen. Er wurde nebst einigen Unterdirectoren des Aufstandes, unter ihnen der Graf Jakob Sigrai, hingerichtet. Die Freundin Martinovich's entging durch eine zufällige Reise der Entdeckung eines nachweisbaren Antheils an der Verschwörung. — — Wäre es unsere Baronin, so ließe sich allerdings ihre politische Betriebsamkeit begreifen, — als in ihrem Verstand und Herzen zugleich wurzelnd."

„Und noch Eines wäre mir erklärlich!" rief Fichtner! „daß nämlich das Mißtrauen der vornehmen Gesellschaft so unverkennbar auf ihr ruht. Sie lebt ja ganz vereinsamt."

„Sie soll eine schöne Frau gewesen sein und vor ihrer Verheirathung viele Bewerber gehabt haben," bemerkte der Pater, und Fichtner fuhr fort:

„Allerdings, wie ich sie vorhin in der Nähe gesehen, erinnert ein heitrer Blick, ein fein bewegter Mund an ehemalige Schönheit, und etwas von der Fülle einer ehemals reizvollen Gestalt ist geblieben; wenn auch das Meiste davon — wahrscheinlich unter schmerzlichen Erinnerungen oder leidenschaftlichen Geheimnissen wie eingetrocknet erscheint."

Eine kurze Stille entstand. Die einbrechende Dämmerung mahnte den Mönch an sein Kloster. Er brach auf, indem er gegen Theresen sagte:

„Vielleicht ist es doch gut, daß wir unsere Rosa jetzt

recht bald zu uns nehmen. Wir wollen überlegen, wie wir's mit kluger Vorsicht am besten thun. Den wahren Grund dürfen wir ja nicht laut werden lassen."

Als er das Zimmer verlassen hatte, sagte Fichtner mit Nachdruck:

„Thun Sie das bald, liebe Therese! Wer kann es ermessen, welche Mittel und Wege eine in der Liebe so leichtfertige und in der Sittenlosigkeit der frühern Gesellschaft erwachsene Dame zu ihren politischen Zwecken — vielleicht nicht verschmäht!"

„Machen Sie mir keinen Vorwurf, Fichtner!" versetzte Therese empfindlich. „Wenn Sie die Baronin für so schlimm kannten: warum haben Sie mir's nicht früher gesagt, um Rosa zurückzunehmen?"

„Beste Freundin," antwortete er. „Ich Ihnen einen Vorwurf? Es ist ja bloß ein Einfall von mir, den Sie nicht in Ihr Notizbüchlein aufzunehmen brauchen."

„Ich denk' auch nicht, daß ich's brauche," sagte sie. „Ich kann jetzt Rosa zu mir nehmen, und weiß dann, wem sie anvertraut ist."

Die Baronin Arnstein hatte, wie wir uns erinnern, Walthern eine Benachrichtigung von dem gesellschaftlichen Abende bei ihrer Schwester Eskeles zugesagt, um die Sängerin Anna Milder kennen zu lernen. Er erhielt nun eine förmliche Einladung, als er eben den Banqier im Comptoir aufsuchen wollte, um die mit dem Pater Vector verabredete Zinsenzahlung anzuordnen.

Er ging mit dem Vorsatze dahin, die Angelegenheit ganz kurz zu erledigen, ohne sich auf die Umstände weiter einzulassen, die ihn auch in Rosa's Abwesenheit zu dieser Anordnung bewogen. Es gedachte ihm nämlich, wie Frau von Arnstein, wahrscheinlich aus einer sittlichen Empfindlichkeit, die Sache gleich anfangs von sich ab- und an ihren Schwager Eskeles gewiesen, und wie dieser das Anliegen, vermuthlich als alte Thorheit eines alten Mannes, nicht ohne ironisches Lächeln aufgenommen hatte.

Dies war Walthern sehr empfindlich gewesen. Er selbst trug das Geschäft in seinem ernsten Gemüthe mit der alten Anhänglichkeit an das Haus Dammers und mit der zarten Rücksicht für Frau Henriette. Ueberdies galt ihm die Sache in ihrer sittlichen Bedeutung — als Sühne einer jugendlichen Verirrung; ja, sie hatte sich zuletzt auch noch mit dem Lichtschimmer des ehrwürdigen Paters Spiridion umgeben. Um alles hätte er sich aber wegen seines Verfahrens auf keinen Kapuziner berufen mögen, zumal gegen einen Geschäftsmann von jüdischer Abkunft. Mit einem gewissen Trotze fühlte er sich in seiner Vollmacht, nach eigener Prüfung zu handeln, und war entschlossen es zu thun.

Er sollte aber bald erfahren, wie sehr er wieder einmal mit seinem vereinsamten Eifer sich selbst über= boten hatte.

Als er nämlich sein Anliegen von dem Banquier wie eine Lappalie, die ein so viel umfassender Geschäftsmann gar keines Bedenkens und keiner weitern Frage werth hielt, abgethan sah, erkannte er nicht ohne heimliche Beschämung sein übereiltes Vorurtheil gegen Eskeles.

Dieser nahm ihn sodann sehr artig aus dem Comptoir mit in sein vertrauliches Geschäftskabinet, knüpfte eine interessante Unterhaltung über das wissenschaftliche Berlin an, und hielt ihn, als verschiedene persönliche Anmel= dungen kamen, mit den freundlichen Worten fest:

„Es ist meine gewöhnliche Audienzstunde: bleiben Sie aber nur, wenn Sie mich wollen als geplagten Menschen kennen lernen."

Wirklich erschienen nach und nach die verschiedensten Leute mit den verschiedensten Anliegen, solche die Rath zu einem Unternehmen, oder Kapital zu einem Geschäft suchten, andere die Unterschriften sammelten oder um Unterstützung baten. Einsicht und Verstand, wie das Wohlwollen und Vermögen des Mannes, schienen in gleichem Ruf und Credit zu stehen. Aber auch Gelehrte und Künstler, Maler und Musiker, die sich mit Vertrauen an ihn wendeten, legten damit ein Zeugniß für seinen Geschmack und sein Interesse in dieser höheren Richtung an den Tag.

Walther schied endlich mit dem heimlichen Wunsche, ja nicht dafür zu gelten, daß er bloß um dieser Geld- und Familienangelegenheit willen die Reise nach Wien gemacht habe. So untergeordnet erschien sie ihm jetzt, und so lebhaft empfand er, was ein bedeutender Mann zu leisten vermöge.

So fand er sich denn am Abende mit einer ganz andern Meinung von dem Bankherrn im Salon desselben ein.

Er wurde hier nicht, wie bei Arnstein, von der Frau des Hauses festgehalten und angewiesen. Frau von Eskeles besaß nicht die alles anziehende Macht ihrer

Schwester Fanny. Fein und gebildet wie diese, zerfloß sie doch mehr in wohlwollender Aufmerksamkeit und gutmüthiger Hingebung an ihre Gäste. Dafür trat ihr Gemahl mehr, als sein Schwager Arnstein, hervor. Von ihm sah sich Walther zunächst in den kleinen Kreis von Männern gezogen, die den Hausherrn umstanden. Es waren Männer von höherer Stellung im Staat und in den großen Geschäften. Walther mußte mit Verwunderung wahrnehmen, daß Eskeles auch hier wieder das Wort führte. Die Schwankungen des Handels und der Schifffahrt in Folge der Continentalsperre, so wie die Wahlverwandtschaften, welche die zunehmende Uebermacht Napoleons in den europäischen Kabinetten hervorrufen werde, kamen zur Sprache. Es war für Alle überraschend, als Eskeles seinen Vorausblick nach dem fernen Helgoland wendete, das er als eine wichtige Station nicht nur für den Schleichhandel mit englischen Waaren über Norddeutschland, sondern auch als den schicklichsten Platz zum Congreß aller Gegner Napoleons für geheime Unternehmungen auf seinen Sturz betrachtete.

So anziehend, wie der Inhalt der Unterhaltung, war für Walther der Ton und die Haltung des Bankherrn. Ein wohlwollendes Lächeln erheiterte seine ernsten Züge und spielte mit leiser Ironie um den kräftigen Mund. Was er sprach war grundgescheidt, bedacht, geprüft, und

da es aus dem Strome des innerlich wie äußerlich Erlebten geschöpft war, floß es klar, in rechtem Maß und
ohne die Steigerung, als ob es die Meinungen Anderer
überstürzen wolle. Sein Ausdruck war daher schlicht,
anspruchlos und eher altväterlich, als imponirend. Was
in seinen Urtheilen und Gesichtspunkten besonders wohlthat, war die Achtung und Angemessenheit gegen echt
menschliche Beziehungen, die er gegen bürgerliche und
gesellschaftliche Verhältnisse nie zurücksetzte. Und soweit
war er entfernt davon, sich im Respecte und in der
Huldigung seiner Zuhörer zu gefallen, daß er vielmehr,
sobald es nur der Anstand und die Schicklichkeit gegen
seine Gäste erlaubte, sich unvermerkt aus dem Saale
verlor, um mit ein paar Haus- und Geschäftsfreunden,
seiner Glaubensgenossen, in einem entfernten Zimmer bei
Bier und Tabak erst recht vertraulich zu sein.

In diesem Bedürfnisse seiner Sinnesart unterstützte
ihn seine liebenswürdige Gemahlin, indem sie durch
Gruppirung der Gesellschaft um die Spieltische und den
Flügel ihm den Rückzug vorbereitete, und dann seine
Abwesenheit zu decken geschäftig umher waltete.

So hatte sie auch Walthern aus dem Kreise der
Männer gezogen, ihn der Sängerin vorzuführen, deren
Eintreten ihm entgangen war.

Er fand Demoiselle Milder in der Umgebung der
Baronin Arnstein und ihrer lebhaften Tochter Pereira

sitzen. Betroffen von ihrer Erscheinung begrüßte er die Sängerin mit ehrerbietiger Artigkeit, ohne den schelmischen Blick zu bemerken, womit die schöne Frau von Pereira den Eindruck erwartete, den die Erwiderung der Sängerin gegen sein reines Norddeutsch auf ihn machen werde. Und allerdings schien ihr derbes Wienerisch ihn zu überraschen, obgleich es so ziemlich die Mundart der ganzen Gesellschaft war, soweit sie deutsch sprach. Allein in dieser Schärfe kam es zu unerwartet aus dem Mund einer so edeln, plastischen Schönheit.

Anna Milder war mit ihren 22 Jahren eine ruhige, mächtige Gestalt, voll entwickelt, blond mit bedeutenden Gesichtszügen und einer Stimme, die klangvoll und ansprechend aus bequem geöffneten Munde kam. —

Walther, wie er die schalkhafte Frau von Pereira so lächeln sah, verstand es dahin, daß er mit der Wienerin schon etwas deutlicher, etwas handfester sprechen dürfte. Er beschrieb den Eindruck den sie zum erstenmal von der Bühne auf ihn gemacht habe. — „Sie haben Deutschland noch nicht besucht," sagte er, „und wissen nicht, welchen bedeutenden Ruf Sie dort schon besitzen."

„Ich?" lachte sie. „I wollt' doch lieber i wär' in Wien a Realitätenbesitzerin!"

Walther, von der lachenden Frau von Pereira angesteckt, versetzte mit wohlgefälligem Blick auf die Sängerin:

„Was? Sie wünschen sich noch mehr, noch andere Realitäten, als womit die gütige Natur Sie so schön geschmückt hat?"

„Dort schauen Sie hin, Sie unartiger Herr," versetzte die Milder, „dort sehen S' geschmückte Leute, Damen und Herren mit Juwelen gespickt. Die Fürstin Bagration schauen S' an und ihre Leibgarde!"

Wirklich trugen damals auch Männer Juwelen an sich, und die elegantesten jungen und alten Herren umgaben eine vornehme Dame von echtrussischer Schönheit und ungemeiner Grazie in ihrem heitern Benehmen.

In diesem Augenblicke trat die Frau des Hauses hervor. — „Du wolltest so gut sein, Alwine!" sagte sie zu ihrer Nichte.

„Ja wohl, Herzenstantchen!" versetzte Frau von Pereira, wir haben uns schon verabredet, Anna und ich.

Sie stand auf, reichte der Sängerin die Hand, und beide gingen dem geöffneten Pianoforte zu. Wie eine Königin wandelte Anna mit natürlicher Hoheit neben der anmuthig wiegenden jungen Frau. Nachblickend fühlte Walther sich auch nachgezogen, und trat in die Nähe des Piano.

Anna sang zur Begleitung der lächelnden Nichte des Hauses die Arie der Gräfin Almaviva:

> „Nur zu flüchtig bist du verschwunden,
> Freudenvolle o selige Zeit."

Es war zum Erstaunen, wie weich und voll diese Stimme in der Nähe mit derselben Macht erklang, die Walther aus der Bühnenentfernung empfunden hatte, ohne das Schnarren, das eine große Stimme aus der gewohnten Weite eines Raumes in's Enge mitzubringen pflegt, und ohne durch absichtliche Dämpfung gedeckt zu tönen. Walther glaubte jetzt auch die Königin zu hören, die er vorher wandeln gesehen: so mild wie mächtig beherrschte sie ihre Gebiete.

Mehr aber als dieses beschäftigte den Freund der Widerspruch zwischen dem Sprechen der Sängerin und ihrem Singen, zwischen dem, was sie so reizend dem Auge und so ergreifend für das Herz darbot. Er sprach sich darüber, nach beendigtem Gesange, gegen Frau von Pereira aus, die seine Meinung über die Milder hören wollte.

Die schöne junge Frau hatte die Schwäche, nicht unempfänglich für die Huldigung interessanter Männer zu sein. Die Bewunderung Walthers gegen die Sängerin stimmte sie vielleicht weniger schonend, als sie lebhaft erwiderte:

„Es ist derselbe Widerspruch, Herr von Osthoff, der in Anna's Bildung mit ihrem Talente liegt. Sie kennen wahrscheinlich ihre Herkunft, ihren Lebensgang nicht? Ihr Vater, müssen Sie wissen, war kaiserlicher Kabinets-Courier, der öfter Reisen in die Türkei machte. Dort, in Smyrna, wurde ihm Anna geboren, und später nach Wien gebracht. Denken Sie sich die Bildung eines Mädchens in diesen bürgerlichen Verhältnissen und — in unserm Oesterreich vor zehn und zwanzig Jahren! Zum Unglücke starb auch der Vater zu früh, und Anna war genöthigt, bei einer vornehmen Dame als Kammerjungfer einzutreten. — — Doch, sagt man ja, kein Talent sei so tief vergraben, daß es sich nicht aus innerm Trieb an's Licht hervor arbeite. Auch unsere Kammerjungfer fand zuweilen ein Stündchen vergnügt zu singen und glücklicherweise — gehört zu werden. Theaterdirector Schikaneder belauschte ihren Naturgesang, diese außerordentliche Stimme. Er suchte die Singende auf, und wußte sie für das Theater zu gewinnen. Natürlich mußte er die Kosten ihrer Ausbildung übernehmen, wozu er damals auch in guten Verhältnissen stand. Tomascelli und Salieri nahmen sie in die Schule. Das ist jetzt vier Jahre her. Leider bleibt sie seitdem in ihrer Ausbildung stehen. Ich will nicht sagen aus Einbildung und Selbstzufriedenheit, nein, dies gar nicht, sondern ihre natürliche Trägheit und Schwerfälligkeit ist vielleicht allein Schuld, daß sie gegen alle Antriebe ihrer Meister an ihrem Talente so wenig fortarbeitet."

Walther war nachdenklich geworden. „Wievielen geht es so," sagte er, „die im Zwiespalte der Natur mit der Göttin des Glücks geboren werden. Jede der beiden

Lebensmächte beschenkt dann ihren Liebling mit Dem, was ihr zusteht, doppelt, zum Ersatze der Ungunst der andern. Daher so viel Naturbegabte, die ohne Mittel zu ihrer Vollendung bleiben, so viel Glückskinder die herz- und geistlos umherwandeln, und nur mit ödem Ueberflusse den Neid oder die Sehnsucht der andern erregen. Möchte nicht auch Anna Milder vor allem „„Realitätenbesitzerin"" sein?"

„Nun, Das ist zum Lachen," erwiderte die heitre Frau, „für Schmucksachen aber hat sie eine wirkliche Schwachheit, ob von ihrer orientalischen Geburt her, oder als Kammerjungfer angenommen? Ich weiß es nicht."

Von träumerischem Interesse bewegt näherte Walther sich noch einmal der Sängerin mit ernster, wohlwollender Ansprache. — — „Ich dachte, Sie würden hier auch etwas vortragen, Sie vortrefflicher Bioloncellist," sagte sie mit behaglichem Lächeln. „O ich weiß schon!"

„Nein," erwiderte er, „ich gehöre heut nicht zur Gesellschaft: ich bin nur auf Anna Milder eingeladen. Ich hatte den Wunsch laut werden lassen, Ihnen für die Freude danken zu können, die Sie mir schon gewährt haben. Dafür will ich aber ganz apart mit meinem Cello zu Ihnen kommen, — notabene, wenn ich darf?"

„Gewiß, dürfen Sie," antwortete Anna, indem sie ihm unbefangen die Hand reichte. „Und wissen Sie auch wann am besten? Kommen Sie den Sonnabend: da finden Sie meinen lieben Meister Salieri und meinen alten Freund Schikaneder. Vielleicht kommt auch der Dichter Stoll. Gewiß ist es nicht; denn er schreibt zwar in gebundnen Strophen, aber er lebt sehr ungebunden. Vorher müssen Sie ihn aber kennen lernen, — ich meine, was er geschrieben hat: sonst nimmt er's übel und spricht kein Wort mit Ihnen. Diese Freunde bringen gewöhnlich einen Abend in der Woche bei mir zu; Sie dürfen aber ein wenig voraus kommen."

„Wirklich, darf ich Das?" fragte er lebhaft, worauf sie rasch erwiderte.

„Nun freilich! Müssen Sie denn nicht Ihr Cello nach meinem Flügel stimmen, wenn wir ordentlich harmoniren wollen? Versteht sich!".

Bei dieser zweiten Unterhaltung mit Walthern war sie offenbar bemüht, ihr scharfes Wienerisch ein wenig zu mildern.

Diese Wahrnehmung beschäftigte den Freund auf dem Heimwege. Indem er an Berlin dachte, machte er sich klar, wie doch die norddeutsche Mundart mit dem Vorurtheil von Bildung zusammen hange, und zugleich einen gewissen Respect einflöße. Die süddeutsche Aussprache, die mehr aus dem Gemüthe klingt, begünstigt auch den naiven unbefangnen Verkehr der Sprechenden unter einander. Walther fand aber auch etwas Bedenkliches dabei. Er hatte, der reizenden Sängerin gegen-

über, gleich das Gefühl einer gewissen Ueberlegenheit
gehabt, und es sich in seinem Betragen leichter gemacht.
Er nahm sich vor auf seiner Hut zu sein, um gegen die
süddeutsche Mundart kein sittliches Vorurtheil auf=
kommen zu lassen.

Am Sonnabende dieser Woche verließ Rosa Cornari
zum ersten Mal das stille Gartenhaus vor der Maria=
hilfer Linie, um sich der Baronin in deren Stadtwohnung
vorzustellen und ihre Befehle wegen des Ueberzugs der
gnädigen Frau in das Gartenhaus zu vernehmen.

Die Baronin, mit ihrer geheimen Correspondenz
beschäftigt, verschob die Sache noch in die Mitte der
nächsten Woche, und Rosa ließ einstweilen durch die
Kammerjungfer ihre eignen Sachen zum Umzuge packen.
Sie half selber, um bald wieder aus der Stadt zu
kommen.

Sie hatte die Baronin in einer jener öfteren Ver=
stimmungen gefunden, die daher rühren mochten, daß
dieselbe von dem Verkehr ihrer Standesgenossen, mithin
von den Erheiterungen der Geselligkeit ausgeschlossen,
in räthselhaften Beziehungen lebte, die sehr geheim und
mit leidenschaftlicher Unruhe betrieben, ihr Gemüth und
ihre reizbare Gesundheit angriffen.

Es ging schon gegen Abend, und noch immer saß sie,

in einem Haufen Papiere versunken, in ihrem Kabinet, als Rosa sich verabschiedete, und durch das anstoßende Empfangzimmer sich entfernte. Eben ging die Treppenklingel, und sie erkannte durch die leise geöffnete Stubenthür die anfragende Stimme eines ihr widerwärtigen jungen Mannes, der zuweilen kam, und den die Baronin stets im Kabinet zu empfangen pflegte. Rosa trat zurück und schlüpfte hinter die schweren Vorhänge eines Alkovens, um unbemerkt ihn vorüber zu lassen. Die anmeldende Kammerjungfer beschied ihn aber zu warten, wie ihr heut von der beschäftigten Herrin befohlen war.

Rosa, die mehr nach Haus, an den kleinen Clemens, als an Das dachte, was sie vielleicht zu hören bekäme, fand in ihrer Verlegenheit nicht gleich einen Vorwand, mit dem sie rasch hätte hervortreten und sich entfernen können. Bei jedem Schritte des hin und her wandelnden Mannes steigerte sich ihre Angst, vielleicht wie die eines Menschen, der vor seinem Versteck den Tritt eines lauernden Tigers weiß.

Als sie sich dennoch zusammen nahm, um mit Geräusch fort zu eilen, trat die Baronin ein und begrüßte „Monsieur Lafleur.“ Sie sprach das Französische sehr geläufig; dem Dialekte des jungen Mannes aber hätte ein feines Ohr vielleicht Etwas von Elsaß'scher Härte angehört. — Eingebildet und unbesonnen, wie der junge Mann war, wendete er sich, mit Uebergehung seines

Auftrags, dem Gemälde zu, das dem Sopha gegenüber hing. — „Ich bewundre immer wieder dies schöne Bild Ihrer Gesellschafterin in seinem einfachen Rahmen," sagte er, — „den Gegenstand und die Ausführung, Natur und Kunst. Ich selber freilich bin nur an die Kunst gewiesen; mein Herr Ambassadeur aber — — wird dem Gemälde die kostbarste Fassung geben, sobald Sie ihm dies Pfand Ihrer Zusage überlassen werden. Er schwärmt für das reizende Frauchen. Er hat wegen des Gartenhauses abgeschlossen, und wird mit Ihrer Erlaubniß einen Durchgang nach dem Ihrigen brechen lassen. Er freut sich auf diesen schönsten Frühling seines Lebens, sage ich Ihnen und den ganzen Tag höre ich ihn das Lied trällern:

> „„Les premiers jours du mois de Mai
> Etoient les plus beaux jours de ma vie.““

Der ungeschickte Geck hatte unter seinem Lorgnettiren des Bildes das aufsteigende Gewitter im Gesichte der Baronin nicht bemerkt. Jetzt schlug es plötzlich mit den deutschen Worten ein:

„Herr Löffler, — Sie werden unverschämt. Ich bin erstaunt, daß der Herr Graf einen Menschen, wie Sie, mit soviel Vertrauen beehrt. Kommen Sie zur Sache!"

Höchst betroffen zog er gekrümmt sich zurück, bat flehentlich um Vergebung seines übermäßigen Eifers für seinen Herrn General. — „Haben Sie die Gnade ihm

nichts von meiner Uebereilung zu sagen," bat er, „und —
befehlen Sie unbedingt über mich! Mein Auftrag ist, bei
Ihnen anzufragen, ob Sie ihn diesen Abend empfangen
könnten. Er habe neuere Instructionen seines Kaisers
wegen des Reichstages in Ofen erhalten; auch seien ihm
von dem bekannten Copisten im Ministerium vorläufige
Mittheilungen über die Propositionen für den Reichstag
gemacht worden. Der Herr General wünscht besonders
Nachrichten über die Verhältnisse des Grafen Festetics
zu haben, und welchen Eindruck etwa ein Vorschlag zu
dessen Gunsten für die ungarische Krone machen dürfte."

Er hatte dies französisch vorgebracht. Die verstimmte
Baronin, die in ihrem nachwurmenden Verdrusse schon
auf der Zunge hatte zu sagen, sie höre sein Elsaß lieber
in deutschen, als in französischen Worten, unterdrückte
doch ihren Aerger und erwiderte kurz, aber in deutscher
Sprache:

„Ich habe verschiedne Nachrichten für Ihren Herrn
General, sie sind aber in ungarischer Sprache geschrieben.
Kommen Sie mit in mein Kabinet, ich will Ihnen den
Hauptinhalt in's Französische dictiren; denn heut kann
ich den Herrn General nicht empfangen, und — aus
der Hand gebe ich meine Briefe nicht."

Sie ging, der junge Mann folgte, und kaum hatte
sich hinter ihnen die Thüre geschlossen, als Rosa, durch
die Vorhänge tretend, mit zerstörtem Umblick entschlüpfte,

und wie auf einer Flucht die Wohnung verließ. Ihre Blässe, ihr Beben verrieth, wie erschüttert sie von Dem war, was sie, besonders bezüglich ihrer selbst, hatte hören müssen. Sie konnte sich auch nicht entschließen nach Hause zu fahren, wohin sie vorher so sehr verlangt hatte. Sie nahm den ersten Fiaker, und eilte der Wohnung ihrer Tante zu.

Hier, knapp zu Athem gekommen, keuchte sie an der Brust Theresens in kürzesten Worten den Inhalt dieser schrecklichen Stunde aus.

Therese suchte sie zu beruhigen. Sie beschwor sie bei ihrem kleinen Engel, sich zu fassen. —

„Es ist entsetzlich, was Du gehört hast, ja!" sagte sie; „wer hätte hinter so viel Wohlwollen solche Absichten vermuthet! Aber wir kommen morgen nach der Kirche zu Dir, der Oheim und ich, und nehmen Dich mit hierher. Du beschränkst Dich ein paar Tage auf die hintere Stube, bis die zugemietheten Zimmer eingerichtet sind. Dann ist ja all' das Schreckliche auf einmal nichts mehr, wenn Du bei uns bist, — es versinkt in sein eignes Geheimniß. — — — Und wenn ich's recht betrachte, Röschen, so ist es eigentlich ein Glück, was Dir wider=fahren, eine Gnade von oben war dieser nächtliche Blitz, der Dich ja nicht getroffen, sondern nur erschreckt hat, um Dir den Abgrund zu zeigen, an dem Du sorglos hinwandeltest, einen Engel auf dem Arme."

’„Ja, Du haſt Recht, theure, herzliche Muhme!“ erwiderte und erhob ſich Roſa. „Ja, um des Kindes willen bin ich gerettet! — — O nun faſſe ich wieder Muth und Hoffnung. — — Der Himmel hat meine Schuld und meine Pflichten gewogen: er hat mir die Schuld vergeben und für die Pflichten ſtehe ich nun mit dem Herzen der Mutter! Gute Nacht, Herzenstante! Auf Wiederſehen morgen!“

Thereſe begleitete ſie, unter Warnungen zur Vorſicht nach ſolcher Gemüthsbewegung, hinab an den Wagen, in welchem ſie die Stadt verließ.

Druck von C. Grumbach in Leipzig.

www.ingramcontent.com/pod-product-compliance
Lightning Source LLC
Chambersburg PA
CBHW032009120726
47902CB00014B/1628